눈꽃,
피어나다

단글

눈꽃, 피어나다 1

초판 1쇄 인쇄 2016년 12월 22일
초판 1쇄 발행 2017년 1월 3일

지은이 이나레
발행인 오영배
기획 박성인
책임편집 김규영
표지 · 본문 디자인 권지연
제작 조하늬

펴낸 곳 (주)삼양출판사 · 단글
주소 서울시 강북구 도봉로 173
대표 전화 02-980-2112 **팩스** / 02-983-0660
편집부 전화 02-980-2116 **팩스** / 02-983-8201
블로그 blog.naver.com/dan_gul
출판등록 1999년 3월 11일 제9-00046호

ISBN 979-11-313-0534-8 (04810) / 979-11-313-0533-1 (세트)

+ 이 도서의 국립중앙도서관 출판시도서목록(CIP)은 서지정보유통지원시스템홈페이지(http://seoji.nl.go.kr)와 국가자료공동목록시스템(http://www.nl.go.kr/kolisnet)에서 이용하실 수 있습니다. (CIP제어번호: 2016031329)

단글 은 (주)삼양출판사의 로맨스 문학 브랜드입니다.

눈꽃,
피어나다

vol. 1

Snowflake Blooms

이나레 장편소설

ROMANCE STORY

단글

CONTANTS

Prologue

첫 만남.

흩날리던 눈꽃 사이로 번진 마른 어깨와 시린 겨울만큼이나 새하얀 목덜미. 어둔 의식 사이사이 또렷하게 박히던 잔잔한 목소리. 시작되는 인연의 혼란스러움.

그리고 눈부시게 아름답던…… 그녀의 미소.

이 모든 것들이 머릿속에서 좀처럼 떠나가지 않았던 이유.

아쉬운 듯 천천히 몸을 뗀 그는, 여인의 어깨를 가볍게 그러쥐었다. 걱정이 번진 깨끗한 눈동자. 그 표현할 수 없는 맑음을 아로새기며, 남자는 옅은 미소를 지었다.

'내가 이 여자를, 마음에 두고 있었구나.'

제 1 장

그대를 안은 목소리

11월 초. 전국적으로 빗줄기가 한차례 훑고 지나가자 공기는 더욱 빠르게 식어 갔다.

실내엔 적당히 히터가 돌아갔지만, 피부에 닿는 서늘함은 좀처럼 떨어질 생각이 없는 듯하다.

춥다.

혜원은 도톰한 코랄색 카디건의 앞섶을 여몄다.

“저기요, 듣고 있어요?”

짜증이 배어 있는 목소리. 그 날카로운 소리는 조금 시끄럽던 카페의 소음 속에서 유난히 튀었다.

혜원은 그제야 정신을 차렸다. 눈앞에는 눈부시게 예쁜 외모의 어린 여성이 저를 노려보고 있었다. 그녀를 멍하니 바라보던 혜원의 눈동자가, 조금 느리게 옆으로 굴러갔다.

여전히 저를 못마땅하게 바라보는 여자의 옆자리엔, 5년 동안 뜨거운 사랑을 주었던 제 연인이 충실히 자리를 지키고 있다.

혜원은 저를 향하는 남자의 시선이 무척 낯설다는 생각이 들었다.

내 연인은 나에게 저런 표정을 짓지 않는다.

'누굴까, 저 남자는.'

생각이 거기까지 미치자, 정체를 알 수 없는 뜨거운 것이 발끝에서부터 올라오는 듯한 기분이 들었다.

멍하던 머릿속이 아파 오고, 느리게 뛰던 심장이 정신없이 펌박질을 한다. 손바닥은 어느새 땀으로 흥건했다.

주먹을 강하게 말아 쥐며 혜원은 숨을 골랐다.

꿈이 아니다. 지독하리만치 끔찍하지만, 지금 이건 현실이다.

혜원은 마른 입술을 열었다.

목구멍이 꽉 막힌 듯했지만, 최대한 아무렇지 않은 척 차분하게 답했다.

"네, 듣고 있어요. 말씀하세요."

혜원의 덤덤한 목소리에 어린 여자의 눈초리가 조금 더 찌푸려졌다. 그녀는 한참을 말이 없더니, 보란 듯이 옆에 앉아 있는 사내와 팔짱을 낀다.

"오빠랑 저, 꽤 오랫동안 사귀었어요. 저희 관계가 소홀했던 차에 오빠가 잠깐 눈을 돌렸던 것 같은데, 이젠 그럴 일 없어요.

워낙 마음이 약한 사람이라 그쪽에게 상처 주길 싫어하는 것 같기에 제가 직접 나온 거예요. 제 말, 무슨 말인지 아시겠죠?"

반짝반짝. 예쁜 색깔로 빛나는 입술이 연신 앙증맞게 움직인다.

영화나 드라마에서나 일어날 법한 상황에 혜원은 웃음조차 나오지 않았다.

요즘 그와의 관계가 소홀해졌다는 것쯤은 이미 어느 정도 알고 있었다.

이런 게 권태기구나, 싶은 마음에 한동안 일이 손에 안 잡혀 난감한 상황을 한두 번 겪은 게 아니었으니까.

그러던 중에도 소홀한 자신을 탓하며 여전히 사랑한다고 속삭였던 건 바로 그였다.

"……김준원, 이게 대체 무슨 상황이니?"

혜원은 비명을 지르고 싶은 걸 꾹 참아내며 물었다. 준원은 제 옆을 차지한 여인의 어깨 위로 팔을 두르며 입을 열었다. 여유롭기 그지없는 모습에 여자는 머리가 아파 왔다.

"보다시피."

무표정을 고수하던 그가 시원하게 웃는다. 그건 흐린 겨울날의 추위가 가실 만큼 청량했다.

"내가 널 차 버리는 상황이지."

혜원은 온몸에 힘이 탁, 풀렸다.

잘생긴 얼굴을 장난스럽게 찡그리는 그의 표정. 뭐가 그리 재미있는지 그 옆에서 연신 키득거리는 예쁜 여인.

'숨 막혀.'

무엇이 무너진 건지는 모르겠지만, 혜원은 느꼈다.

아, 나를 지탱해 주던 단단하고 따뜻했던 기둥은 이제 사라졌다.

어디가 끝인지도 가늠할 수 없을 정도로 심장은 빠르게 추락했다. 그 기분은 너무도 춥고 외로워서, 이대로 도망치고 싶었다.

주먹을 말아 쥔 손가락이 파들파들 떨렸다.

그 와중에도 준원의 미소는 사라지지 않았다. 오히려 더욱 짙게 웃는다. 이 상황이 무척이나 재미있다는 듯.

그녀는 짧은 결론을 내렸다.

5년 동안 내 전부였던 이 남자는, 공교롭게도 쓰레기였구나.

혜원은 뜨겁던 머릿속이 순식간에 차가워지는 것을 느꼈다.

"날 사랑하긴 했니?"

충동적인 말을 뱉어내자마자, 혜원의 심장은 시커먼 후회로 물들었다.

뻔한 질문.

'이런 고리타분한 질문은 절대 하고 싶지 않았는데…….'

감정이입이란 게 이런 걸까. 저를 떠나가는 남자를 붙잡으며, 날 사랑하기는 했느냐고 오열하던 여자들의 모습. 절대 이해하지 못할 것 같았던 그 모습이 가슴 절절하게 이해가 되었다.

제 자신이 한심해 자조적인 웃음이 나오려던 그때, 맞은편에 앉은 여자가 짧게 혀를 찼다.

"아, 구질구질해."

"……."

"나 같으면 쪽팔려서 얼굴도 못 들고 다닐 텐데."

마치 혜원이 부끄러운 행동을 했다는 듯 힐난하는 목소리에, 그녀는 조금 우스워지는 기분이 들었다.

"하……."

눈동자를 조용히 가라앉힌 혜원은 웃었다. 잔뜩 말라비틀어진 미소에 미친 듯이 쿵쾅거리던 심장도 차분해진다.

극한의 상황을 마주할 때에도 매번 당황보단 침착함을 유지할 수 있는 것은 그녀의 독한 성격 덕분이었다.

떨리는 주먹을 천천히 펴며 혜원은 여자를 똑바로 바라보았다.

"자존심이 없나 봐요."

"……뭐라고요?"

"김준원이 누굴 사랑했든, 결국엔 나랑 5년 동안 만났던 남자예요. 나는 몰랐다지만, 그쪽은 다 알고 있었잖아요?"

준원은 어느새 웃음을 지우고 차가운 눈동자로 혜원을 직시했다. 그 시선이 너무나 곧아서, 그녀는 또 한 번 웃음이 나왔다.

그래, 저 눈이 좋았다. 저 서늘한 눈동자가 나를 바라볼 때 따뜻한 온기로 번지는 것이 좋았고, 그의 손이 나를 감싸는 게 좋았다. 저 근사한 남자가 오롯이 나에게만 반응하는 게, 정말이지 눈물 나도록, 좋았다.

"무, 무슨 상관이에요? 어차피 오빠가 그쪽을 사랑해서 만난 것도 아닌데!"

"……."

테이블 위에 잠깐의 정적이 흘렀다. 상큼하게 빛나던 여자의 얼굴은, 어느새 형편없이 구겨졌다.

'아, 그렇구나.'

혜원은 아주 느리게 고개를 끄덕였다.

김준원이 마지막까지 나에게 상처를 주는 이유는, 나를 사랑하지 않아서 그런 거구나.

혜원은 이미 차갑게 식어 버린 커피를 기계적으로 식도에 흘려보냈다.

너무 춥다.

바람이 불어오는 곳은 없는데, 한겨울의 칼바람이 온몸을 베는 것 같았다.

5년 동안 몸과 마음을 바쳐 모든 걸 아낌없이 줬었다. 주변에서 미련한 연애를 한다며 아무리 욕을 해도, 귀를 닫고 눈을 감고 오로지 그만 바라봤었다. 그 누구보다 열정적으로 사랑했던 이 남자는 찬란한 빛이자, 혜원의 전부였다.

'그런데, 나는 또 이렇게 바보같이 배신을 당하는구나.'

혜원은 뒤늦게 올라오는 울적함을 끝끝내 모른 체했다. 마음이라는 건 쉽게 정리되는 것이 아니다. 그가 아무리 모진 말을 해도, 그저 필요할 때만 나를 찾아도, 내 배려는 조금도 하지 않아도, 늘 여전히 그가 좋았다.

그리고 연인으로서 최악의 행동을 한 지금마저 여전히 좋아서…… 몹시 슬펐다.

저를 바라보는 준원의 얼굴을 똑바로 바라보며, 그녀는 왼쪽 손에 끼어진 반짝이는 반지를 천천히 뺐다. 적당한 두께의 은제 커플링. 이 반지를 처음 받았던 풋풋하고도 화창한 여름날이 아직도 눈에 선하다.

혜원이 어떤 행동을 하든 준원은 조금도 동요하지 않았다. 그저 고고하게 앉아 그녀를 지켜볼 뿐이다.

이런 상황에서도 너는 여전히 밝은 빛을 품고 있구나.

쓰디쓴 한숨을 겨우 삼킨 혜원은 굳은 입꼬리를 끌어올려 보란 듯이 웃었다.

그늘 따윈 없는 혜원의 잔잔한 미소에, 젊은 여자는 다시 한 번 와락 얼굴을 구겼다. 혜원은 쥐고 있던 반지를 여자 앞에 조심스레 내려놓았다. 거칠고 투박한 제 손에서 예쁘게 빛나던 심플한 은반지는, 주인을 떠나도 그 빛을 잃지 않았다.

"결혼해 주세요."

허스키하게 울리는 듣기 좋은 목소리에 여자가 두 눈을 동그랗게 떴다.

혜원은 그대로 자리에서 일어났다. 온기를 담았던 그녀의 검은 눈동자에 짙은 서늘함이 번졌다.

"이, 쓰레기랑."

혜원은 망설임 없이 그들에게서 멀어졌다. 감색의 플랫 슈즈가 대리석 바닥과 부딪쳐 경쾌한 소리를 만들어냈다.

뒤쪽에서 여자의 날카로운 목소리가 끊임없이 들리는 것 같았지만, 깔끔히 무시했다.

5년 동안 바보 같은 연애를 했다는 것쯤은 저도 잘 알고 있다. 하지만 그녀는 필사적이었다.

별 볼 일 없는 그녀 옆에 찬란한 그가 있어 준다는 사실이 너무나 감사한 축복이라고 생각했다. 행복한 꿈에서 깨어나고 싶지 않은 건 너무나도 당연하다.

카페에서 나온 혜원은 멍하니 거리를 둘러보았다.

주말 오후, 널찍한 거리엔 여전히 사람들이 많았다. 가족, 연인, 친구들. 그늘진 얼굴은 단 하나도 없는 것 같다.

그래서일까, 그들과 비교되는 제 모습이 너무나 초라하게 느껴진다.

형편없이 번져 가는 눈앞에 허탈한 조소가 흘러 나왔다. 비좁은 공간을 가득 채우던 답답한 공기가 아직도 폐 깊숙한 곳을 찍어 누르는 것 같다.

"하아……."

목구멍을 쥐어짜내듯 겨우 뱉어낸 것은, 소리가 아닌 형체 없는 쓸쓸함과 슬픔이었다.

"대체 무슨 일이 벌어진 건지……."

혜원은 고개를 세차게 저었다. 현실감각이라곤 눈을 씻고 찾아봐도 없지만, 그녀는 그저 집으로 돌아가 쉬고 싶었다. 포근한 침대에 누워 상처받은 제 마음을 조금이나마 위로해 주고 싶었다.

그래, 마지막까지 바보 같을 순 없다.

굳게 다짐하며 걸음을 옮기려는 순간, 그녀의 메마른 뺨 위에 차가운 기운이 스치듯 번졌다.

올려다본 하늘에서 흐린 공간을 가득 채우는 눈송이가 조용히, 그러나 또렷하게 주변을 흔든다.

올해의 첫눈이다.

혜원은 흩날리는 눈꽃을 멍하니 바라보았다.

'첫눈…….'

투명한 얼음 결정이 거리마다 곳곳에 피어났다. 탁하기만 하던 낮은 하늘을 물들이는 첫눈에 행인들은 미소 지었고, 연인들은 잡은 손을 더욱 강하게 움켜쥐었다.

혜원은 저의 쓸쓸한 어깨를 감싸 쥐었다.

"……진짜 춥네."

조용히 읊조린 낮은 목소리가 바닥으로 뚝뚝 떨어졌다. 뻥 뚫린 심장을 관통하는 찬 기운에 온몸이 떨리는 듯했다.

몸은 물에 젖은 솜처럼 무거웠고 그대로 무너져 버릴 것만 같았지만, 그녀는 뻣뻣하게 굳은 다리를 억지로 움직였다. 당장이라도 마음을 뉘일 익숙한 공간이 필요하다.

갑작스럽게 움직인 탓에 휘청거리는 몸을 겨우 갈무리하던 그때, 어깨에 따뜻한 기운이 느껴졌다.

"괜찮습니까?"

조금은 차가운 낯선 남자의 목소리와 제 등 뒤에 서서히 번져가는 시원한 향기. 하지만 혜원은 뒤를 돌아보지 않았다.

이 엉망인 기분 속에서도 귀를 기울이게 만들 만큼 낮고 좋은 목소리였지만, 혜원은 슬펐다. 잠시나마 준원의 손길을 기대했던 저가 너무 한심하고 바보 같아서 기분이 바닥으로 떨어졌다.

"……이봐요."

다시금 저를 부르는 남자의 목소리는 꿀처럼 달콤했다. 높낮이가 없어 조금은 냉정히 들릴 수 있는 덤덤한 어투였지만, 이상하게도 온기가 느껴졌다.

왠지 모르게 다정하다, 는 생각이 들어 혜원은 그만 고개를 푹 숙이고 말았다.

'아, 이런…….'

순간 후두둑 떨어지는 물기에 혜원은 그제야 자신이 울고 있다는 것을 깨달았다.

"……네, 괜찮아요. 고맙습니다……."

친절을 베풀어 준 그가 고마웠지만, 형편없이 눈물을 쏟고 있는 제 모습을 안면조차 없는 낯선 이에게 보여 주긴 어려웠다.

혜원은 볼품없이 흔들리는 목소리를 겨우 삼키곤 남자에게서 벗어났다. 남자는 다시 혜원을 부르진 않았다.

조금씩 내리던 눈송이는 어느덧 펑펑 흩날리기 시작했다. 집은 멀지 않지만, 큰길로 나가 택시를 타야 할 듯싶었다. 처량하게 눈을 맞으며 집에 가고 싶진 않았다.

소복이 쌓인 깨끗한 눈길을 밟아 가며 혜원은 생각했다. 참 지독한 추위라고.

* * *

주말 오후, 차는 생각보다 막히지 않았다. 목적지인 카페 근처엔 마땅히 주차할 곳이 없었기에 남자는 주변의 유료주차장을 이용해야 했다. 남자가 막 시동을 껐을 때, 전화가 울렸다.

"박지훈입니다."

남자의 낮고 묵직한 목소리가 차체를 채웠다.

[안녕하세요, 작가님! 벌써 주말이 성큼 찾아왔네요. 잠은 푹 주무셨어요?]

"……."

[아, 저는 오늘 미팅 약속된 청운 출판사의 박혜란 편집장이라고 합니다.]

여자의 목소리는 스피커를 웅웅 울릴 정도로 높았다. 남자는 소란스러운 것을 무척 싫어했다.

그는 시끄럽다, 고 생각하며 답했다.

"압니다."

심드렁하기 그지없는 목소리에 여자는 잠시 말문이 막혔다. 수화기 너머로 짧은 정적이 흘렀다.

[……아하하…… 네, 작가님. 그, 2시 미팅 잊지 않으셨죠?]

"방금 미팅 장소 도착했습니다. 잠시 후에 뵙죠."

여자가 무어라 답하기도 전에 지훈은 전화를 끊었다. 벌써부터 의미 없는 소음에 귀를 지치게 할 이유는 없다.

남자는 곧게 뻗은 손가락으로 핸들을 톡, 톡, 두드렸다. 집에 차를 두고 올까 생각했지만, 그는 이내 고개를 저었다. 다음 미팅 장소는 꽤나 거리가 멀었기 때문이다.

주말 미팅을 요구한 그의 요청을 관계자들은 모두 무리 없이 받아들여 줬다. 지훈은 그 부분을 딱히 '배려'라고 생각하지 않았다.

어차피 저마다의 이익을 위해 필사적으로 그와의 미팅을 잡았을 테니까. 그날이 주말이든, 휴일이든.

시간을 확인해 보니 조금 넉넉했다. 주차장을 벗어나 카페 앞에 다다른 그는, 입구 앞에 붙여둔 금연 구역 스티커를 흘긋 내려다보았다. 유리 윈도우 너머 둘러본 카페는 꽤나 좁았다. 딱히 흡연석이 마련되진 않은 듯했다.

지훈은 그대로 싸늘한 건물 벽에 기대어 코트 안주머니를 뒤졌다. 날카로이 불어오는 겨울바람에, 새카만 어둠을 담은 남자의 머리카락도 흔들흔들 춤을 춘다.

남자가 담배를 꺼내 입에 물고 불을 붙이는 그 순간순간은 오래된 필름영화처럼 느렸지만, 매우 깨끗했다.

그는 담배 필터를 깊숙이 빨아들인 뒤, 이내 숨을 뱉어냈다. 뿌연 연기가 허공을 잠시 물들였다.

바쁘게 걸음을 옮기던 사람들은 지훈을 발견하고 수군수군 떠들어댔다.

남자는 한 번 더 담배 연기를 뱉어냈다. 겨울바람을 따라 흩어졌던 뿌연 연기가 다시 시야를 가렸다.

시린 벽에 기대어 묵묵히 담배를 태우는 남자는 확실히 눈에 띄었다.

흑과 백이 뚜렷한 비현실적인 외모도 단단히 한몫했겠지만, 무릎까지 내려오는 새카만 코트자락에 무심히 찔러 넣은 손. 바람에 사정없이 흔들리는 머리카락은 그를 당장이라도 흩어져 버릴 환상처럼 보이게 했다.

담배 필터를 쥔 지훈의 손끝이 매서운 추위로 인해 붉게 물들었다. 시릴 법도 한데, 그는 그저 묵묵히 남은 담배를 피웠다. 목도리며 털장갑 따위로 잔뜩 무장한 채 거리를 누비는 사람들과는 확연히 다른 모습이었다.

지훈은 바짝 타 버린 꽁초를 쓰레기통에 눌러 끄곤 다시 하나를 입에 물었다.

추위엔 익숙하다.

그저 피부를 시리게 할 뿐인 추위는, 더 이상 남자를 얼릴 수 없었다.

여유롭게 시간을 확인한 그는 덜 피운 담배를 미련 없이 눌러 껐다. 붉게 타오르던 담뱃대가 순식간에 빛을 잃었다.

'슬슬 들어가 봐야겠어.'

등을 기대고 있던 건물 벽에서 몸을 뗀 그는, 카페로 들어가기 위해 걸음을 뗐다. 어쩐지 내려앉은 어깨가 무겁다.

"저희 쪽 계약 조건이면 작가님께도 나쁘지 않을 거라고 생각합니다. 요즘 아무리 출판 시장이 어렵다 하지만, 저희 출판사는 작가님 작품을 최고로 끌어 올릴 수 있어요. 후회하지 않으실 거예요. 작가님께서 원하시는 집필 환경이나…… 저기, 듣고 계신가요?"

한참 동안 열심히 입술을 움직이던 혜란이 조심스럽게 말을 멈췄다. 한참을 떠들었지만, 눈앞에 앉아 있는 근사한 남자는 조금의 표정 변화도 없었다.

편집장이라는 위치에 오르기까지 20년. 그동안 이런 작가 저런 작가 다 만나 보았지만, 이렇게 대하기 어려운 작가는 처음이다.

물론 작가 같지 않은 훤칠한 키와 놀라울 정도로 멋진 외모가 그 이유에 한몫하는 것 같긴 하지만…….

"듣고 있습니다."

심장이 철렁거릴 정도로 서늘한 목소리에, 여자는 침음을 삼켰다.

남자는 유독 표정이 없다.

그 분위기가 어찌나 싸늘한지, 저 근사한 얼굴을 쳐다보는 것도 어려웠다.

그러나 편집장에게 이건 기회였다. 남자는 한국에서 손가락에 꼽히는 유명한 베스트셀러 작가이다.

물론 베스트난에 이름을 올렸다고 모두 똑같은 작가인 건 아니다. 남자는 그중에서도 '진짜'였다.

'박지훈이 먼저 연락을 해 오다니.'

워낙 인연 닿기가 어려운 작가임을 알고 있었기에, 여자는 이 기회를 놓칠 생각이 조금도 없었다.

"네, 그럼 조금 전 이야기로 다시 넘어가면……."

다시 침착하게 입을 연 여자는 자신이 긴장하고 있다는 것을 느꼈다.

최근에 조금 낯 뜨거운 일이 생겼기에 작가 측에서 왜 직접 연락을 했는지는 대충 짐작이 갔지만, 여자는 이 남자를 충분히 구슬릴 수 있을 것이라 생각했다.

유명세에 힘입어 한창 욕심이 많을 나이다. 어린 나이에 큰돈을 만진 작가들의 경우 오히려 다루기가 쉬웠다.

하지만 남자와 대화를 하면 할수록, 여자는 맹수 앞에 놓인 초식동물이 된 기분이었다.

사실 남자는 조금도 집중하고 있지 않았다.

그의 시선을 붙잡은 것은, 침을 튀겨 가며 열변을 토하는 늙은 편집장이 아니다.

“김준원이 누굴 사랑했든, 결국엔 나랑 5년 동안 만났던 남자예요. 나는 몰랐다지만, 그쪽은 다 알고 있었잖아요?”

부드럽게 울리는 목소리에 남자의 시선이 한 번 더 움직였다. 높진 않았지만 귀를 자극할 정도로 매혹적인 목소리였다.

여자는 처음부터 남자의 눈에 띄었다.

그다지 넓지 않은 카페, 그 속으로 들어온 여자에게 이상하게도 눈길이 갔던 이유를 남자도 잘은 몰랐다.

편집장과의 대화는 놀라울 정도로 지루했기에, 그저 이 아까운 시간을 보상받고 싶다고 느낄 때였다.

손님의 걸음을 알리는 맑은 종소리가 울렸고, 한 여자가 들어왔다.

남자는 그때, 카페 안으로 들어와 주위를 두리번거리는 여자와 시선이 얽혔다.

눈이 마주친 그 찰나의 순간, 남자는 이상하게도 막혀 있던 숨이 트이는 기분을 느꼈다.

여자의 얼굴은 수수했지만 맑고 차분했다. 요즘 사람들에게서 쉬이 찾지 못하는 분위기였기에, 저도 모르게 가만히 바라보았던 것 같다.

멀지 않은 곳에 자리를 잡은 여자의 하얀 얼굴이 정면으로 보였다.

이것이 호기심이란 것을 자각하지 못한 남자는, 저도 모르는 새에 조금 더 자세히 여자를 관찰했다.

여자는 표정이 썩 다양하진 않았다.

두 남녀가 함께 들어와 아침 드라마 같은 막장 장면을 연출해도 그녀의 표정은 시종 차분했다. 그게 또 퍽 흥미로웠다.

"계약서는 언제 보내드리는 게 좋을까요?"

이름 모를 여인을 향해 관심을 담아내던 눈동자가 일순간 차갑게 가라앉았다. 닫혀 있던 남자의 붉은 입술이 열렸다.

"계약서?"

"……네, 최근에 부끄러운 사건이 있었지만, 우선 색안경을 끼지 마시고 저희 출판사를 믿어 주세요. 믿고 따라와 주시면……."

남자는 식은 커피를 한 모금 머금은 뒤 조소를 흘렸다. 줄곧 표정이 없던 그의 얼굴에 처음 피어난 미소였지만, 편집장은 조금도 반갑지 않았다. 그의 건조한 목소리가 느릿하게 가라앉았다.

"하려던 말씀은 다 끝났나요?"

"……네, 우선은……."

"단도직입적으로 말씀드리죠. 편집장님께서 이 자리가 어떤 자리인지 망각을 하신 것 같아서 말입니다."

웃음을 뚝 그친 남자는 서늘한 표정으로 긴 다리를 꼬았다. 홀릴 정도로 근사한 모습에도 편집장의 심장은 다른 의미로 거세게 뛰기 시작했다.

남자의 목소리는 몹시 평온했지만, 그것이 그의 눈빛과 너무 대조적이라 소름이 돋았다.

편집장은 침을 꿀꺽 삼켰다.

"'주자은' 작가던가요."

결국엔 언급된 이름에 편집장은 낮은 한숨을 쉬며 눈을 감았다.

"제 처녀작인 「깊은 숲」을 표절한 작가 말입니다. 최근에 청운에서 작업했다더군요."

"잠시만요, 작가님. 그건 오해가……."

"저도 서로 얼굴 붉히는 일 같은 건 만들고 싶지 않습니다. 차라리 조용히 묻히길 숨죽이고 기다리셨다면, 저 역시 늘 반복되는 지루한 논란이라고 치부해 버렸을지도 모르죠."

이 바닥에선 워낙 비일비재한 일이니까요.

당신이 무슨 생각을 했는지 다 알고 있다, 라는 듯한 남자의 조롱에 편집장의 얼굴은 사색이 되었다.

여자의 얼굴에 난처함이 가득 떠오르자, 남자는 웃음이 나왔다. 그는 여유롭게 입꼬리를 올리며 말을 이었다.

"하지만 청운 쪽에서 워낙에 비매너로 나오니, 제가 직접 미팅 제안한 겁니다."

"……작가님."

"대대적으로 기사 뿌려서 피해자인 척, 악랄한 네티즌의 희생양인 척."

여자는 아득한 얼굴로 입술을 물었다.

"요즘 주변에서 하도 시끄럽게 굴어서 저도 가만히 있을 순 없었네요. 「깊은 숲」은 저에게도…… 꽤 의미가 큰 작품이어서요."

남자는 건조한 미소를 지으며 자리에서 일어났다.

"그럼 잘 조치를 취해 주시리라 믿겠습니다."

그는 하얗게 질린 편집장을 무심하게 지나쳤다.

흘긋 돌아본 맞은편 자리. 계속 눈길이 갔던 여자는 어느새 사라지고 없었다.

남자는 걸음을 멈추지 않았다. 막장 드라마를 찍던 젊은 여자가 날카로운 목소리로 씩씩거리는 게 또렷이 들렸지만, 조금의 눈길도 주지 않았다.

여기도 저기도 쓰레기 같은 인간들이 넘쳐난다.

불쾌함으로 어둡게 가라앉은 남자의 눈동자가 일순 자그마한 빛을 품었다.

카페 앞에 서 있는 한 여자.

문에 가려져 조금 흐릿했지만, 익숙한 카디건의 색깔과 멍하니 하늘을 바라보는 뒷모습을 보니 조금 전 시선이 얽혔던 그 여자가 확실했다.

남자의 발걸음이 조금 빨라졌다.

밖엔 어느새 눈발이 흩날리고 있었다. 눈 속에 서 있는 그녀와 조금 더 가까이 마주했을 때, 그는 조금 이상한 기분을 느꼈다.

여자의 축 처진 어깨는 기운이 없어 보였다. 남자는 본인이 그 가녀린 어깨에 충동적으로 손을 뻗었다는 것을 인지하기까지 조금의 시간이 필요했다. 그는 젖어 가는 여자의 어깨가 조금, 신경이 쓰였다.

움찔하며 놀라는 그녀의 뒷모습에 난감한 표정을 겨우 갈무리한 남자가 조심스럽게 물었다.

"괜찮습니까?"

여자는 대답이 없다.

높게 틀어 묶은 머리카락이 여자의 허연 목덜미를 더욱 추워 보이게 만들었다. 남자는 여자의 뒷모습을 느릿하게 훑었다.

여자치고는 꽤 키가 크다. 그래서인지 적당히 가는 몸매가 더욱 부각되었다. 차가운 공기에 붉게 변하는 귓가, 깨끗한 목덜미, 약간의 갈색빛이 도는 단정한 머리카락.

짧은 순간, 그녀의 뒷모습을 하나도 빠짐없이 관찰한 남자는 생각했다.

'아, 이 여자의 목소리를 다시 한 번 듣고 싶다.'

갑작스러운 생각에, 남자의 근사한 얼굴이 슬쩍 구겨졌다.

내가 지금 무슨 생각을 한 걸까.

자괴감이 찾아오는 동시에 마음까지 촉박해져, 남자는 한 번 더 여자를 불렀다. 그러는 순간에도 남자는 자신의 행동을 도통 이해할 수가 없었다.

"……네, 괜찮아요. 고맙습니다……."

이런 남자의 혼란스러움을 전혀 모르는 여자는, 몹시도 축축한 목소리로 남자의 겨울코트를 느릿하게 물들이곤 그대로 떠나 버렸다.

새하얀 눈길에 여자의 검은 발자국이 하나하나 새겨질 때마다, 남자는 이유 모를 울렁거림을 느꼈다. 손끝 곳곳엔 여자의 어깨에서 느껴지던 작은 온기가 여전히 맴돌고 있는 듯했다.

분명 듣고 싶다고 생각한 목소리를 들었는데, 만족스럽지가 않았다. 마지막으로 전해진 여자의 목소리가 심장이 아플 정도로 슬펐기 때문이었다. 그 때문에 남자는 한동안 꼼짝도 할 수 없었다.

'심장이 아플 정도로 슬프다니…….'

남자는 자조적인 웃음을 지었다.

언제부터 타인의 감정이란 것이 이리도 절절하게 느껴지는 것이었던가.

멀어진 여자가 시야에서 사라지자, 남자는 탁한 숨을 몰아쉬었다. 목구멍을 틀어막은 듯 숨을 쉬기가 어려웠다.

우연히 마주친 인연이라기엔, 그녀라는 존재가 너무도 강렬해 남자는 조금 어지러웠다.

하지만 그것도 잠시. 그는 본래 몹시 바쁘고 자기중심적인 사람이다.

'이름도 모르고, 이젠 다시 만날 일도 없는 여자다.'

남자는 자조적인 자기 위로로 애써 아쉬움을 훌훌 털어 버렸다.

길거리 위에 새겨졌던 그녀의 발걸음은, 행인들의 발자국과 다시 쌓인 눈으로 형체를 알아보기 힘들어졌다.

지워진 여자의 흔적을 가만히 바라보던 그는 코트 주머니에 깊숙이 손을 찔러 넣었다.

그는 더 이상 지체할 시간이 없다는 것을 깨닫곤 미련 없이 주차장으로 향했다.

* * *

주말의 술집은 시끄러웠다. 삼삼오오 모인 대학생들의 젊은 기운이 청량한 분위기를 자아내는 듯했다.

저 나이 땐 입꼬리만 슬쩍 올려도 어찌나 눈이 부신지, 재현은 절로 시선이 가는 것을 떼어 내곤 주변을 두리번거렸다.

결 좋게 반짝이는 붉은 머리카락이 그의 고갯짓을 따라 찰랑거렸다. 검은 뿔테를 올리며 구석구석 살펴보던 중, 축 처진 마른 어깨가 그의 두 눈 가득 들어왔다.

"……미치겠다."

낮은 한숨을 뱉어낸 재현은 빠르게 걸음을 옮겼다.

목저지에 다다른 그는, 고개를 푹 숙이고 있는 한 여인의 갈색 머리카락을 천천히 쓰다듬었다.

"이혜원."

퉁명스런 어투와는 다르게, 여인을 바라보는 눈빛은 다정하기 그지없었다. 고개를 숙이고 있던 여자가 천천히 얼굴을 들었다.

"……재현아."

형편없이 떨리는 목소리에 재현의 얼굴이 어둡게 구겨지고 말았다.

늦은 저녁 특유의 어두운 그림자가 창문 새로 흘러들어 왔다.

재현은 맞은편에서 벌건 눈가를 문지르는 혜원을 물끄러미 바라보았다. 이미 반 정도 줄어든 재현의 맥주잔에 비해 혜원의 술잔은 조금도 줄지 않았다.

대략적인 상황은 이미 만나기 전 짧은 통화로 전해 들었다. 1시간 동안 아무런 말도 못 하고 눈물만 쏟던 그녀가 이제야 좀 진정을 한 것 같았다.

"다 울었냐?"

"……응."

재현은 다시 맥주잔을 들었다. 끓어오르는 욕설과 한숨을 억누르기란 생각보다 어려웠다. 혜원의 마지막 눈물은 기억 속에서 매우 까마득하다. 그 정도로 쉽게 눈물을 보이지 않던 그녀였다.

재현은 화가 났다. 대학 시절 끝 무렵, 조금의 접점도 없던 김준원과 안면이 튼 것은 어디까지나 혜원 때문이었다. 첫 인상부터 김준원은 유난히도 마음에 들지 않았었다.

애초에 깊은 관계가 아니니 연락은 자연스럽게 끊겼고, 최근엔 혜원에게 간접적으로 소식을 듣곤 했었다.

곱상한 얼굴로 순진한 애를 꾀어낸 것도 짜증이 나는데, 제 입맛대로 잔뜩 굴려놓고는 버리다니.

'그것도 그런 개 같은 이유로.'

재현의 손가락은 어느새 분노로 잘게 떨리고 있었다.

"대체 그 새끼는 너 모르게 뭔 짓을 하고 다닌 거야?"

안주로 나온 색색깔의 밀가루 과자를 신경질적으로 씹으며 재현이 물었다.

'바람이라니…….'

남자 친구가 유학을 가도 한눈 한 번 팔지 않던, 유난히도 따뜻하고 포근한 이혜원을 두고 바람이라니.

"대학생 때, 2년 동안 동거를 했다더라."

또다시 울컥 올라오려는 뜨거운 것을 꿀꺽, 삼키며 혜원은 자조적인 미소를 흘렸다. 재현의 얼굴은 더욱 사납게 일그러졌다.

"미친놈이 할 수 있는 지랄은 다 했네. 어떻게 다시 만나서 그 난리를 피운 건데?"

"준원이가 프랑스로 유학 갔을 때, 다시 만났대."

혜원은 인형처럼 예쁘장한 여자가 자랑스레 주절거리던 내용을 씁쓸히 뱉어냈다.

그녀는 김준원과 본인의 사이를 '운명'이라고 표현했다. 그렇다면 나는 그와 운명이 아니었던 것일까?

5년 동안의 만남이 운명이 아니라면, 그건 대체 무엇이었을까. 그저 단순한 대학 동기?

남부럽지 않게 뜨겁고 깊었던 그와 나의 사이가, 결국은 이렇게 별 볼 일 없는 것이었던가?

또다시 찾아온 회의감과 울적함에 다시 말이 없어진 혜원은 서글퍼 보였다.

속이 상해 쓴 신음을 삼키던 재현은 고개를 저었다.

"끼리끼리 잘 붙었네."

재현의 목소리는 싸늘하기 그지없었다. 절친의 분노에도 혜원은 말이 없다.

그는 한숨을 쉬었다.

혜원은 타인에게 약한 모습을 잘 보이지 않는다. 아무리 힘든 일도 독하다는 소리를 들을 정도로 참고 견뎌낸다.

그런 이혜원이 이렇게 눈물을 흘리고 마음 아파하다니.

그게 견딜 수 없을 정도로 화가 나고 슬펐다.

"과거에 동거했던 여자 뒤꽁무니 쫓아간 개새끼는 잊어. 이제 행복해질 궁리만 해. 그래야 그놈 때문에 허비한 5년을 보상받지."

재현은 남아있는 맥주를 모두 입 안에 털어 넣었다.

평소 시원시원한 제 친구의 성격을 혜원은 무척 좋아한다.

그는 밝고 유쾌하다. 예쁘장한 외모임에도 불구하고 강단 있는 성격에, 항상 듬직함을 느끼곤 했다.

하지만 오늘은 좀처럼 기분이 나아지질 않았다. 재현에게 말을 하면 할수록 그와의 이별 사실이 그녀의 심장을 난도질했기 때문이다.

형체가 없는 것이 이토록 아프게 심장을 찌를 수도 있다니, 신기할 따름이다.

"……나 정말 김준원이랑 헤어졌구나."

울적하던 혜원의 얼굴은 어느새 차분하게 돌아와 있었다. 눈물기가 녹아 있는 목소리도 덤덤한 제 색깔을 찾았다. 하지만 검은 눈동자에 절절하게 박혀 있는 슬픔은 쉬이 사라지지 않았다.

그녀는 그렇게 또다시 독하게 마음을 먹었다.

그 모습을 보자 심장이 따끔거릴 정도로 아파서, 재현은 남은 맥주를 모두 들이켰다.

* * *

아침에 어떻게 눈을 떴는지 모르겠다.

지난 주말, 재현과 정신없이 떠들고, 먹고, 마셨다. 잘은 기억이 안 나지만 집에 들어온 시간은 상당히 늦었을 것이다.

덕분에 혜원의 출근길은 평소보다 몇 배는 더 고역이었다. 조금은 멍한 정신을 느끼며 기계적으로 지하철을 타고 기계적으로 횡단보도를 건넜다. 수많은 직장인들과 학생들 사이에 섞인 그녀는 벌써부터 조금 지치는 기분이 들었다.

버릇처럼 꺼낸 휴대폰 메신저엔 몇몇의 작가와 재현에게서 온 연락뿐이었다. 준원에게서 연락이 없다는 사실에 작은 실망을 품었다는 것을 깨닫자, 발끝부터 한심함이 밀려왔다.

사실 아직까지도 그와 헤어졌다는 사실이 실감나지 않았다. 머리는 알고 있지만 마음으로 받아들일 수 없다는 게 이런 것일까.

고작 늘 반복하던 아침 문자의 부재에 이리도 허전함을 느끼다니.

혜원은 한숨을 삼키며 휴대폰을 가방 깊숙이 찔러 넣었다.

오늘 아침은 유난히도 색깔이 없다.

높은 빌딩 숲으로 들어간 그녀는 커다란 건물에 삼켜지는 상상을 하며 엘리베이터에 올랐다.

그녀의 목적지는 4층, '다원 출판사'였다.

"안녕하세요."

"혜원 씨, 안녕~"

깍듯한 그녀의 인사에 저마다 손을 흔들어 주었다. 혜원은 그다지 어린 나이가 아니었지만, 늦은 입사로 인해 사무실에선 막내 라인에 속했다.

그녀는 요즘 젊은이 같지 않게 차분하고 똑 부러져 사수들이나 상사들에게 예쁨을 많이 받았다.

"어제 라면 먹고 잤어?"

혜원의 옆자리에 앉아 업무 일지를 정리 중이던 재희가 물었다. 그녀의 직책은 대리로, 혜원의 선배이자 사수였다.

혜원은 머쓱한 표정으로 얼굴을 슬쩍 쓸었다. 아마 퉁퉁 부은 두 눈 때문이리라.

"네, 뭐, 최고의 야식이죠……."

대충 둘러대는 그녀의 대답에 재희는 입술을 삐죽 내밀었다.

"밤에 라면이라니, 자기는 좋겠다. 그렇게 먹어도 살 잘 안 찌지?"

소녀스러운 대화가 귀여워 혜원은 작게 키득거렸다.

월요일 아침은 유난히 바쁘다. 오전 회의 준비와 업무 일지 정리로 다들 정신이 없기 때문이었다.

혜원도 착실하게 회의 때 발표할 자료를 다시 한 번 검토했다. 바쁜 일상 속에 들어오니 공허하던 심장이 아주 조금은 채워지는 것 같았다. 하지만 그 안도감은 오래가지 못했다.

"혜원 씨, '최도은' 작가한테 연락 안 했어?"

회의 도중, 실장인 경훈의 칼 같은 시선이 매우 따가웠다. 그는 이 바닥에선 꽤나 알아주는 유명한 편집장이었다. 40을 바라보는 나이였지만, 그의 젊고 귀신같은 감각은 쉬이 따라할 수 있는 게 아니었다.

그는 나이에 맞지 않는 동안에 옷 스타일도 젊고 멋스러운 편이었다. 장난기도 많은 편이라 평소 직원들을 매우 편안하게 만들어 주는 상사였지만, 혜원은 현재 그가 그 누구보다도 두려웠다.

혜원은 제 머리를 쥐어박고 싶은 걸 겨우 참으며 순순히 대답했다.

"……죄송합니다."

경훈의 묵직한 눈동자가 혜원을 뚫어지게 바라보았다.

"이봐, 혜원 씨. 내가 최도은 작가 원고 피드백 때문에 지금 엄청 예민하다고 했잖아. 주말에라도 꼭 연락 주라고 저번 주에 신신당부했었던 것 같은데, 아닌가?"

"……맞습니다, 실장님."

"혜원 씨랑 계속 연락이 안 된다고, 나한테 연락이 왔어. 담당 작가랑 연락이 안 된다는 게 말이 돼? 최도은이 그냥 신인 작가야? 아무리 이름값이 높아도 전작 발표한 게 벌써 3년 전이야. 작가 입장에선 불안하지 않겠어?"

입이 두 개라도 할 말이 없다.

혜원은 착잡한 심정으로 '죄송하다'는 말을 되풀이할 뿐이었다. 준원과 그렇게 헤어진 뒤, 재현에게 연락했을 때를 제외하곤 휴대폰에 손도 대지 않았었다.

엄한 곳에 정신이 팔려 또 업무에 지장을 주고 말았다. 작가와 편집자는 신뢰가 가장 중요한데…….

발끝부터 올라오는 부끄러움과 죄스러움이 그녀의 고개를 더욱 끌어내렸다.

"작가와 서로 소통하는 거, 쉬워 보일 수도 있겠지만 되게 까다롭고 어려운 거야. 혜원 씨가 다른 직원들보다 경력이 많지는 않지. 그래도 평소 일하는 거 보고 잘하겠다 싶어 혜원 씨 믿고 큰 작가를 넘겨 준 건데, 내가 실수한 건가?"

조곤조곤한 목소리, 매서운 눈초리, 회의실의 숨 막히는 분위기.

혜원은 숨을 훅 들이 마시곤 고개를 들었다. 이미 실수한 건 어쩔 수 없다. 이 문제로 경훈에게 계속해서 한심한 모습을 보여 줄 순 없었다.

"죄송합니다. 작가님껜 회의 끝나고 바로 연락드리겠습니다. 관련 서류는 이미 작성을 모두 끝냈고, 최종 확인도 완료했습니다. 작가님과 최대한 오해 없도록 해결하겠습니다. 정말 죄송합니다."

차분한 얼굴로 테이블에 이마를 박도록 사과하는 모습에 경훈은 잠시 할 말을 잃었다.

최근 그녀답지 않게 실수가 잦아 조금 엄하게 혼내긴 했지만, 저렇게 깍듯하게 용서를 비니 화가 났던 마음이 눈 녹듯 사라진다.

'내가 너무 심했나?'

잠시 고민에 빠졌지만, 경훈은 마음을 다잡았다. 자고로 강한 사자를 만들기 위해선 새끼를 절벽에서 떨어트릴 때도 있어야지!

무시무시한 상상을 가슴 속에 꼭꼭 묻어둔 뒤, 경훈은 짧게 고개를 끄덕였다.

"흠."

그는 혜원의 이런 모습들이 참 예뻐 보였다. 요즘 젊은이들 같지 않게 자신의 잘못을 회피하려 하지도 않고, 업무에 있어선 항상 진중한 태도를 보인다. 입이 무거워 허언을 하는 법도 없다.

혜원의 편집자적인 재능을 높게 사고 있었기에, 그는 그녀를 더욱 엄하게 키우는 중이었다. 혜원은 누가 봐도 탐낼 인재이다.

"우선은 알겠어. 오늘 회의에서 중요한 건 그게 아니고."

잠시 말을 고른 경훈이 사원들을 둘러보았다.

"드디어 '박지훈' 작가와 미팅 일정이 잡혔어."

사원들이 잠시 술렁거렸다. 그건 혜원도 마찬가지였다.

'박지훈이라면…….'

그녀의 맑은 눈동자가 동그랗게 떠졌다.

몇 년간 한국의 출판 시장은 처참하기 그지없다. 특히 장르적으로 '잘되는' 책에 제약이 컸는데, 그중에서도 〈추리/미스터리〉 장르는 해외 도서를 제외하곤 관심도가 바닥이었다.

그런 암흑기를 거치던 중 혜성처럼 나타난 신예가 바로, 박지훈 작가이다.

'한국 추리소설은 재미가 없다.'는 편견을 철저히 깨부순 천재 작가.

독자들은 그의 강렬하고 긴장감 넘치는 극 전개에 환호했으며, 박지훈의 작품은 책에 관심이 없던 젊은이들의 지갑을 열게 만들었다.

출간만 하면 신드롬인 그 천재 작가와 계약을 할 수도 있는 상황이다. 다원에선 박지훈의 계약을 따내기 위해 적지 않은 노력과 시간을 쏟아 부었다.

다원이 출판 업계에서 거둔 수많은 성과들을 보았을 때, 작가 쪽에서도 거절이 힘들 것이라 생각했다.

그러나 박지훈은 상상 이상으로 도도하고, 자기 주관이 뚜렷한 작가였다.

"뭐, 다들 알다시피 아직 계약을 한 상황은 아니야. 그래서 더 중요한 자리이기도 하지."

고개를 열심히 끄덕이는 사원들을 보며 경훈은 피식, 웃었다.

"벌써부터 긴장하면 어떻게 해? 기죽지 마. 아무리 유명한 작가라도 똑같은 인간이야. 공기 없으면 숨 못 쉬어서 죽는 인간."

비유가 조금 이상한데요.

재희의 중얼거림을 경훈은 가볍게 무시했다.

"우선 미팅엔 사장님과 내가 참석을 할 거야. 사장님께선 믿을 만한 편집자를 하나 더 데리고 가는 게 어떻겠냐고 하시던데……."

사원들의 눈이 반짝반짝 빛난다.

"누가 동행하는 게 좋을지는 생각을 좀 해 봐야겠지?"

빙긋 웃는 경훈의 얼굴을 보며 혜원은 막연히 생각했다.

그 자리에 참석할 수 있다면 편집자로서 정말 좋은 기회일 것이다. 가고 싶은 생각이 들지 않는다면 거짓말이지만, 혜원은 원래 욕심이 많은 성격이 아니다.

아직 본인이 신입이라는 것을 잘 알고 있었고, 쟁쟁한 선배들도 많았기에 그녀는 일찌감치 마음을 접을 수밖에 없었다.

"세상에, 박지훈이라니. 웬일이니."

어린 아이처럼 기뻐하는 재희의 모습에 혜원은 작은 웃음을 흘렸다.

박지훈 작가와 계약을 할 수 있는 기회가 왔다는 것만으로도 편집부원들은 상당히 들떠있었다.

꽤 이름값이 높은 작가들과 여러 번 작업을 해 본 재희가 이렇게까지 설레는 모습을 보이는 건 처음이다.

빈 커피 잔을 아쉬운 듯 바라보던 혜원이 말했다.

"박지훈 작가가 정말 유명하긴 한가 보네요."

"유명할 뿐이겠니? 이쪽 업계에선 엄청난 미남이라고 소문이 자자해."

"그래요?"

베스트셀러 작가가 얼굴까지 잘생겼다니.

'인생은 불공평해!'라고 외치는 동료 편집자의 목소리에 혜원도 작은 공감을 느꼈다. 그러곤 이내 머쓱한 듯 머그잔을 만지작거렸다.

빛나는 것에 대한 자격지심이라도 느낀 걸까.

얼굴도 본 적 없는 타인에게 바보 같은 감정을 품은 것 같아 한숨이 나왔다.

'게다가 상대는 유명인인데.'

애초에 비교선상에 두기 어렵다.

혜원은 또다시 떠오르는 준원과의 헤어짐을 애써 억누르며 물었다.

"그렇게 잘생겼대요?"

"말도 마. 박 작가 신인 때 같이 작업했던 편집장님과 안면이 좀 있는데, 어지간한 연예인은 명함도 못 내밀 정도래."

그때, 같은 부서의 김윤진 사원이 혜원과 재희를 돌아보며 대화에 끼어들었다. 그는 까무잡잡한 피부에 서글서글한 인상을 가진 유쾌한 남자였다.

"우와, 그런데 왜 얼굴 공개를 안 할까요? 그 정도 외모면 화제성이 장난 아니었을 텐데."

여느 베스트셀러 작가들과는 다르게 박 작가는 언론 매체에 얼굴을 비추지 않기로 유명했다.

인터뷰 기사는 간혹 접하는 편이었지만, 얼굴을 공개한 적은 단 한 번도 없다. 그 때문에 이런저런 추측성 루머만 난무할 뿐이었다.

「화려한 이력에 현혹되지 말자. 이력만 번지르르한 그는 여자 경험 하나 없는 골방 오타쿠일 수도 있으니까.」

혜원은 악의 가득한 어느 에디터의 표현을 떠올렸다. 저급한 표현에 많은 독자들의 반발을 사 폐간까지 이른 비급 잡지사였다.

팬들의 항의가 어찌나 거셌는지, 한동안 대부분의 인터넷 뉴스 상위 레이어를 차지할 정도였었다. 그러나 그때도 박지훈 작가는 조금의 의견도 내비추지 않았다.

"본인은 그런 거 전혀 상관없다는 거겠지. 얼굴 공개 안 해도 작품 활동 할 때마다 화제성 갑이잖아."

"뭐, 그건 그렇죠."

박지훈 작가에 대한 열띤 토론은 좀처럼 식을 줄 몰랐다.

후에 실장님의 등장으로 겨우 마무리가 될 수 있었지만, 전체적으로 사무실 분위기가 많이 고양되어 있는 편이긴 했다.

혜원은 새삼 미남 작가의 파급력이 어마어마하다는 것을 깨달았다.

'어쩐지 다른 세상의 이야기 같아.'

그녀도 최근에는 비교적 인지도가 높은 작가를 담당할 수 있게 되었지만, 박지훈은 확실히 존재감부터 달랐다.

물론 계약을 하더라도 담당 편집자가 아니면 교류는 거의 없겠지만, 한편으론 설렘이 느껴지기도 했다.

유명 작가와 만날 수 있는 기회이니까.

사실 혜원은 박지훈 작가의 글을 그다지 찾아 읽는 편은 아니다.

분명 잘 쓴 글임에는 틀림이 없지만, 어쩐지 어둡다는 생각이 들었기 때문이다.

하지만 그의 작품 중, 혜원이 유일하게 위로를 받았던 소설이 있다.

바로 그의 처녀작인 「깊은 숲」.

숲에서 벌어진 외국 살인사건을 각색하여 동화처럼 풀어낸 소설이었는데, 매우 감각적으로 진행되는 스토리라인에 독자들은 물론 전문가들의 극찬까지 끌어낸 작품이다.

작품 내의 주 배경인 '숲'은 하나의 인격이 있었고, 주인공 소년의 친구이자 유일한 가족이다.

혜원은 그 소설을 처음 접했을 때, 소년이 숲에게 위로를 받는 것처럼 저 역시 마주친 적도 없는 화자에게 작은 위로와 온기를 받은 듯했다.

저에게 자그마한 위로를 준 화자가 참 따뜻하다고 생각을 했었는데, 그 후 출간된 박지훈 작가의 글들은 대체로 어둡고 차가웠다.

'인터뷰에선 무척 어릴 때 작업한 글이라고 하던데…….'

어린 나이에 출간을 했다는 사실이 놀랍기보다, 온기를 주었던 작가의 문체나 글 스타일이 변했다는 사실에 좀 더 신경 쓰였다.

그러나 때마침 묵직하게 울리는 휴대폰 진동에 혜원은 퍼뜩 정신을 차렸다. 작가에게서 온 연락이었다.

전화로 원고 일정을 열심히 상의하는 동안, 혜원의 머릿속에서 박지훈 작가는 금세 잊혀졌다.

제 2 장
순간을 잡아요

오전 10시. 휴대폰으로 시간을 확인한 지훈은 마른 숨을 삼켰다.

그가 잠자리에 든 시간은 아침 8시였다.

수면을 취한 건 겨우 2시간 남짓. 그마저도 한참을 뒤척거리다 겨우 눈을 붙인 것이다.

그는 요 며칠간 통 잠을 이루지 못했다.

'또 불면증인가…….'

티끌 하나 없이 고운 지훈의 미간이 불쾌하다는 듯 구겨졌다.

"하아……."

마른세수로 정신을 깨운 지훈은 느릿하게 침대에서 일어났다.

딱히 인정하고 싶진 않지만, 잠에 쉬이 들지 못하는 이유를 그는 이미 잘 알고 있다.

한숨을 삼키곤 쩍쩍 갈라진 목구멍을 차가운 생수로 적시던 도중, 그의 휴대폰이 요란한 소리로 울렸다.

Madeon(마데온)의 Nonsense.

최근에 경수가 멋대로 바꿔 놓은 벨소리인데, 요란하기 그지없다. 아저씨 같은 기본 벨소리는 그만 듣고 싶다는 이유에서였다.

휴대폰 하나로 말씨름을 하고 싶지 않았기에, 지훈은 그저 이맛살을 몇 번 찌푸리곤 말았다.

한동안 진동 모드로 해 놓고 있었던 터라, 아직 이 벨소리를 바꾸지 않았다는 것을 이제야 깨달았다.

그 녀석처럼 정신없다고 느끼며 휴대폰을 들어 올린 지훈은, 실소를 머금었다.

[서경수]

그도 양반은 아니다.

경수는 그와 같은 미스터리 소설가이자, 유일하다 말할 수 있는 오래된 친우였다. 탄탄한 마니아층을 보유한 자유로운 필력과 꾸밈없는 유쾌한 성격이 그의 장점이다.

지훈이 무어라 입을 열기도 전, 아침 햇살처럼 밝은 기운이 스피커를 뚫고 나왔다.

[오늘 작가 모임 올 거지?]

“안 가.”

지훈의 어투는 그의 표정만큼이나 심드렁했다. 경수는 빽 소리를 질렀다.

[왜!? 다들 너 보러 오는 건데!]

“출판사 미팅이라고 말했던 것 같은데.”

출판사 핑계를 댔지만, 미팅이 없더라도 참석하지 않았을 것이다. 다 같이 모여 떠들어 대는 분위기는 딱 질색이다.

경수는 무어라 난리를 쳤지만, 그가 작가 모임 따위로 전화한 게 아니라는 것을 지훈은 잘 알고 있었다.

기계적으로 전화를 받던 그는 거실로 나가 소파에 누웠다. 차가운 가죽이 피부에 닿자, 옅은 소름이 돋았다.

지훈의 모임 불참 소식이 영 못마땅했는지 한참을 구시렁거리던 경수가 주제를 돌렸다.

[그런데 갑자기 무슨 미팅? 신작 나온 지 얼마 안 됐잖아.]

“출판사 미팅에 갑자기가 어디 있어.”

[흠…….]

경수는 잠시 입을 다물었다가 다시 조잘조잘 이야기를 시작했다. 지훈은 별다른 반응 없이 그저 가만히 듣고만 있었다.

경수와의 대화는 늘 비슷했다. 경수는 떠들고, 지훈은 듣는다.

이런 게 대화라고 하긴 조금 뭣하지만, 둘 중 아무도 그것으로 불만을 표출하지 않는다. 오래 전부터 익숙해졌기 때문이리라.

지훈이 스피커 속 목소리를 무심히 듣고 있자, 경수가 조심스레 대화의 방향을 바꿨다.

[그리고 엔간하면 신경 좀 꺼.]

"뭘?"

[너 최근 신작 때문에 이번 달 내내 저기압이잖아.]

"……."

[주변에서 슬럼프니 뭐니 하는 거 네가 언제부터 신경 썼다고 그래. 그리고 이미 그때 일은…….]

끓어오르는 한숨을 꾹 눌러 삼킨 지훈은 딱딱한 혓바닥을 겨우 굴렸다.

"끊는다."

억누르듯 읊조린 그의 한마디에, 경수의 낮은 한숨이 스피커 너머로 새어 나왔다.

경수는 눈치가 빠르고 꾸밈이 없다. 라이프스타일은 전혀 달랐지만, 지훈이 유일하게 '친구'라고 인정한 거리낌 없는 사이였다.

하지만 지훈은 더 이상 통화를 이어가고 싶지 않았다. 그 이유를 경수도 잘 알고 있었기에, 그는 별다른 대꾸 없이 전화를 끊었다.

지훈은 피곤한 듯 눈두덩을 가볍게 눌렀다.

"슬럼프라……."

걱정이 담긴 경수의 목소리를 쉽게 떠올릴 수 있었다.

미지근해진 소파 가죽 위에 가만히 뺨을 기댄 그는 천천히 눈을 감았다.

벌써부터 묵직한 피로감이 몰려왔다.

* * *

출판사와의 미팅까진 세 시간 남짓이나 남아 있었지만, 지훈은 벌써 출판사 건물 내에 위치한 카페에 도착한 터였다.

고급스러워 보이는 푸른 코트를 걸친 그의 모습은 눈이 부실 정도로 근사해서, 카페 내부의 점원과 손님들의 시선이 떠날 줄을 몰랐다.

쏟아지는 관심이 불편할 법도 한데, 지훈의 얼굴엔 일말의 변화도 없었다.

그에게 이런 시선은 몹시 익숙했다. 여인들은 황홀한 표정을 짓고 있었지만, 지훈의 눈에는 그들이 그저 신기한 서커스를 관람하는 관객들과 같아 보였다.

그는 가볍게 머플러를 끌어내리며 카운터 앞에 섰다. 곧게 뻗은 손과 조금은 흐트러진 머리카락이 섹시하다는 생각을 하며, 카페 점원이 조심스럽게 물었다.

"주, 주문하시겠어요?"

"에스프레소 한 잔 부탁합니다."

맙소사, 목소리마저 섹시하다. 점원의 두 뺨은 금세 분홍빛으로 달아올랐다.

"샷 추가, 하실 건가요?"

"아뇨."

"드시고 가실 건가요?"

"네."

떨리는 목소리를 누르는 게 여간 쉬운 일이 아니다. 또 물어볼 게 없을까, 점원은 머리를 싸매며 입술을 달싹였다.

"날씨가 무척 좋네요."

"……."

안타깝게도 창밖은 당장이라도 빗줄기가 쏟아질 것같이 온통 회색빛이었다. 점원이 부끄러움에 몸서리를 치든 말든, 지훈은 그저 우아하게 코트 안주머니에서 지갑을 꺼낼 뿐이었다.

"계산 부탁합니다."

"……네."

에스프레소는 썩 훌륭하진 않았지만 못 마실 정돈 아니었다.

지훈은 몽롱한 정신을 쫓아내기 위해 남은 커피를 전부 입 속에 털어 넣고는 노트북을 켰다.

완벽한 적막을 몹시 좋아하던 그였지만, 요즘엔 좀처럼 집에서 작업하기가 수월하지 않았다.

그는 불을 붙이지 않은 담배 개비를 손에 쥐고, 테이블을 톡톡 두드렸다. 무의미하게 확인한 시곗바늘은 이제 막 점심을 지나고 있다. 머릿속에선 작업할 분량의 내용을 천천히 정리 중이었다.

노트북 화면 속 깜빡이는 커서를 가만히 노려보던 그는, 무거운 손가락을 느릿하게 움직였다.

새로 작업하는 소설은 전작보다는 가벼운 분위기를 조성해야 했다. 미스터리 특유의 긴장감은 유지하되, 주인공 캐릭터의 유쾌한 면을 조화롭게 풀어야 글의 완성도가 높아질 것이다.

시간이 시간인지라 카페 내부는 좁은 편이었지만 한산했다. 적당한 잡음이 섞인 공기와 잔잔한 커피 내음이 집중을 돕는 듯, 지훈의 손가락은 점차 빨라졌다.

늙은 여자는 페인트칠이 벗겨진 낡은 집에 살았다. 정태는 여느 때와 같이 갈라진 시멘트길을 어슬렁거리며 초록색 대문을 흘깃거렸다.

주머니에 넣어 둔 박하사탕 두어 개를 까먹다 보면, 녹슨 대문이 비명을 지르며 열린다. 그는 이 순간이 울렁일 정도로 즐거웠다.

한창 바쁘게 움직이던 손가락이 우뚝 멈췄다. 작업 중인 작품의 주인공은 형사였다. 그의 나이는 20대 후반이었고, 그가 유일하게 연정을 느끼는 상대는 바로 40대 이혼녀이다.

그녀를 향한 정태의 깊은 마음을 써내려갈 때마다, 지훈은 손끝이 차게 식는 것과 같은 느낌을 받았다.

「같은 작가의 작업물이라고는 믿을 수 없을 정도로 형편없는 감정선. 도입 부분 타이트하게 진행된 극의 멋을 모조리 망가트려 놓았다는 기분마저 느꼈다. 작가는 '사랑'이라는 감정을 글로 배운 걸까?」

"하아……."

무거운 한숨을 내쉰 지훈은 결국 키보드에서 손을 떨어트렸다. 잊고 있던 불쾌한 기억이 다시 떠올랐다.

텁텁한 입 안을 혓바닥으로 가볍게 쓸어내린 그는, 결국 고개를 젓고는 자리에서 일어났다. 차가운 물이라도 집어넣어야 잡생각이 좀 가실 것만 같았다.

"찬물 한 잔 주시겠습니까?"

"네, 금방 드릴게요, 조금만 기다려 주세요."

남자의 요청에 점원은 눈빛을 반짝였다. 최대한 느리게 컵을 꺼내며 여자가 말했다.

"또 눈이 오네요."

점원의 말이 귓속에 들어온 순간, 마네킹 같던 남자의 얼굴이 창 쪽을 향했다. 창밖의 풍경이 초점 없던 남자의 시선을 잡았다. 눈이 내린 지 얼마 지나지도 않았는데, 또다시 펑펑 눈송이가 흩날리고 있었다.

"……."

그는 쏟아지는 눈송이에서 시선을 떼기 어려웠다. 그 이유는 아마도 이상할 정도로 인상 깊었던 '그날'의 낯선 여자 때문이리라.

벌써 3주 전 일이다.

금방 잊힐 것 같았던 그때의 순간은 좀처럼 머릿속에서 사라지지 않았다. 오늘도 그 여인의 모습이 놀라울 정도로 생생하게 떠올라, 저 바깥 어딘가에 여전히 눈을 맞으며 서 있을 것만 같았다.

"……네, 괜찮아요. 고맙습니다……."

흐릿한 날씨만큼이나 울적하게 젖어 있던 목소리가 다시금 울리는 듯해, 지훈은 저도 모르게 귓바퀴를 손끝으로 천천히 쓸었다. 안쓰러울 정도로 가녀렸던 어깨가 또렷하다.

지훈은 눈을 질끈 감고는 카운터의 점원을 돌아보며 말했다.

"미안하지만, 아이스 아메리카노도 함께 주문하겠습니다."

지훈은 슬쩍 미간을 모았다.

'정말 미친 건가.'

좀 더 정신을 차릴 필요가 있다.

* * *

겨우 전화를 끊은 혜원은 온몸에서 기운이 쭉 빠져나가는 것만 같았다.

오늘 하루는 유난히도 정신이 없었다. 인쇄소의 실수로 표지가 시커멓게 찍혀, 문제를 해결하느라 오전이 그냥 날아갔기 때문이었다.

경훈의 짜증과 성질, 제작부와 인쇄소의 반복되는 연락으로 인해 머리가 터져 나가는 줄 알았다. 예고 없이 터지는 사건엔 정말이지 넌덜머리가 난다.

그러던 와중에 글이 풀리지 않는다는 담당 작가의 한탄스러운 전화에, 그녀는 두 배로 피곤함을 느껴야 했다.

작가는 어찌나 말이 많은지, 정확히 1시간 30분 후에야 전화를 끊을 수 있었다. 혜원은 뜨겁게 달아오른 휴대폰을 책상 위로 아무렇게나 던져 놓고는, 차게 식은 녹차를 모두 들이켰다.

바짝 마른 입술이 이제야 살아나는 것 같았지만, 점심시간을 모두 써 버리고 말았다.

'밥도 못 먹었는데…….'

이제 막 사무실로 들어 온 재희는 기운이 쏙 빠진 혜원의 모습에 낮은 한숨을 뱉었다. 뭐든지 열심히 하는 혜원을 그녀 역시 좋아하는 편이지만, 힘들다는 말 한 마디 안 하는 모습에 가끔 안쓰러움을 느꼈다.

"혜원 씨, 여기 샌드위치. 작가 때문에 아무것도 못 먹었지?"

샌드위치 특유의 머스터드 냄새가 진동을 하자, 혜원이 반짝이는 눈동자로 재희를 바라보았다.

"사랑해요, 대리님."

"자기가 주는 사랑은 됐거든? 아무튼, 점심시간을 그냥 다 보냈는데 혜원 씨는 업무 좀 더 늦게 시작해도 괜찮아."

"감사합니다, 대리님. 잘 먹을게요."

그제야 배가 고프다는 것을 자각한 혜원이 재희가 사다 준 샌드위치를 들었다. 달걀옷을 입혀 촉촉하게 구운 달콤한 빵 사이엔 두툼한 베이컨의 육즙과 녹은 치즈가 뚝뚝 흐르고 있었다. 입안에 샌드위치를 우걱우걱 밀어 넣는 혜원을 바라보며 재희가 물었다.

"최도은 작가가 뭐래?"

"음…… 글쎄요, 최 작가님 통화는 늘 결론이 같아서."

"같다고?"

"당신의 말은 잘 알겠지만, 내 글은 내가 쓰니까 출판사는 그냥 잠자코 보고 있어라?"

"뭐니, 그게? 아니, 이 아저씨가 아직 덜 쉬었나, 왜 이렇게 기고만장한 거래? 응? 그럴 거면 글 안 써진다고 담당자를 괴롭히질 말아야지!"

저보다 더 짜증을 내는 재희의 모습에 혜원은 그만 웃음을 터뜨리고 말았다.

이 바닥에선 꽤나 유명세를 자랑하는 최도은 작가를 거리낌

없이 '아저씨'라고 표현하는 재희의 시원시원함이 그녀는 퍽 좋았다.

"그나저나 오늘 엄청 예쁘게 입고 오셨네요."

오전을 워낙 정신없이 보낸 터라, 이제야 여유가 생긴 혜원이 재희의 옷차림을 구석구석 뜯어보며 말했다.

세련된 스트라이프 블라우스에 블랙 H 라인 스커트. 데스크 밑엔 아찔한 높이의 값비싸 보이는 가죽구두가 가지런히 놓여있었다. 그녀는 눈매가 날카로운 고양이 상이라, 이런 느낌의 '차도녀 룩'이 몹시 잘 어울렸다.

평소에도 워낙에 멋스럽게 꾸미고 다니는 그녀였지만, 오늘은 유난히도 힘을 준 모습이었다. 도시 여자의 이미지가 20 정도 상승한 느낌이다.

재희는 도드라진 붉은 입술을 꼼꼼하게 정리하며 도도하게 어깨를 으쓱였다.

"박지훈 작가 미팅인데 아무렇게나 하고 올 순 없지. 내 미모로 계약을 따내고야 말겠다는 말씀!"

"대리님 미모로 꼬셔 버려요! 오랜만에 단체 회식 좀 하게!"

옆자리에 앉은 유경이 재희를 부추겼다. 권유경 사원은 혜원과 비슷한 시기에 들어온 동기로, 외모만큼이나 아이 같은 화법을 구사하곤 했다.

그녀의 유쾌한 제안에 다들 신나게 키득거렸다. 화기애애한 분위기에 혜원도 마음껏 웃었다.

재희는 요 며칠간 온갖 정성을 들여 작성한 박지훈 작가 미팅 자료들을 한 번 더 세심히 훑어보았다. 저 자료들을 작업하느라, 한동안 재희는 정시에 퇴근한 적이 없었다.

일전의 회의 이후, 박지훈 작가 미팅에 참석할 수 있는 영광은 재희에게 돌아갔다.

그녀는 일처리가 훌륭한 편이었고, 경험도 많은 완벽한 커리어 우먼이다. 게다가 최근 오랫동안 진행하던 장기 프로젝트도 마무리를 지었던 터라, 다들 그녀가 참석할 거라고 예상했다.

"미팅 3시라고 하셨죠?"

"응, 나 긴장하나 봐. 오늘따라 시간이 왜 이렇게 빨리 가니?"

"대리님이 미팅으로 떠는 건 또 처음 보네요."

화장을 꼼꼼하게 체크한 재희가 싱긋이 웃는 혜원을 물끄러미 바라보았다. 위로 높게 틀어 묶은 머리카락이 혜원의 희고 자그마한 얼굴과 잘 어울렸다.

미인이다, 라고 얘기하기엔 평범한 생김새였지만, 깨끗하고 잔잔한 분위기가 같은 여자인 저도 시선이 가게끔 했다.

재희는 혜원의 목 라인이 특히나 예쁘다고 생각했다. 두드러지게 글래머러스한 몸매는 아니지만, 혜원은 여자로서 질투가 날 정도로 아름다운 곡선을 가지고 있었다.

"자기 정말 소개팅 안 할래?"

"매일 일에 치여 사는데 소개팅은 무슨요. 정말 괜찮아요."

혜원이 최대한 능청스럽게 대꾸했지만, 재희는 입술을 삐죽일 뿐이었다.

"아까워 죽겠네. 아는 동생이 혜원 씨 짝으로 딱인데. 뭔가 묘~한 분위기가 있는 게, 분명 혜원 씨랑 완전 잘 어울릴 거야."

혜원은 난감한 기색을 숨기고 잔잔한 미소를 흘렸다.

얼마 전 가졌던 술자리에서 혜원의 이별 사실을 알게 된 후부터, 재희는 부쩍 그녀에게 소개팅 이야기를 꺼내곤 했다.

사실 고마운 마음보단 불편함이 더 크다.

그녀가 이런 얘길 꺼낼 때마다, 꼭 준원이 한 번 더 생각나기 때문이다.

헤어진 지 이제 겨우 3주.

그녀 나름대로 충분히 이별을 받아들이며 열심히 하루하루를 보내고 있지만, 이런 식의 관심은 아무리 재희라도 불편했다.

"대리님, 혜원 씨 불편하겠어요."

"왜 불편해?"

보다 못한 유경이 그녀를 저지했지만, 재희는 도리어 고개를 갸웃거렸다.

"아니, 원래 이별이란 게 좀 그렇잖아요. 뭐 사람마다 다르겠지만. 혜원 씨 같은 성격은 차근차근 제 할 일 하면서 정리되길 기다리는 게……."

"뭔 소리래? 구남친이 무슨 땅속에 묻어 둔 김치야? 두고두고 묵혀 두게? 빨리빨리 꺼내 먹어야 속에서 안 썩지. 많이 생각하고, 떠올리고, 화도 좀 내 보고. 그러면서 정리를 해야 자기한테

도 좋은 거야."

혜원은 남은 샌드위치를 우물우물 씹으며 생각했다.

재희는 모든 면에서 쿨하다. 남자관계 역시 다르진 않을 것이다.

그렇다면 자신은?

준원을 많이 생각하는 게 정말 좋은 것일까?

소개팅을 하고 다른 사람과 어울리며 빨리 떨어져 나가도록 노력을 해야 하는 걸까?

그렇게 필사적으로 김준원을 잊어야 하는 걸까?

혜원은 잘 모르겠다, 고 생각했다.

연인과의 이별에 썩 경험이 많은 것은 아니지만, 어떤 형태의 이별이든 익숙해지진 않을 것이다.

안타깝게도 준원과의 5년은 눈물 나도록 행복했고, 찬란했다.

노력한다고 쉽게 잊히는 게 사람 마음이라면, 어느 누구도 이별을 힘들어하지 않으리라.

혜원은 아직도 휴대폰을 자주 들여다본다.

준원에게서 연락이 오길 기다리는 건지 본인도 확신하기 어려웠지만, 무의미하게 메신저나 문자함을 들락날락한다는 건 변함이 없다.

"어머, 눈 오네?"

한참 재희와 입씨름을 하던 유경이 창밖을 바라보며 낮은 탄성을 질렀다.

혜원의 눈동자도 천천히 밖을 향했다. 첫눈이 온 지 얼마 지나지 않은 것 같은데, 또다시 눈이 내린다.

"많이도 쏟아지네."

지겹다는 듯한 재희의 어투에, 혜원도 느릿하게 고개를 끄덕였다.

"……그러게요."

오래 마음을 나눈 연인과 헤어진다는 것은 이런 의미에서 힘들다.

긴 시간 동안 모든 계절과 추억을 나누었기에, 사소한 것 하나 하나에 금세 마음이 흔들리곤 한다.

하필 첫눈이 내리는 날 헤어지다니.

혜원은 쓴웃음을 지었다. 이번 겨울은 줄곧 뒤숭숭할 것 같다.

샌드위치 포장지를 모두 버린 혜원이 휴대폰을 쥐고 자리에서 일어났다. 뜨겁던 휴대폰은 어느새 차게 식어 있었다.

"어디 가요?"

조용히 자리에서 일어나는 혜원에게 유경이 말을 건넸다.

"마실 것 좀 사 오려고요. 뭐 사다 드릴까요?"

"나는 별로."

"저도 괜찮아요~"

본의 아니게 늘어난 점심시간, 최대한 알차게 써 주겠다고 마음먹으며 혜원은 사무실 밖으로 나갔다.

다원 출판사는 건물의 3층과 4층을 모두 사용하는데, 3층엔 크게 영업, 마케팅 부서와 관리부, 저작권 부서, 사장실이 자리를 잡고 있었고, 4층엔 혜원이 소속된 편집부서들과 디자인부, 제작부 등이 있었다.

로비 중심으로 향할 수 있는 복도 대신 화장실로 통하는 좁은 복도를 가로질러 비상계단으로 내려가면, 좀 더 빠르게 1층 커피숍에 갈 수 있다.

익숙한 붉은 철제문. 흘긋 살펴본 카페 내부엔 카운터에 서 있는 남자를 제외하곤 사람이 거의 없었다.

문을 열고 들어가려던 그때, 혜원의 휴대폰이 낮게 울렸다.

[김혜인 작가님]

혜원은 한숨을 내쉬며 전화를 받았다. 오늘따라 작가 연락이 무척 잦다.

주저리주저리 이야기를 시작하는 작가 덕에, 안면이 튼 카페 점원과는 가볍게 묵례만 나눠야 했다.

혜원의 눈길은 자연스럽게 카운터 앞에 서 있는 훤칠한 남자에게로 향했다.

키가 높이 솟아 모델 같은 체형의 남자였다. 멋지게 차려입은 모습이 뒷모습만으로도 미남일 거란 생각이 들었다.

카운터 앞에 다다르자 시원한 향기가 훅 풍겨왔다.

그 향기를 조금 들이마신 혜원은, 속으로 작은 탄성을 흘렸다. 잠시나마 머리가 맑아지는 느낌을 받았기 때문이다.

이 향기가 옆에 서 있는 남자에게서 감돈다는 것을 알아채기까진, 그다지 오랜 시간이 걸리지 않았다.

어쩐지 익숙하다는 생각을 하며 혜원은 메뉴판을 훑어보았다.

"주문하시겠어요?"

통화 중이란 것을 배려했는지, 점원이 조용하게 물었다. 주문부터 해야 할 것 같아 혜원이 작가에게 양해를 구하려던 그때였다.

"네, 작가님. 죄송하지만 잠시만 기다려……."

혜원의 도톰한 입술이 천천히 닫혔다. 어쩐지 묘한 느낌에 고개를 슬쩍 들어 올린 순간, 저를 똑바로 바라보는 시커먼 두 눈동자와 눈이 마주쳤기 때문이다.

"……."

혜원의 옆에 서 있던 남자의 시선이 저를 향하고 있었다.

그녀는 조금 놀랐다. 남자는 상당히 근사한 외모의 소유자였다.

뒷모습만 보고 미남일 것이라고 생각은 했지만 이 정도일 줄이야.

새카만 머리카락과 두 눈동자가 몹시 매혹적인 남자였다. 파란색 코트가 이토록 잘 어울리는 남자를 3D로 보는 건 처음이다.

무척 차가운 인상이긴 했지만, 혜원은 저도 모르게 '아름답다'

라는 생각을 해 버리고 말았다.

그녀는 이내 머쓱한 듯 오른쪽 뺨을 긁적였다. 남자에게 아름답다는 표현을 쓰게 되다니, 스스로도 당황스러웠다.

[혜원 씨? 무슨 일 있어요?]

수화기 너머로 들려오는 작가의 목소리에, 혜원은 그제야 남자에게서 시선을 돌릴 수 있었다.

"아뇨, 작가님. 제가 지금 밖이라 잠시 뒤에 다시 전화 드려도 괜찮을까요? ……네, 아닙니다. 제가 죄송하죠. 네, 그럼 바로 연락드리겠습니다."

전화를 끊고 고개를 들자, 카페 점원이 익숙한 듯 미소를 짓고 있었다.

"죄송해요."

"죄송하긴요, 주문은 뭐로 하시겠어요?"

"민트 초코 하나, 따뜻한 거로요. 들고 갈 거니까 그냥 종이컵에 주세요."

"네, 급한 건 아니신 거죠? 옆 손님께서 주문한 게 있으셔서."

"천천히 해 주셔도 괜찮아요."

"그럼 결제 먼저 도와드리겠습니다."

혜원은 지갑에서 카드를 꺼내며 다시금 흘긋, 옆을 바라봤다. 난감하게도 남자의 시선은 여전히 저를 향하고 있었다.

눈매는 차갑고 냉정해 보였지만, 어쩐지 저를 바라보는 깊은 눈동자엔 강렬하고도 뜨거운 기운이 담겨 있었다.

'나랑 아는 사이인가.'

의구심이 들었지만 쉬이 알은체를 할 순 없었다. 엄청난 미남이 저를 뚫어지게 쳐다보는데도, 혜원은 썩 마음이 동하진 않았다.

무엇이든 간에, 너무 과한 것은 마주하고 대하기가 어렵다.

혜원은 결제를 끝내고 근처 테이블에 가서 앉았다. 남자의 시선은 더 이상 따라오지 않았다.

혜원이 다시 작가에게 전화를 걸 때 즈음엔, 남자도 자리로 돌아온 후였다. 워낙 카페가 좁아 테이블 수도 많지 않았기에, 본의 아니게 바로 옆자리로 자리를 잡게 되었다.

남자의 자리엔 빈 커피 잔들과 노트북이 있었다. 자리에 앉은 남자는 무언가를 열심히 두드리는 중이었다. 때마침 작가가 전화를 받았기에, 혜원은 남자에게서 시선을 돌리고 통화를 이어갔다.

"네, 작가님. 그럼요, 2권 원고 피드백 관련해서 전화 주신 거였죠?"

[좀 걱정이 돼서요…… 혹시 중간에 추가한 꽃가지 에피소드 보셨나요?]

여인의 목소리는 상당히 자신감이 없었다. 혜원은 작가를 안심시키기 위해 작은 미소를 흘리며 말을 이었다.

"네, 안 그래도 그 부분 때문에 연락을 드리려 했는데, 잘됐네요."

[사실, 작업하기 전부터 꽃가지 관련 에피소드는 꼭 넣으려고 구상을 끝내 둔 상태였거든요. 그런데 막상 써 보니 조금 애매한 것 같기도 하고…… 좀 개운하지가 않네요.]

혜원은 피로함이 여실히 느껴지는 작가의 한탄을 묵묵히 들어주었다.

작가와 통화를 할 땐 그들의 숨소리 하나에도 최대한 집중을 하는 편이었다.

본인이 힘겹게 작업한 글에 자신이 없다면, 그 누구보다 작가 스스로가 가장 많은 스트레스를 받을 테니까.

그런 그들의 고충을 충분히 들어 주고 다독여 주는 것이 그녀의 일이다.

"작가님 작품은 사건 전개가 워낙 촘촘하게 구성되어 있어서, 인물들의 감정이 두드러지는 부분들이 특히나 중요해요. 인물들에 대한 독자들의 이해도는 버려두고 굵직굵직한 사건만 진행시킬 순 없으니까요. 최대한 신경을 써서 다뤄야 하는데, 그 사이를 또 다른 사건의 복선이 묵직하게 자리를 잡고 있으니 극이 전체적으로 너무 딱딱해졌어요."

[음, 인물의 내면의 소리가 이때 들어가야 하는 건가요? 개인적으로 사건 전개에 워낙 힘이 들어가서 적어도 한 챕터 정도는 그냥 진행할 생각이었거든요. 괜한 감정 묘사로 글의 몰입을 흐트러뜨릴까 염려스럽기도 하고요.]

"물론, 꼭 이때 인물의 감정이 들어가야 해, 복선은 이럴 때만 넣어야 해, 라고 무조건적으로 지켜야 하는 건 아무것도 없어요. 창작은 자유라고 하잖아요. 하지만 각자의 상황이나 생각에 대한 묘사가 너무 부족하니, 주인공 패거리가 은행을 턴 이유마저 모호해진 부분이 있어요."

한참 통화에 집중을 하던 그때, 점원이 직접 음료를 가져다주었다. 혜원은 점원에게 옅은 눈인사를 보냈다. 민트 초코 특유의 달콤 쌉싸름한 향기가 코를 찔렀다.

음료 한 모금을 머금은 혜원은, 입 안 가득 퍼지는 단 맛에 얼굴 근육이 풀어지는 것을 느꼈다.

[그렇게 하는 게 맞는 걸까요?]

자신을 잃은 작가들은 쉬이 불신을 가진다. 본인의 글에 대한 불신, 담당자에 대한 불신, 나아가 출판사에 대한 불신까지.

작가들은 항상 확실한 해답을 원하지만, 혜원은 늘 그들이 원하는 답을 주는 것이 어려웠다. 이럴 때 작가들은 무슨 대답을 들어야 확신을 가지고 자신을 얻을 수 있을까.

매번 반복되는 질문에 정의 내리는 답 역시 항상 같다. 그 누구도 근거 없는 허세를 바라지 않을 것이다.

혜원은 그저 진심을 담아 작품을 바라보고, 자신이 느끼는 바를 소신껏 전달하기 위해 노력했다.

"잘 팔리는 글을 만들고 싶은 건 저도 마찬가지예요, 작가님. 아니라면 거짓말이죠. 편집자라면 다들 욕심이 있으니까요. 하지만 편집자이기 전에 독자로서, 매출을 우선시하기보단 현재 진행되는 방향성에 가장 잘 들어맞는 의견을 드리고 싶은 거예요.”

혜원은 작게 미소를 지었다.

“꽃가지 에피소드가 「도시의 바다」 메인이니만큼, 더욱 세심한 작업이 필요해요. 이 작품은 저에게도 작가님에게도 무척 소중하고 귀한 글이니까, 힘드시겠지만 한 번 더 수정 부탁드릴게요.”

[……어휴…… 네, 알겠습니다. 그럼 출판사만 믿고 수정해 볼게요.]

졌다는 듯 수긍하는 작가의 목소리에 혜원은 자그마한 웃음 터뜨렸다. 카페 내부를 울리는 그녀의 웃음소리는 굉장히 부드럽고 맑았다.

옆자리에 앉은 남자의 손가락이 어느새 우뚝, 멈춰 있는 것을 발견하지 못한 채, 혜원은 자리에서 일어났다.

“네. 그럼 수정 원고 기다리고 있겠습니다. 2권이 생각보다 빨리 들어와서 일정이 많이 타이트하진 않으실 거예요. ……네, 작가님도 즐거운 하루 보내시고요. ……네, 그럼 연락 기다리겠습니다.”

점원에게 인사를 하고 혜원은 카페를 나왔다. 서늘한 바깥 공기가 로비까지 들어와, 혜원은 흠칫 몸을 떨어야 했다.

밖엔 여전히 흰 눈이 펑펑 내리고 있었다. 로비로 들어오는 사람들의 우산이며 어깨가 축축이 젖어 있는 것을 물끄러미 바라보던 혜원이 이내 고개를 돌렸다.

손바닥에 닿는 따뜻한 민트 초코의 온기를 느끼며 걸음을 옮기려던 때에, 누군가 혜원의 어깨를 조금 강하게 움켜쥐었다. 그 반동에 손에 든 음료가 약간 출렁거렸지만 다행히 쏟아지진 않았다.

당황스러움에 곧바로 고개를 돌린 혜원이 어깨를 잡은 사람을 눈에 담았다.

남자의 손아귀에 조금 힘이 들어갔다.

그 손길에 아픔을 느끼기도 전, 그녀의 표정에 의아함이 가득 떠올랐다.

카페에 함께 있었던 그 남자였다.

"……."

"……."

무거운 정적이 두 사람 사이에 내려앉았다.

남자의 손은 여전히 혜원의 어깨를 움켜쥐고 있었고, 그녀는 조금 더 열심히 고민했다.

'정말 이 남자를 어딘가에서 본 건 아닐까.'

하지만 이내 그 고민이 불필요했다는 것을 깨달았다. 이런 외모의 남자를 한 번 보고 잊을 리가 없으니까.

남자의 새카만 눈동자는 참으로 깊고 깊어서, 혜원은 머리끝이 쭈뼛, 서는 것 같았다. 그 눈빛 때문인지, 조각상 같던 서늘한 그의 얼굴에 이제야 온기가 도는 듯했다.

무슨 일인지 물어보려 그녀가 혓바닥을 굴리던 때에, 먼저 소리를 낸 것은 남자였다.

"……다원 출판사로 가려면, 어디로 가야 하는지 아십니까?"

"……."

혜원은 천천히 시선을 돌려, 바로 옆에 대문짝만 하게 붙어있는 인포메이션 게시판을 바라보았다. 층별로 사업장 이름과 부서명까지 아주 자세히 적혀 있었다.

입술을 달싹이려던 순간, 무언가 스쳐 지나가는 생각에 혜원은 슬쩍 시계를 바라보았다.

오후 2시 52분.

시간을 확인한 혜원이 다시금 남자를 요모조모로 뜯어보았다. 머릿속에선 언젠가 조잘거리던 재희의 목소리가 생생히 떠올랐다.

"말도 마. 박 작가 신인 때 같이 작업했던 편집장님과 안면이 좀 있는데, 어지간한 연예인은 명함도 못 내밀 정도래."

잠시 고민하던 혜원이 조심스럽게 물었다.

"혹시, 박지훈 작가님이신가요?"

그녀의 물음에 남자의 눈동자가 일순 커졌다.

출판사를 찾는 것부터, 노트북이며 미팅 시간, 연예인 빰치게 근사한 외모까지.

남자는 박지훈 작가가 떠오르는 요소들을 속속들이 가지고 있었다.

그러나 그는 별다른 답이 없었다. 혜원은 잘못 짚은 건가 싶어, 민망한 듯 고개를 갸웃거렸다.

'괜히 아는 척을 했나?'

그때, 조금 탁한 목소리가 한 번 더 혜원의 귓가를 두드렸다.

"……나를, 압니까?"

적잖이 놀랐는지, 냉정하고 차가운 외모가 아주 조금은 유순해 보였다. 날카로운 눈매가 누그러지자 혜원은 어쩐지 웃음이 났다.

듣기 좋은 웃음소리가 지훈의 귓바퀴를 부드럽게 쓸고 지나가자, 그의 손끝이 잘게 떨렸다. 혜원은 잔잔한 미소를 지으며 작게 고개를 끄덕였다.

"네, 그럼요. 반갑습니다. 작가님."

* * *

시간이 애매해 식사보단 차를 마시는 쪽을 택했다. 출판사 직원들을 따라 전경이 훤히 보이는 외부 커피숍으로 자리를 옮겼지만, 지훈의 머릿속은 좀처럼 정리되지 않았다.

"이렇게 만나 뵙게 되어 영광입니다, 작가님. 저는 다원 출판사 대표 '최태혁'이라고 합니다."

"박지훈입니다."

사장인 태혁의 뒤를 이어, 편집장인 경훈과 재희 역시 인사를 건넸다. 그들의 인사를 받는 둥 마는 둥 하며 지훈은 한숨을 집어삼켰다.

좁은 커피숍, 제 옆에서 커피를 주문하던 그녀의 모습이 아직 눈에 선하다.

'그날'의 '그 여자'를 다시 만났다.

좁은 카운터 앞에 그녀가 저와 나란히 섰을 때, 그렇게 듣기 좋았던 목소리를 한 번 더 들을 수 있었을 때, 그녀가 출판사 직원임을 눈치챘을 때까지…….

본인이 무슨 생각을 했는지는 잘 모르겠다. 그저 그녀의 모습 하나하나가 크게 눈에 박혀, 침음을 삼키는 것이 고작이었다.

높이 틀어 묶은 머리카락과 흰 피부. 부드러워 보이던 목선. 집중할 수밖에 없이 만드는 잔잔한 음성. 눈발이 흩날리던 그날의 첫 만남이 떠오름과 동시에, 지훈은 주먹을 꽉 움켜쥐었다.

특정 인물과 우연히 몇 번 마주치는 건 그렇게 특별한 일이 아니다. 적어도 지훈이 겪어 본 바론 그랬다. 그 사실을 잘 알고 있음에도 불구하고, 그는 그저 혼란스러울 뿐이었다.

이상하게도 그녀의 웃음소리가 아직도 귓가에 울리는 것 같았다. 그날 보았던 울적한 모습과는 전혀 다른, 싱그러움을 품은 미소였다.

'그런 미소라니.'

자각하기도 전, 지훈의 머릿속에 혜원의 형상이 하나둘 늘어갔다.

'이름이 뭐였더라? 분명 조금 전 들었는데…….'

"그나저나, 어떻게 딱 혜원 씨와 마주치셨네요."

재희의 밝은 목소리에 지훈의 눈썹이 작게 움찔거렸다.

"네, 실장님. 이혜원입니다. 지금 회사 로비에서 박지훈 작가님과 만났는데요."

짧은 인사를 나눈 뒤, 그녀가 편집장과 통화를 하던 내용이 떠올랐다.

'혜원, 이혜원…….'

혜원의 이름을 가만히 되뇌던 지훈이 느리게 고개를 끄덕였다.

"네. 다원 편집자일 줄은…… 몰랐습니다."

재희가 이해한다는 듯 눈꼬리를 예쁘게 휘었다.

"얘기로만 전해 들었는데, 박 작가님 정말 미남이시네요. 연예인이라고 해도 믿겠어요."

경훈도 그 말에 동조하듯 고개를 끄덕였다. 전체적으로 선이 굵고 차가운 분위기 때문인지 찌르면 피 한 방울 나오지 않을 것 같았지만, 놀라울 정도로 잘생긴 건 사실이었다. 검은 재규어가 인간의 형상을 한다면 아마도 이 남자의 이미지와 꼭 들어맞으리라.

재희의 칭찬에 그다지 장단을 맞추고픈 마음이 없는지, 지훈은 묵묵히 입술을 닫고 있을 뿐이었다. 좀처럼 풀리지 않는 딱딱한 분위기에 재희는 지훈을 목석같은 남자, 라고 판단했다.

"그럼 슬슬 본론으로 넘어가 볼까요?"

적당한 잡담 후, 경훈이 가볍게 말을 꺼냈다. 재희가 작게 동조하며 음료 주문을 하려던 때였다.

"죄송합니다만, 입구 쪽으로 자리를 옮기고 싶은데요."

갑작스러운 지훈의 제안에 세 사람 모두 어리둥절한 표정을 지었다.

"입구 쪽은 바람이 계속 들어올 텐데 괜찮으시겠어요?"

추우실 텐데요, 재희가 조심스럽게 물었다. 그러나 지훈은 상관없다는 듯, 조금 전 받은 세 사람의 명함을 느릿하게 훑어본 뒤 고개를 들었다.

그의 시선은 또렷이 재희에게 박혔다. 갑작스러운 아이컨택에 그녀는 바쁘게 요동치는 심장을 저지하느라 혼났다. 이렇게 멋진 남자의 시선을 독차지하듯 받는 건 처음이다.

"상관없습니다."

지훈은 한껏 황홀한 표정을 짓는 재희에게 덤덤히 말했다.

"정재희 씨 화장품 냄새가 너무 독해서 머리가 아프거든요."

"빌어먹을!"

재희가 욕설을 하며 미팅 자료를 데스크에 던지듯 내려놓은 것은, 혜원이 지훈과 마주친 뒤 정확히 2시간을 훌쩍 넘긴 후였다.

작가 미팅 후 이렇게까지 흥분한 모습을 보인 적 없던 그녀였기에, 사무실 직원들은 눈치를 보기 바빴다.

"대리님, 무슨 일 있으세요?"

한창 교정 작업에 집중을 하고 있던 혜원이 의아한 얼굴로 그녀를 불렀다. 재희는 지금 숨까지 몰아쉬고 있다.

"박지훈은, 목석같은 남자가 아니야."

"……네?"

그녀가 무슨 말을 하는지 순간 이해할 수 없었던 혜원이 요상한 표정을 지었다.

슬쩍 눈이 마주친 유경은 고개를 설레설레 저으며 이상한 손짓으로 무언가를 설명하고 있었다.

혜원의 표정은 한층 더 요상해졌다.

"그 자식은, 그 자식은…… 개 같은 소시오패스야!"

"……."

분노 가득한 그녀의 외침에 편집부원들은 순간 할 말을 잊었다.

'어머, 정말요? 개 같은 자식이었어요?'라고 맞장구를 쳐주기엔 그녀의 표정은 너무나 험악했다.

편집부원들이 무어라 입을 열기도 전에, 재희는 지훈의 만행을 하나하나 까발렸다.

무거운 분위기를 풀어 보려 사장님까지 농을 던지는데 눈썹 하나 까딱하지 않았던 점.

미팅 내내 시종일관 흥미 없다는 모습을 보여 진땀을 빼게 만든 점.(재희는 이 대목에서 대체 왜 미팅에 나온 거냐고 더욱 분개했다.)

미팅 후 사장님의 저녁식사 제안에도 바쁘다며 일말의 미안한 기색도 없이 거절해 버린 점.

그리고 본인에게서 화장품 냄새가 난다며 자리를 옮기겠다고 한 점.(편집부원들은 그녀가 왜 분노에 가득 차 있는지 확실히 깨달을 수 있었다.)

그녀의 표현을 빌리자면 지훈은 오만하고 재수 없는 인간의 표본이었다. 그를 꼬셔 계약을 따내겠다던 그녀의 화려한 포부는, 뜻밖의 강적을 만남으로써 무참히 정리가 되었다.

혜원은 녹차 한 모금을 머금으며 생각에 잠겼다. 차게 식은 텁텁한 액체가 입 안을 적셨다.

"흠, 그렇게 딱딱한 분은 아니셨던 것 같……."

"뭐?"

"세상에, 이 시대의 새로운 소시오패스가 요기 있네. 어휴, 그것 참 정 없는 남자일세."

혜원은 필사적으로 지훈을 헐뜯었다. 재희가 당장이라도 그녀를 물어뜯을 듯 입술 끝을 씰룩거렸기 때문이었다.

경훈이 돌아오기 전까지 그녀의 분노는 계속되었다. 그녀의 속을 아는지 모르는지, 경훈은 재희를 보며 '아이쿠, 화장품 냄시~'라고 놀려 대기 바빴다.

슬슬 퇴근 준비를 하던 혜원은, 문득 로비에서 마주쳤던 박지훈 작가를 떠올렸다.

그는 그녀가 생각했던 것보다 훨씬 젊고 멋있었다. 그의 눈동자와 얼굴, 몸매는 너무나 근사해서, 평소 아름다운 것들에 덤덤한 편인 그녀조차도 빨려들어 갈 것만 같았다.

'목소리나 얼굴 때문인가…… 확실히 다가가기 힘든 타입이긴 했지.'

그녀는 살풋 미소 지었다.

"나를, 압니까?"

싸늘한 눈매가 동그랗게 변해 묻는 게 퍽 귀여웠는데.

갈색 워커를 마저 착용한 혜원은 가볍게 기지개를 켜곤 회사를 벗어났다.

또다시 문자함과 메신저를 무의미하게 뒤지고 있다는 것을 깨달은 그녀는, 쓴웃음을 흘리며 겨우 손가락을 떼어냈다.

떼어진 엄지는 빠르게 음악 앱을 찾아 눌렀다. 휴대폰의 음악 플레이어를 한참 동안 뒤적거리던 하얀 손이 우뚝, 멈추었다. 듣고 싶은 노래를 발견했다.

어딘지 잔잔하고 덤덤한 분위기를 풍기는 외모와는 다르게, 그녀는 빠른 템포의 밝은 음악을 몹시 좋아했다.

혜원은 심장까지 울릴 정도로 빠른 멜로디를 흥얼거리며 걸음을 옮겼다.

눈은 이미 깨끗하게 그쳤다.

곳곳에 쌓인 흰 더미는 조금도 녹지 않았지만, 추위가 덜했고 하늘이 몹시 맑았다.

기분은, 나쁘지 않다.

* * *

집에 돌아온 지훈은 대충 벗은 코트를 아무렇게나 던져 두곤 부엌으로 향했다. 푸른색의 값비싼 코트는 거실 구석에서 형편없이 구겨졌다.

잔을 가득 채운 찬물을 한꺼번에 삼키자 두통이 잘게 일었다. 관자놀이가 지끈거렸지만 크게 개의치 않았다.

미팅 내용은 거의 기억이 나질 않았다. 그 이유가 '여자' 때문이란 사실에 그는 헛웃음을 삼켜야 했다.

지훈은 제 손에 남겨진 세 장의 명함을 가만히 노려보았다.

출판사와의 미팅 때 이렇게까지 집중이 안 됐던 건 처음이다. 덕분에 미팅 분위기는 시종일관 딱딱했고, 불편함마저 있었다.

"천천히 생각해 주세요. 저흰 작가님과의 인연을 꼭 이어나가고 싶습니다. 긍정적인 답변 기다리겠습니다."

정중히 고개를 숙이던 중년의 편집장. 안경훈이라는 이름의 남자는, 푸근한 외모와는 다르게 꽤 끈질긴 성격이었다

전 출판사와의 계약일이 만료된 걸 어찌 알았는지, 많은 편집장들에게서 연락을 받았다.

다원의 편집장은 그중에서도 특히 눈에 띄었다. 거의 매일을 출근 도장 찍듯 연락을 해 왔으니까. 정신을 차리고 보니, 결국은 반포기 상태로 미팅 제안을 받아들인 후였다.

옷도 갈아입지 않은 채 소파 위에 드러누운 그는 멍하니 천장을 바라보았다.

'그 여자가…… 다원 편집자였을 줄이야.'

지훈은 더듬더듬 기억을 더듬어, 조금 전 '이혜원'이란 여자를 만났던 출판사 건물 안의 자그마한 카페를 다시 한 번 떠올렸다.

작가일 듯 예상되는 이와 열심히 통화 중이던 그녀는, 단 한 번도 제 쪽으로 시선을 주지 않았다.

지훈은 실소를 터뜨렸다.

두 번째 만남은 첫 번째 만남만큼이나 강렬해서, 처음 만났을 때보다 머릿속에 강하게 틀어박혀 버렸다.

"다원 출판사 편집부의 '이혜원'이라고 합니다."

"이제 곧 사장님과 편집부서분들이 내려오실 거예요. 조금만 더 기다려 주세요."

무슨 정신으로 그녀를 쫓아갔는지 모르겠다. 조금 바보 같지만, 지금 잡지 않으면 안 된다는 생각을 했던 것 같기도 하다.

그러나 짧은 소개 후, 지훈은 특별히 입을 열진 않았다.

얼굴 가득 눈물을 머금고 흩날리는 눈송이 사이로 사라졌던 그날의 여자와 마주하고 있다는 실감이 쉬이 들지 않았기 때문이다.

출판사 직원들이 내려오자, 그녀는 깍듯이 인사를 하곤 사라졌다. 미련 없이 자리를 뜨는 모습에 지훈은 이상한 감정을 느껴야 했다.

'다른 관계자들은 저와 조금이라도 더 함께 있고 싶어 하던데.'

순간 저도 모르게 부끄러운 생각을 했다는 자각이 생겼는지, 그는 터져 나오려는 한숨을 간신히 틀어막았다.

그다지 특별할 것 없는 여자라고 치부하려 했지만, 그것 역시 쉽지 않았다.

"네, 그럼요. 반갑습니다. 작가님."

그가 또다시 사라지려는 여자를 붙잡아 얻은 것은, 눈이 시큰거릴 정도로 반짝이는 미소였다.

여자의 미소가 이렇게까지 찬란한 것일 줄은 꿈에도 상상 못 했다.

다시 한 번 떠올린 그녀의 미소는 여전히 너무나 반짝여서, 지훈은 저도 모르게 눈을 질끈 감아 버리고 말았다.

그때, 가라앉는 눈꺼풀을 깨운 것은 초인종 소리였다.

지훈의 매끈한 미간이 잔뜩 구겨졌다. 미동도 없이 가만히 누워 있으니, 초인종 소리가 일정한 간격으로 리듬을 만들어 낸다.

저렇게 해괴한 짓을 할 인물은 하나밖에 없다.

제발 그냥 돌아가 주길 바라며 등을 돌렸지만, 그의 휴대폰이 요란한 소리를 내며 울린다.

결국 그가 자리를 박차고 일어난 것은 휴대폰 벨소리와 초인종 소리가 귀 아픈 화음을 만들어 냈을 때였다.

"안녕."

지훈은 열심히 손을 흔드는 경수를 흉흉하게 노려보았다. 그의 표정이 심상치 않다는 것을 눈치챘는지, 경수는 호들갑을 떨며 신발을 벗었다.

"이야~ 리모델링했냐? 못 본 새에 더 넓어진 것 같…… 크헉!"

그러나 한 발자국을 채 들이기 전, 지훈의 유려한 손가락이 경수의 뒷덜미를 잡아챘다.

"찾아오기 전에 연락하라고 했던 것 같은데."

“오늘만 봐주라, 너 외로울까 봐 작가 모임도 마다하고 온 건데.”

“비밀번호 뻔히 알면서 대체 초인종은 왜 누르는 거야?”

“흠, 우리 사이의 긴장감을 위해서랄까.”

강아지처럼 들러붙는 경수는 피곤하다. 결국 지훈은 혀를 차며 그를 집 안에 들일 수밖에 없었다.

경수는 자연스레 지훈의 부엌 냉장고를 열어 음식가지들을 꺼내기 시작했다. 먹을 게 하나도 없다며 투덜거리는 경수를 지훈은 깨끗하게 무시했다.

황량하던 식탁 위에 널브러진 과일 따위를 바라보는 지훈의 시선엔 조금의 흥미도 찾아 볼 수 없었다.

“작가들 사이에선 벌써 시끌시끌하던데?”

“뭐가.”

“네가 ‘다원’이랑 계약한다고.”

지훈이 차가운 조소를 머금었다.

“여전하네, 제멋대로 떠들어대는 건.”

“그래서, 안 할 거야?”

“…….”

단도직입적인 경수의 스타일을 싫어하진 않지만, 무언가 정리되지 않은 상황에서 그와의 만남은 귀찮다.

지훈은 식탁에 엉덩이를 붙이며 시큰둥하게 답했다.

“글쎄.”

“왜, 조건이 별로야?”

그 조건이 기억나지 않는다는 소린 죽어도 못 한다. 아마 평생 놀림당하리라.

“그래도 다원은 거지 근성이 없다더라. 유명 작가 똥구멍이라도 핥으려는 곳들과 다르다던데.”

“그건 모르는 거지.”

“뭐, 그건 그렇지.”

지훈은 접시 가득 채워지는 오렌지를 주워 먹었다.

음식물이 들어가자 잊고 있던 허기가 생각이 난 듯 상당히 배가 고파졌다.

결국 두 사람은 배달 음식을 잔뜩 시켜 놓고 저녁을 먹기 시작했다.

“어차피 계약할 거면 그래도 다원이 나아.”

“또 그 소리.”

“너 차기작 쓰고 있잖아. 계약 안 할 거야?”

“해야지.”

“그럼 다원이랑 해.”

도돌이표처럼 반복되는 대화에 결국 지훈은 피식, 입꼬리를 올렸다.

“다원에서 돈이라도 빌려 줬어?”

“내 애인도 안 빌려 주는 돈을 거기서 왜 빌려 줘?”

“네가 다원, 다원, 노래를 부르니까.”

"너 지난 출판사에서 편집자들 때문에 스트레스 엄청 받았잖아. 마케팅으로 얼굴 공개해서 책 팔아먹으려고. 말이 마케팅이지, 그거 빌미로 갖은 더러운 수는 다 쓰려 했었지."

지훈은 짧게 혀를 찼다. 경수의 말대로 최근에 계약을 파기한 출판사에선 여러모로 말썽이 잦았다.

워낙 출판사 자체가 크고 인지도가 높았던 터라, 유명 작가들까지도 찍소리 못 하게 쥐고 흔들던 곳이었다.

지훈 역시 저들 입맛대로 굴리려 했을 테지만, 사람을 잘못 봐도 한참 잘못 봤다.

"덕분에 그쪽 대표가 출판사 모임엔 아직도 참석 못 한다고 하더라. 너한테 깨진 게 쪽팔려서."

경수가 뭐라 하든 지훈은 그저 묵묵히 보쌈을 목구멍에 구겨 넣을 뿐이었다. 씹을 때마다 고기의 담백한 육즙과 보쌈김치가 기가 막히게 어우러져, 쉼 없이 손이 움직였다.

"여하튼, 적어도 다원은 그런 쪽에선 깨끗할 거라는 거지."

"그렇게 깨끗한 곳이면 네가 해, 계약."

"안 돼. 내 마돈나가 지금 계약한 출판사에 있단 말이야."

최근 경수는 신인 작가와 연애를 시작했다.

"마돈나 같은 소리 하네."

한심하단 지훈의 눈초리에도 경수의 '마돈나' 찬양은 꿋꿋했다. 마음 가는 이가 있는 곳에서 저가 작업하겠다는데, 뭐가 문제냐는 외침이 들렸다.

"나의 마돈나는 내 글을 진심으로 대해 준다고."

'진심'이란 표현에 지훈의 눈빛이 어둡게 가라앉았다. 평소의 그였다면 경수의 뜬구름 같은 소리를 신경조차 쓰지 않았을 것이다.

하지만…….

"이 작품은 저에게도 작가님에게도 무척 소중하고 귀한 글이니까, 힘드시겠지만 한 번 더 수정 부탁드릴게요."

다정하고 신뢰가 담긴 목소리.

흘낏, 훔쳐보았던 그녀의 눈동자엔, 전혀 연관이 없는 저가 봐도 '진심'이란 것이 가득 담겨 있었다. 이름 모를 그 작가가 질투 날 정도로 깨끗하고 곧은 시선이었다.

지훈은 젓가락을 내려놓고 푹신한 소파 다리에 편히 기댔다.

나와 함께 작업하는 이가, 내 소설을 '소중하다'고 말해 준 적이 있었던가.

거실 바닥에 나뒹구는 코트 주머니에서 담뱃갑을 꺼낸 지훈이 익숙한 손길로 불을 붙였다. 붉은 입술 끝에 걸친 하얀 담배개비가 묘하게 선정적이라, 경수는 몹시 못마땅했다.

저런 퇴폐적인 분위기마저 눈물 나게 잘 어울리니, 저 같은 평범한 남자는 설 자리가 없다.

경수가 뚱한 표정을 짓든 말든, 깊은 연기를 뱉어낸 지훈이 물었다.

"담당 편집자가 네 소설을 소중하다고 말해 준 적, 있나?"

"……드라마 찍냐?"

"아니면 귀하다든가."

"차기작 주인공 직업이 열정 가득한 편집자야?"

너무나 현실적인 반응에 지훈은 마른 웃음을 뱉어냈다. 공기 중에 퍼져나가는 뿌연 연기에 경수는 손을 휘휘 저었다.

"차기작 주인공은 형사거든?"

"뭐가 됐든, 요즘 그렇게 진지한 편집자가 어디 있다고 그래."

그런 편집자가 있더라, 라는 말이 목구멍까지 치솟아 올랐지만, 지훈은 구태여 입 밖으로 꺼내진 않았다.

"네 마돈나가 네 작품을 진심으로 대한다며."

"그런 꿈같은 진심이 아니라 내 글을 진짜 좋아한다는 거지. 거짓이 아닌! 게다가 내 마돈나는 편집자가 아니라 작가라고!"

"아, 그래."

"어때, 부럽지? 그러니까 연애해. 네 얼굴 볼 때마다 아까워서 눈물이 다 난다."

서비스로 함께 배달 온 소주를 몇 잔 걸치더니, 경수는 약간의 취기가 도는지 얼굴이 붉어졌다. 흐트러진 얼굴로 연애를 강요해도, 조금의 설득도 되지 않는다.

결국 항상 같은 패턴의 대화가 되어 버린 것을 느끼며 지훈은 짧게 혀를 찼다.

저에게 인생은 이미 오래전부터 황폐한 겨울이었다. 언제부터였는지, 얼마나 됐는지, 그런 건 중요하지 않다.

냉기가 도는 심장엔 자그마한 싹 하나 트지 않는데, 대체 무슨 연애를 하란 말인가?

대꾸할 가치도 느끼지 못한 지훈은 그저 폐 깊숙이 담배 필터를 빨아들일 뿐이다.

벌써 11월 말, 이제 곧 12월이다.

내년엔 금연에 도전해 볼까, 라는 영양가 없는 생각을 하며 그는 빈 크리스털 유리잔에 담배 개비를 눌러 껐다.

주린 배가 어느 정도 채워지고, 먹는 속도가 현저히 줄어들었다.

자고 가겠다는 경수를 대충 문밖에 던져 놓은 지훈은 서재 책상 위에 올려둔 명함을 집어 들었다.

자그마한 종잇조각을 바라보는 그의 눈빛이 깊게 가라앉았다.

* * *

어느덧 12월이 훌쩍 가까워졌다. 나이를 먹을수록 시간이 빨라진다는 말을 실감하며, 혜원은 몸을 움츠렸다.

완연한 겨울에 접어든 후 추위는 점점 강해져, 오늘은 그중에서도 유독 공기가 쌀쌀했다.

몇 주 전 내린 눈은 아직도 녹지 않아, 거리 곳곳엔 눈의 잔재가 지저분하게 남아 있었다.

목도리를 두르고 가죽 장갑을 끼어도 칼바람을 피해갈 수 없는지, 엘리베이터 거울 속 깡마른 여인은 코끝이 잔뜩 붉어져 있었다.

"혜원 씨, 혜원 씨, 얘기 들었어요?"

사무실에 들어서자마자 유경이 손을 흔들어왔다. 혜원은 어쩐지 주인을 맞이하는 강아지 같다는 생각을 하며 인사를 건넸다.

강아지 같다는 소린 비밀로 해야지. 유경이 알게 되면 화를 낼지도 모르겠다.

"무슨 얘기요?"

슬리퍼를 갈아 신으며 되묻는 혜원의 표정은 덤덤하기 그지없었다. 유경은 입술을 잔뜩 비쭉였다.

"리액션 좀 크게 해주면 안 돼요? 이거 좀 엄청난 건데!"

호기롭게 외치는 유경의 모습에, 혜원은 낮은 웃음을 터뜨리고 말았다. 주변을 둘러보니 전체적으로 분위기가 상기된 것 같긴 하다.

"무슨 좋은 일 있나 보네요."

혜원의 리액션을 포기한 유경이 기분 좋은 미소를 지으며, 손바닥으로 데스크를 두 번 툭툭 두드렸다.

"박지훈 작가, 우리랑 계약한대요."

"아……."

혜원의 입술이 살짝 벌어졌다.

"놀랍죠? 놀랍죠?"

미팅이 이루어진 후, 박지훈 작가는 한동안 특별한 답변을 주지 않았었다. 피드백 없는 2주차에 접어들던 때, 다들 이번 계약은 물 건너가는구나, 싶었다.

재희가 묘하게 예민해진 것 같아 걱정스러웠는데, 출판사 입장에선 몹시 좋은 소식이었다.

들뜬 유경의 재잘거림을 가만히 듣던 혜원의 눈에 텅 비어 있는 재희의 자리가 눈에 들어왔다.

출근했을 때부터 모니터는 켜져 있었는데, 그녀는 아직 자리로 돌아오지 않았다.

"그런데 정 대리님이 안 계시네요?"

"출근하시자마자 실장님 호출. 둘 다 회의실 들어가셨어요."

"아, 그래요?"

계약을 따냈다는 걸 알면 대리님이 누구보다 기뻐할 텐데.

혜원은 업무 준비를 하며 비어 있는 재희의 자리를 즐거운 눈빛으로 바라보았다.

재희의 매력적인 하이톤 목소리가 밝은 기운을 가득 담아낼 걸 상상하니, 벌써부터 기분이 좋아지는 것 같았다.

"계약도 따냈겠다, 회식이다, 회식!"

떠들썩한 사무실 분위기를 느끼며, 혜원도 가벼운 마음으로 업무를 시작했다.

재희가 돌아온 것은, 편집부원들 모두가 업무에 집중을 하고 있을 때였다.

또각, 또각.

사무실이 워낙 조용했기에 그녀의 높은 하이힐 소리가 공기를 가득 울렸다.

혜원이 반가운 마음에 고개를 불쑥 들었지만, 재희는 어쩐지 시선을 내리지 않았다.

가만히 모니터만 바라보는 무표정한 얼굴에, 혜원 역시 별다른 말을 건네진 못하고 업무에 집중할 수밖에 없었다.

오늘 재희는 조금 이상했다.

오전 업무 시간 내내 말 한 마디는커녕, 재희와 눈 한 번을 마주치지 못했다. 바로 옆자리에 사이를 칸막이로 막아놓은 것도 아니어서, 평소 두 사람은 잡담이 많은 편이었다.

이 정도로 대화가 없었던 건 처음인 것 같은데…….

혜원이 의아함을 느끼던 차에, 점심시간이 훌쩍 다가왔다. 아침에 급하게 나오느라 끼니를 챙기지 못했다.

날씨가 유독 쌀쌀했기에 따뜻한 국물 음식을 먹고 싶다고 생각하며 혜원은 모니터를 껐다.

"대리님, 오늘 점심 뭐 먹을까요?"

"……."

살갑게 묻는 혜원의 목소리를 듣지 못했는지, 재희는 별다른 대꾸가 없었다. 의아함을 느낀 혜원이 다시금 그녀를 불렀다.

"대리님?"

"미안한데, 오늘은 먼저들 먹어요."

한마디를 남겨두고, 그녀는 쌩하니 일어나 사무실을 나가 버렸다.

어쩐지 쌀쌀맞다, 라는 생각을 하며 혜원은 유경을 돌아보았다. 그녀도 크게 이유를 알지 못했기에 그저 어깨를 으쓱일 뿐이었다.

결국 점심은 재희를 제외한 사무실 직원들과 먹었다. 식사를 끝내고 사무실에 들어오니 재희는 이미 자리에 돌아 온 뒤였다. 작가와 한창 통화 중인 듯 보여, 또다시 별다른 말을 걸진 못했다.

유경과 비스킷 두어 개를 까먹으니 점심시간은 금방 지나갔다. 재희는 다시 업무에 집중 중이었고, 혜원도 작가에게 원고를 받아 내기 위해 휴대폰을 집어 들던 그때였다.

"혜원 씨, 잠깐 나 좀 볼까?"

혜원의 책상으로 찾아온 경훈이 조금 조심스러운 어투로 말했다.

상사와의 면담, 혹은 회의는 늘 갑작스럽게 이뤄지곤 했기에 그녀는 별다른 대꾸 없이 필기구와 노트를 챙겨 자리에서 일어났다.

"아, 명함도 챙기고."

"명함이요?"

"응."

누군가 방문을 하기로 했던가? 곰곰이 생각에 빠진 혜원은 별다른 대꾸 없이 명함을 챙겨들고 경훈을 따라나섰다.

회의실로 들어가는 줄 알았는데, 복도로 나온 경훈은 승강기 버튼을 눌렀다.

"회의실로 안 가세요?"

"음, 오늘은 밑으로 내려갈 거야."

혜원은 작게 고개를 끄덕이곤, 내려오는 엘리베이터를 기다렸다.

"혜원 씨, 혹시 박지훈 작가랑 개인적으로 친분 있어?"

뜬금없는 그의 질문에 혜원은 가볍게 고개를 저었다.

"아뇨, 조금도 없습니다."

"……그래?"

"네."

혜원은 엘리베이터 안의 적막을 묵묵히 견뎠다.

어딜 가느냐, 무엇 때문이냐, 한 번쯤은 물어볼 법도 한데, 그녀는 그저 아무 말 없이 경훈의 뒤를 따랐다.

새삼 그녀의 모습이 퍽 신기해 잠시 눈길을 주던 경훈이 입을 열었다.

"어디 가는지 안 궁금해? 내가 혜원 씨 납치라도 하는 거면 어쩌려고?"

"……비상벨을……."

"아니야, 아니야! 안 잡아가. 장난이었어, 혜원 씨!"

중후한 얼굴이 당황으로 잔뜩 물들자, 그것을 물끄러미 바라보던 혜원이 빙그레 웃었다.

"저도 장난이었어요, 실장님."

다른 의미로 정직한 반응에, 경훈은 결국 시원하게 웃음을 터뜨렸다.

"하하, 하여간 혜원 씨 엉뚱한 건 알아줘야 해."

"그런가요?"

"응, 그래."

어느덧 엘리베이터는 1층 로비에 도착했다. 승강기 밖으로 나온 경훈의 걸음은 로비 구석의 자그마한 카페로 향하고 있었다.

카페 안에 들어온 두 사람은 레몬차를 하나씩 주문한 뒤 자리에 앉았다.

무슨 회의기에 명함을 챙기고 밑에까지 내려온 걸까.

혜원이 슬슬 궁금증을 느낄 즈음, 레몬차의 향을 가만히 맡고 있던 경훈이 불쑥 말했다.

"혜원 씨, 1시간 뒤에 박지훈 작가님 미팅이 있어."

혜원은 고개를 끄덕였다.

계약 확정 후 바로 미팅까지, 속전속결이다.

"아, 그렇군요. 잘됐네요."

저와는 조금의 상관도 없다는 평이한 답에 경훈은 끄응, 이맛살을 구겼다.

"미안해, 혜원 씨. 미리 말을 해줬어야 했는데, 나도 어제 저녁에 갑자기 전화를 받아서……."

예기치 못한 경훈의 사과에 혜원의 맑은 두 눈이 동그랗게 떠졌다.

경훈은 난감한 표정을 지으며 지난 저녁을 떠올렸다.

퇴근 후 저녁을 먹고 느긋하게 TV를 시청하던 중이었다.

모르는 번호로 전화가 왔고, 아무런 생각 없이 받은 그 전화는 박지훈 작가에게서 온 연락이었다.

오후 10시에 박지훈 작가에게서 연락이 올 거라고는 상상도 못 했기에, 경훈은 전화를 받는 내내 당황함을 감추지 못했다.

2주 동안 아무런 연락이 없었던 터라, 경훈 역시 이번 계약은 자연스레 엎어졌다고 생각했었다.

어쨌든 박지훈 작가의 결론은 다원의 계약 조건을 받아들인다는 내용이었다.

경훈의 입장에선 덩실덩실 춤을 출 만한 일이었는데, 뒤이은 지훈의 제안에 마냥 춤을 추기 어려워졌다.

바로 담당자를 바꿔 달라는 내용이었다.

그날 미팅에 참석했던 정 대리가 아닌…….

“박 작가님 미팅은 여기서 진행할 거야. 정 대리 대신 혜원 씨가 참석을 하게 되었어.”

“왜 제가 박 작가님 미팅에…… 정 대리님은요? 오늘 외근이나 외부 미팅 없으실 텐데요. 마감도 모두 끝내셔서 일정이 타이트하시지도 않을 거예요.”

상사의 스케줄을 줄줄이 꿰고 있는 그녀가 기특해 머리라도 쓰다듬어 주고 싶었지만, 경훈은 그럴 수 없었다.

그는 복잡한 마음을 숨기고 평온한 얼굴로 고개를 끄덕였다.

“응, 그래, 없지.”

답답해서 안 되겠다.

결국 경훈은 약을 먹기 싫은 아이가 목구멍에 물약을 한꺼번에 털어 넣듯, 빠르게 말을 뱉어냈다.

“숨길 것도 없겠다, 그냥 단도직입적으로 말할게, 혜원 씨. 박 작가님 담당자는 혜원 씨로 변경되었어.”

잠시간의 무거운 정적이 흘렀다.

경훈은 혜원이 어서 빨리 아무 말이나 해 주길 바라며 레몬차를 홀짝였다.

업무적으론 워낙 칼 같은 그였지만, 이번엔 상황이 확실히 복잡하게 되었다.

재희가 박지훈 작가를 담당하게 될 경우, 그녀의 직책을 올려 주겠다던 사장님의 제안이 있었다. 그런데 박지훈 작가의 요청으로 인해 모두 물거품이 되어 버렸다.

재희 입장에선 불쾌함을 느끼기 충분한 상황이었다.

그리고 또 하나의 복병.

“실장님, 제가 지금 잘 이해하고 있는 게 맞는 건가요? 처음부터 박 작가님 담당 포지션은 정 대리님이셨잖아요.”

혜원이 의문을 드러내자, 경훈은 한숨을 삼키며 눈동자를 느릿하게 굴렸다.

그가 3년간 봐 왔던 이혜원이란 편집자는, 몹시 정직하고 진중하고 속이 깊었다.

정 대리의 노고를 가장 가까이서 지켜보았을 테니 더욱 마음 쓰여 할 것이다.

조금 약은 아이였으면 날름 받아먹었을 기회이지만, 그녀는 직접 떠먹여 줘도 쉬이 받으려 하지 않을 것이다.

박지훈 작가는 대체 왜 많고 많은 편집부원 중에 혜원을 선택한 건지, 경훈은 끓어오르는 한숨을 결국 뱉어내고 말았다.

“많이 놀랐지? 당황스러울 거야. 그래, 이해해. 나도 그러니까. 하지만 어쩔 수 없어, 작가님께서 계약 조건으로 딱 하나 제안한 부분이 그거였거든.”

“실장님, 아무리 그래도 이렇게 갑자기 담당자가 바뀌는 건…….”

구겨지는 일이 거의 없던 혜원의 새하얀 이마가 살풋, 찌푸려졌다.

“정 대리님이 박 작가님 계약 따내겠다고 미팅 며칠 전부터 회의 관련 자료 수집에 미팅 자료 정리에, 얼마나 열심이셨는데요."

갑작스럽고 당황스러운 것을 떠나, 혜원은 미팅 준비를 하던 재희의 갖은 노력을 잘 알고 있었다. 그랬기에 이렇게 숟가락 빼앗는 식의 상황이 몹시 불편했다.

"재희 씨 고생한 거야 나도 잘 알지. 그래서 마음이 불편하긴 한데 어쩔 수 없는 상황이야. 사장님은 박지훈 작가를 절대 놓칠 생각이 없으시거든."

그러니까, 이번 미팅은 혜원 씨가 눈 좀 감아 줘.

경훈이 삼킨 뒷말을 쉬이 알아들을 수 있었기에, 혜원은 더 이상 아무런 대꾸도 할 수 없었다. 그저 곤란해하는 경훈의 표정과 눈도 마주치지 않던 재희의 냉랭한 모습이 겹쳐져, 마음 깊숙한 곳이 답답했다.

* * *

숨 막힌다, 고 혜원은 생각했다.

좁은 카페 안, 경훈과 함께 지훈을 마주하고 있는 이 순간은 생각보다 더욱 답답했다.

블랙 롱코트를 걸친 그는 오늘도 몹시 근사했지만, 그의 번쩍거리는 외형은 혜원의 눈엔 조금도 눈에 들어오지 못했다.

그녀가 최대한 평정을 가장하고 경훈을 돌아보니, 그는 당장이라도 바스라질 것 같은 버석버석한 미소를 띠고 있었다.

"하하, 갑작스럽게 찾아오셔서 깜짝 놀랐습니다. 사무실 내의 회의실들이 모두 정리가 안 되어서 급한 대로 이곳에 모시게 되었네요."

주절주절 뱉어내는 경훈의 말을 잠자코 듣던 혜원은 착잡한 마음이 들었다.

4층엔 소설부 외에도 국내외 만화 편집부와 에세이 담당 편집부원들이 자리를 잡고 있다.

애초에 부서별로 회의실이 마련되어 있기에, 정리가 안 되었다는 건 거짓말이다.

경훈이 위층으로 지훈을 데리고 올라가지 않은 것은 재희 때문이리라.

혜원은 오전부터 찬바람이 불던 재희의 모습을 이해할 수 있었다.

지훈의 계약 소식을 듣고 기뻐하기도 전, 담당자가 바뀌었다는 소릴 전해 들었으니 허탈하고 기분이 상했을 것이다.

지훈과의 미팅을 위해 그의 전작들을 하나하나 살펴보고 그와 다원의 교집합을 찾기 위해 노력하던 재희의 모습이 떠오르자, 자리는 더욱 불편해졌다.

"조금만 더 미리 연락을 주셨으면 자리 마련에 더 수월했을 텐데 죄송스럽네요."

사람 좋은 미소를 가득 채우고 있는 경훈의 말 속엔 단단한 뼈가 있었다.

"상관없습니다. 이런 자리는 꽤 익숙해서요."

"……허허, 네, 그러시군요."

냉정하게만 보였던 지훈은 뻔뻔하기까지 했다.

다 가졌네, 다 가졌어.

경훈은 입맛을 쩝, 다셨다.

경훈이 세상 다 산 표정을 지을 동안, 물끄러미 혜원을 바라보던 지훈이 먼저 입을 열었다.

"구면이네요. 반갑습니다. 박지훈이라고 합니다."

점심 맛있게 먹고 열심히 업무를 보다가, 경훈의 갑작스러운 부름에 내려와 박지훈 작가와 마주하고 있다니…….

어쩐지 정신이 없다고 생각하며, 혜원은 가볍게 고개를 숙인 뒤 명함을 건넸다.

"다원 출판사 이혜원이라고 합니다."

혜원의 명함을 받은 그는, 작은 종잇조각을 구석구석 살펴본 뒤 지갑에 꽂아 두었다.

혜원은 저의 눈을 똑바로 마주쳐오는 지훈의 시선을 피했다. 재희가 마음에 걸려서인지, 시선을 마주하는 게 조금 어렵다는 생각이 들었다.

미팅은 특별할 것 없이 지나갔다.

지훈은 다원의 계약 조건에 크게 불만이 없었기에, 계약서 초안본을 한 번 더 확인한 뒤 바로 날인했다.

그 후 가벼운 작품 얘기를 끝으로 미팅은 마무리가 되었다.

차기작에 대한 좀 더 자세한 대화는 추후 미팅 일정을 확실히 정한 뒤 이야기를 나누기로 했다.

본인이 갑작스럽게 찾아왔다는 자각은 있었는지, 지훈도 크게 이의를 제기하진 않았다.

"혜원 씨, 작가님 배웅 좀 부탁해요."

저작권 부서 쪽의 갑작스러운 호출로 인해 경훈은 먼저 자리를 떠야 했다.

작가 배웅이라 해도 그다지 거창할 것이 없었기에, 혜원은 고개를 끄덕이고는 지훈과 함께 건물 로비로 향했다.

갑작스러운 미팅으로 인해 머릿속은 미팅 내용과 재희로 뒤죽박죽이 되어 버렸다.

올라가면 메모한 부분들부터 정리해야겠다고 생각하며 혜원은 고개를 들었다.

지훈의 묵직한 눈빛은 여전히 저를 향하고 있었다.

그러고 보니 미팅 내내 지훈과 눈을 거의 마주치지 못했다. 아마 그것의 가장 큰 이유는 혜원의 마음가짐 때문이었으리라.

재희에 대한 죄책감.

어쩐지 온몸이 무거워지는 것 같아 혜원은 한 걸음을 떼기도 어려웠다.

지훈은 눈앞에 서 있는 여인을 물끄러미 바라보았다.

세 번째 만난 오늘의 그녀는 지난날처럼 눈물을 흘리지도, 슬퍼보이지도 않았다.

하지만 묘하게 저와의 시선을 피하는 것 같아, 지훈은 불쾌했다.

혜원이 저와 시선을 피하면 피할수록 감정이 바닥으로 추락한다.

뚝뚝 떨어지는 이 감정이 뭔지는 모르겠지만 지금 상황이 마음에 들지 않는다는 것만은 확실하다.

이 기분대로라면 왜 눈을 마주치지 않는 거냐고 저도 모르게 화를 낼 것만 같아, 그는 생각보다 일찍 마무리된 미팅을 저지하지 않았다.

실례인 것을 빤히 알면서도 무리하게 미팅을 잡은 저가 어쩐지 바보 같았다.

바르게 서 있는 혜원을 차갑게 주시하던 지훈의 눈동자가 어둡게 가라앉았다.

"그럼, 들어가 보겠습니다."

"네, 작가님. 또 연락드리겠습니다."

지훈은 망설임 없이 등을 돌렸다. 혜원은 멀어지는 그의 뒷모습을 그저 가만히 바라보았다.

그녀는 황망히 생각했다.

이렇게 그를 보내도 되는 걸까?

지훈이 돌아가면 다음 미팅 날짜에 맞춰 자료 준비를 하고, 평소와 같은 업무를 처리하며 하루하루를 보낼 것이다.

재희와의 불편한 관계가 언제까지고 지속될 거라 생각하진 않는다. 하지만 혜원 스스로 현재 상황에 대한 확신이 없었다.

본인이 박지훈 작가의 담당자가 될 만한 타당한 이유, 자격, 그리고 마음가짐.

아무것도 확신이 서지 않았기에 재희에 대한 마음이 불편했고, 박지훈 작가와 당당히 마주할 수 없었다.

이대로라면 앞으로 재희를 마주하는 것이 더욱 힘들어질 것 같았다. 박지훈 작가의 담당자라는 위치도 진심으로 와 닿지 않으리라.

혜원은 주먹을 움켜쥐었다.

저 스스로도 이 상황을 확실히 받아들이고 납득을 해야 했다. 이렇게 우물쭈물하는 건 싫다.

혜원은 걸음을 뗐다.

무겁다고 느꼈던 다리는 걸음을 옮기기에 아무런 문제도 되지 않았다.

"작가님!"

저를 부르는 맑은 목소리에 지훈은 주차장으로 향하던 걸음을 우뚝, 멈춰 세웠다.

고개를 돌린 그의 눈이 크게 뜨여졌다. 겉옷도 걸치지 않은 채, 혜원이 저에게 빠른 속도로 다가오고 있었다.

오늘은 유독 날이 차다.

가슴까지 내려오는 결 좋은 머리카락이 추운 겨울바람에 흩날리자, 좀처럼 시선을 떼기 어려웠다.

지훈은 새하얀 니트와 그녀의 흰 피부가 정말 잘 어울린다고 생각하며 숨을 고르는 혜원을 묵묵히 바라보았다.

추위 때문인지, 금세 그녀의 두 뺨 위에 연분홍색의 장미가 피었다.

'아, 예쁘다.'

만지고 싶다, 는 생각이 순식간에 머릿속을 휘저었다.

지훈의 눈은 조금 전보다 더욱 크게 뜨여졌다.

그것을 알아차리지 못한 혜원은 잔호흡을 가다듬고 고개를 들었다.

그녀도 키가 큰 편이었지만, 지훈의 훤칠한 체구와는 비할 게 못 되었기에 높이 올려다봐야 했다.

혓바닥을 움직이려던 순간, 그녀는 조금 망설였다. 예의에 어긋나는 질문일 수도 있기에 혜원은 잠시 고민을 했다.

하지만 그녀는 솔직하게 털어놓기로 마음먹었다.

지훈이 직접 저를 지목했다면, 확실한 이유를 듣고 싶었다. 그 이유로 인해 저의 방향성이 확고히 자리를 잡을 것이란 확신이 들었기 때문이었다.

"무슨 일이십니까?"

공기를 뚫고 건네진 그의 음성은 딱딱했지만, 어딘지 부드럽다는 생각도 들었다. 덕분에 혜원은 좀 더 용기를 낼 수 있었다.

"……조금 건방지게 들릴 수도 있겠지만, 여쭤보고 싶은 게 있습니다."

지훈은 별말 없이 가만히 그녀를 바라보기만 했다. 그것을 말을 해도 괜찮다는 허락의 의미로 받아들인 혜원은 달싹이던 입술을 열었다.

"작가님께서 담당자를, 저로 바꿔 달라는 요청을 해 주셨다고 들었습니다."

"……."

"사실인가요?"

지훈은 가볍게 고개를 끄덕였다.

"사실입니다."

"왜 그러셨는지, 이유를 여쭤 봐도 괜찮을까요?"

차갑기만 하던 그의 얼굴이 조금 누그러졌다. 슬쩍 풀어진 머플러를 다시 한 번 능숙하게 정리한 지훈이 낮게 중얼거렸다.

"이제야 눈을 좀 마주치네."

온기를 담은 목소리가 혜원의 붉은 두 뺨을 부드럽게 어루만진 순간, 그녀는 흠칫 몸을 떨었다.

지훈은 미소를 짓고 있었다. 표정 변화는 전과 다를 게 거의 없었지만, 조각상처럼 단단해 보이던 입매는 분명한 곡선을 그리고 있었다.

그의 미소는 정말이지 너무나 달콤해서, 혜원은 찰나의 순간 아무런 생각도 할 수 없었다.

잠깐의 정적은 추위마저도 앗아갔다. 그러나 그의 표정은 금세 원래대로 돌아왔고, 동시에 혜원도 마법에 풀린 듯 떨림을 갈무리할 수 있었다.

"이유가 중요합니까?"

그가 고개를 한쪽으로 기울이며 물었다.

결 좋은 머리카락이 움직여 그의 흰 피부를 더욱 돋보이게 했다. 혜원은 그저 묵묵히 지훈의 검은 눈동자만을 바라볼 뿐이었다.

"네, 베스트셀러 작가가 직책도 없는 막내 편집자를 지목하는 일은 거의 없으니까요."

덤덤히 제 뜻을 전하는 혜원의 모습에 지훈은 작게 고개를 끄덕였다.

"그렇군요."

잠시 말을 고르던 그는, 저를 향하는 깨끗한 두 눈동자와 다시 한 번 시선을 마주했다.

"다원과 첫 번째 미팅을 한 날."

지훈이 천천히 말을 이었다.

"난 그때 붉은 카페에서, 혜원 씨가 어느 작가와 통화하는 내용을 들었습니다."

좁은 카페 카운터에 서 있던 근사한 남자, 처음으로 지훈과 인사를 나누었던 건물 로비.

혜원도 그날을 또렷이 기억한다.

"내가 혜원 씨를 지목한 건, 단순한 기대예요."

그녀의 눈에 작은 의문이 어렸다. 조금 더 자세한 설명이 필요해요, 라는 듯 입술을 달싹인다.

그녀의 솔직한 반응에 지훈의 입매가 다시 한 번 곡선을 만들어 보였다.

조금 전보다 깊은 곡선은, 그 어떤 미소와 쉬이 비교할 수 없을 정도로 찬란한 빛을 품고 있었다. 그건 눈이 부실 정도로 아름답고, 따뜻했다.

"나를, 그리고 내 글을, 똑바로 마주할 수 있는 사람이라는 확신이 들었거든."

지훈의 입술 새로 뿌연 입김이 번졌다. 그는 심장 깊숙한 곳에서 일렁이는 작은 파도를 애써 무시하며 말을 이었다.

"그래서 너무나 당연히, 당신이라는 순간을 잡은 것뿐입니다."

마치 숨 쉬는 것처럼 자연스럽게.

추운 겨울. 길 건너 도로엔 차들이 많았고, 행인도 적지 않았다. 그런데 이상하게도 제 앞에 서 있는 지훈만이 그녀의 시야를 가득 채우는 듯했다.

눈부시게 따뜻했던 그의 미소는, 또다시 언제 그랬냐는 듯 순식간에 사라졌다.

혜원은 주먹을 꾹 쥐었다.

심장을 어지럽히는 울렁거림이 좀처럼 가라앉지 않았다.

그가 말하는 '똑바로 마주하는 것'의 의미가 무엇인지는 잘 모르겠지만, 결국 모든 것은 추측에 불과하다.

겨우 단 한 번의 만남, 그것도 스쳐 지나가듯 했던 찰나의 순간으로 자신을 판단하긴 이르지 않을까.

"그걸…… 어떻게 확신하시죠?"

나는, 당신이 원하는 부분을 조금도 채워 주지 못할 수도 있어요.

반박하듯 되물었지만, 다그치거나 혼란스러운 투는 아니었다. 그녀의 매력적인 음성은 오로지 순수한 물음만을 담아냈다.

혜원의 질문을 한 번 더 곱씹어본 지훈이 무심한 얼굴로 턱을 당겼다.

"글쎄요. 뭐, 추후의 일은 나중에 생각해 보도록 하죠."

"……네?"

"난 오지 않은 일에 대해 고민하는 것을 즐기지 않는 편입니다. 시간 낭비를 싫어하거든."

그는 어쩐지 여유를 품은 건조한 미소를 띠고 있었다.

"충분한 답이 됐나요?"

혜원은 대답하지 않았다. 그러나 지훈은 상관없다는 듯 가볍게 어깨를 으쓱이며, 곧게 뻗은 손을 건넸다.

"앞으로 잘 부탁드립니다. 혜원 씨."

단단해 보이는 남자의 손에, 혜원은 결국 한숨을 몰아쉬었다. 이 작은 접촉에 많은 것이 변화될 것이란 직감이 들었지만, 그녀는 그의 손을 무시할 수 없었다.

'아, 모르겠다.'

결국 그녀는 한숨을 쉬듯 미소를 지었다. 더 이상의 고민은 무의미하다는 생각이 들었기 때문이었다.

"네, 잘 부탁합니다."

코트 속의 온기를 가득 담은 남자의 커다란 손을 잡은 순간, 혜원은 어쩐지 눈물이 날 것만 같았다.

제 3 장

12월의 끝자락

집 근처 조그마한 호프집엔 사람이 거의 없었다. 사람이 북적거릴 금요일 저녁임에도 한가한 내부에, 혜원은 마음 편히 어깨를 늘어트렸다.

"뭐 좀 시켰어?"

그녀는 먼저 와서 자리를 지키고 있는 재현의 맞은편에 앉았다. 인사도 없이 메뉴판부터 찾는 혜원의 모습에, 재현은 웃음을 터뜨렸다.

"네 친구는 안중에도 없지?"

"오늘만 좀 봐줘. 점심을 너무 부실하게 먹었어."

"어쩌다가?"

"잠깐 은행에 다녀오느라 점심시간을 홀라당 날려 버렸었거든."

재현은 메뉴판에서 눈을 떼지 못하는 혜원을 물끄러미 바라보며 입꼬리를 부드럽게 올렸다. 목에 단단히 둘려 있는 붉은색 목도리가 그녀와 몹시 잘 어울렸다.

치킨과 맥주 두 잔, 골뱅이 무침을 주문한 뒤에야 혜원은 겉옷을 벗었다.

호프집 벽면을 장식한 크리스마스 장식을 훑어보던 두 사람은 시간의 빠름에 혀를 내둘러야 했다.

"벌써 올해가 끝나가네."

지나가듯 중얼거린 재현의 말에, 혜원은 고개를 끄덕였다.

"그러게, 시간 진짜 빠르다. 이번 주 마감은 끝냈어?"

"눈 밑 시커먼 거 보면 모르겠냐, 어제 겨우겨우 넘겼어. 요즘 제시간에 잠을 잔 적이 없는 것 같아."

재현은 작은 한숨을 내쉬었다.

그는 유명 포털 사이트에서 웹툰을 연재하는 만화가로, 높은 고정 팬층을 보유한 인기 작가였다.

예쁘장하지만 조금은 쿨해 보이는 외모와는 다르게 그의 작품은 달콤한 로맨스 판타지였다.

감각적이고 아름다운 묘사를 자랑하는 그의 화풍 덕에 대외적으론 여자 작가로 많이 알려져 있었다.

'HAGI'라는 단순한 닉네임 역시, 재현이 남자 작가임을 유추해내긴 어려웠다.

"크리스마스도 다음 주구나."

재현의 중얼거림에 혜원은 창밖으로 고개를 돌렸다. 번화가를 제외한 곳에서도 크리스마스의 반짝임이 시선을 사로잡았다.

그녀는 의미 없이 바깥 풍경을 눈에 담으며 물었다.

"크리스마스 때 약속 있어?"

"아니, 다음 주 마감 일찍 끝내면 그냥 집에서 쉬려고."

"인기쟁이가 어쩐 일이래?"

"이 일 하다 보니까 노는 것도 이젠 못 하겠더라."

"그래, 쉬는 것도 좋지."

"넌?"

창밖을 둘러보던 혜원의 눈동자가 천천히 굴러 허공을 훑었다. 그녀는 건조한 웃음을 지었다.

"그러게, 이번 크리스마스엔 뭘 하지?"

혜원의 목소리엔 약간의 허무함이 담겨 있었다. 지난 5년간 크리스마스엔 항상 준원과 하루를 보냈다. 이브부터 크리스마스 당일까지. 근사한 레스토랑에 가든, 준원의 스튜디오든, 혜원의 자취방이든. 어디서 무얼 하고 무엇을 먹든, 그 날은 항상 그와 함께였다.

그가 없던 크리스마스엔 무엇을 했더라?

기억을 더듬어 보았지만, 그녀의 머릿속을 가득 채운 것은 준원과 함께 크리스마스 케이크의 촛불을 불던 어느 날이었다. 회상 속의 그들이 촛불을 끄는 순간, 혜원의 눈동자에 감도는 어두운 빛도 꺼졌다.

그녀가 무슨 생각을 하는지 짐작한 재현이 못마땅한 얼굴로 턱을 괴었다.

"뭘 하고 싶은데?"

"……글쎄, 나도 낮잠이나 푹 자 볼까."

"푸핫, 우리도 이제 늙었나 보다."

"내년이면 서른이니까 젊진 않네."

크리스마스가 새롭고 설렐 나인 이미 오래 전에 지났다. 시큰둥한 재현의 어조에 혜원도 작게 공감했다.

"그러고 보니 너랑 벌써 10년을 알고 지냈다."

"벌써 그렇게 됐나?"

혜원은 금세 추억에 젖어들었다.

20대. 미성년자에서 벗어나 갓 자유의 맛을 알아가던 시절. 그 시절 혜원은 소중한 친구를 얻었고, 뜨거운 연애를 했다.

그녀에겐 참으로 찬란하던 시간이었다. 준원과의 첫 만남만큼이나 재현과의 첫 만남 역시 오랫동안 기억에 남았다.

"나랑 처음 만난 날 기억해?"

그녀의 목소리엔 잔잔한 즐거움이 담겨 있었다. 잠시 짓궂은 미소를 짓던 재현이 되물었다.

"어떨 것 같은데?"

"넌 워낙 옛날 일에 관심이 없으니 생각도 안 나겠지."

조금 툴툴거리는 혜원의 모습에, 재현은 작은 웃음을 터뜨렸다. 그는 가볍게 어깨를 으쓱일 뿐이었다.

혜원은 모르겠지만, 그는 아직도 10년 전 싸늘하던 3월을 기억한다. 시간과 장소는 중요하지 않다. 마음만 먹으면 그의 눈앞엔 항상 10년 전의 그녀가 저에게 인사를 건네 온다.

재현은 잠시 눈을 감았다.

아무리 시간이 지나도, 최재현이 이혜원과의 첫 만남을 잊을 수 있을 리가 없다.

때마침 맥주가 나와 두 사람의 얼굴 가득 화색이 돌았다. 목이 긴 잔에 가득 담긴 차가운 술을 보니, 혜원은 금세 식욕이 돌았다.

그녀는 치킨의 튀김 냄새와 골뱅이 무침의 매콤새콤한 향기를 가득 품으며 포크를 집었다.

어느새 크리스마스는 성큼 다가와 버렸고, 하루하루 지겨운 한파가 계속되었다.

준원과 헤어진 뒤 이제 겨우 2달 정도가 지났다.

혜원은 이 정도면 견딜 만하다고 생각했다.

"박지훈 작가 담당하게 된 소감은 어때?"

바삭하게 잘 튀겨진 치킨을 입 안에 밀어 넣으며 혜원은 느릿하게 고개를 기울였다.

"소감이라……."

그녀는 더듬더듬 지훈을 떠올렸다. 사실 최근 준원과의 이별이 견딜 만하다고 느끼는 건, 지훈 덕분일지도 몰랐다.

저에게 건네던 다정한 목소리와 온기 가득했던 손. 혜원은 어쩐지 위로를 받은 것 같았다.

거기까지 생각을 마친 혜원은 저도 모르게 피식, 입꼬리를 올렸다. 전혀 접점이 없던 낯선 남자의 한마디에 위로를 받다니.

저가 유독 메말라있던 걸까, 그가 유독 따뜻했던 걸까?

"아직은 잘 모르겠네."

아직 잘 모르겠다, 고 혜원은 생각했다. 주변 평에 따르면 지훈은 몹시 자기중심적이고 오만한 사람이었지만, 그날 마주했던 지훈의 눈빛과 분위기는 분명 마냥 차갑진 않았다.

'소시오패스'라며 씩씩거리던 재희의 묘사와는 확실히 달랐는데, 어디가 어떻게 다른지 꼬집어 설명하기 어려웠기에 혜원은 말을 아꼈다.

"그나저나, 어떻게 할 거야?"

"뭐가?"

"그 대리가 아직도 너한테 찬바람 쌩쌩 분다며."

재현의 물음에 혜원은 조금 난처한 미소를 지었다.

"그러게."

"뭐야, 그 싱거운 반응은."

재현의 눈썹이 슬쩍 찌푸려졌지만, 혜원의 마음은 딱 그러했다. 오늘도 저에게 내내 시큰둥하던 재희의 모습이 떠올랐다.

그런 것에 상처받을 정도로 여리진 않았지만, 신경이 쓰이지 않는다면 거짓말이었다.

“나도 좀 고민 중이야. 대리님은 좋은 분이셔서 이렇게 데면데면해지는 건 싫거든.”

“네가 박지훈 작가 담당자 되겠다고 난동 부린 것도 아닌데 왜 엄한 곳에 화풀이래?”

“그러게나 말이야. 와서 정의의 이름으로 혼 좀 내줘.”

혜원은 덤덤한 얼굴로, 그저 포크에 골뱅이 소면 무침을 정성스럽게 돌돌 말 뿐이었다.

일부러 과장스럽게 대답하는 그녀의 모습에 재현은 못 이기겠다는 듯 옅은 미소를 지었다.

“박지훈 작가랑 작업은 잘할 수 있겠어? 거물 작가인 것도 그렇고, 그 작가 때문에 대리랑 트러블 생긴 거잖아. 대하는 게 여러모로 좀 불편할 것 같은데.”

혜원이 신입은 아니었지만, 이쪽 바닥에서 경력이 많은 편은 절대 아니었다. 그런 그녀가 거물 작가와 함께 일을 하게 되었으니 조금이라도 신경 쓰여 하는 부분이 있지 않을까, 염려스러운 면도 있었다.

하지만 염려는 어디까지나 염려일 뿐. 애초에 재현은 혜원의 강단 있는 성격을 잘 알고 있었다. 대학 시절부터 그녀를 향한 평은 늘 비슷했다. ‘외유내강의 표본.’

재현의 말을 묵묵히 듣던 그녀가 가볍게 어깨를 으쓱였다.

"실장님이, 박지훈도 똑같이 숨 못 쉬면 죽는 인간이니까 쫄지 말라더라."

"푸핫, 그게 뭐야."

시원한 미소를 지으며 나름대로 자신 있게 말하는 혜원이 귀여워, 재현은 가볍게 그녀의 머리를 흐트러뜨렸다.

그의 유쾌한 웃음소리에 함께 키득거리던 혜원이 입꼬리를 올린 채 창밖으로 시선을 던졌다.

"내가 3년 전, 다원에 처음 입사했을 때부터 다짐한 게 하나 있어."

갑작스런 화제 전환에 재현은 고개를 갸웃거렸다. 무슨 다짐? 그의 물음에 혜원은 웃음이 가득 담긴 입술을 열었다.

"좋은 책을 만들어야지."

그녀가 덤덤하게 읊조린 입사 포부에, 재현은 크게 웃음을 터뜨렸다.

"그거 진짜 뻔하고 고리타분한 생각이네."

"그건 그래."

어느새 미지근해진 맥주를 모두 들이켠 혜원이, 빈 잔을 테이블 위에 가볍게 내려놓았다.

"그래서 난 그저, 이번에도 좋은 책을 만들기 위해 최선을 다할 생각이야."

술자리는 생각보다 일찍 파했다. 시곗바늘은 그다지 많이 기울지 않았지만, 집으로 돌아가는 길목은 유독 어두웠다. 집까지 데려다 주겠다며 재현이 고집을 부렸지만, 혜원은 거절했다.

전철역에서 나온 뒤 바로 왼쪽으로 꺾으면 집으로 향하는 지름길이 나온다. 일직선의 가로수 길이었는데, 혜원은 늦은 밤 그 거리를 홀로 걷는 게 좋았다.

고작 맥주 두 잔을 마신 것뿐이었는데 발걸음이 묘하게 무겁다. 술이 들어간 덕에 몸이 조금 으슬으슬 떨렸지만, 밤공기에 조금은 답답하던 속이 뚫리는 것 같았다. 추위보다 그 느낌이 좋아서, 혜원은 부러 발걸음을 더욱 늦췄다.

터덜터덜, 운동화 바닥이 끌리는 것을 대수롭지 않게 여기며 재현과의 대화를 하나하나 떠올리다가 혜원은 문득 휴대폰을 들었다.

날짜를 확인해 보니, 지훈과의 두 번째 미팅까지 2주 정도 남았다.

"2주라……."

혜원은 찬찬히 생각을 해 보았다.

지난 미팅은 워낙 갑작스러웠기에 아무런 준비도 없이 지훈과 마주했었다. 그러나 이번 미팅은 다르다. 그의 담당자로서 처음 갖는 제대로 된 미팅이기도 했고, 제대로 된 신작 방향성을 잡아야 했기에 원고 파악이 무척이나 중요했다. 꼼꼼한 피드백 자료는 당연히 필수. 아무런 준비 없이 미팅 진행을 할 수는 없었다.

'원고, 아직 못 받았는데…….'

혜원은 다시 날짜를 체크해 보았다. 2주 뒤라고 해도 잔업무를 처리하다 보면 시간은 금세 흐르기 마련이다. 게다가 내일은 주말. 혜원은 낮은 한숨을 쉬었다. 원고를 미리 받았어야 했는데 미처 생각을 못 했다.

"진짜 요즘 정신이 없었네."

빽빽하게 채워져 있던 스케줄을 떠올리자 조금 걱정이 되기 시작했다.

분량이 얼마인지도 모르니, 주말에 최대한 원고 리딩 끝내는 게 좋을 것 같은데…….

현재 시간은 9시 30분. 아주 늦은 시간은 아니지만, 연락하기에 이른 시간도 아니다.

주말 연락과 저녁 연락 중 어떤 걸 더 불쾌해하실까 고민하던 차에, 혜원은 홀로 자취하는 빌라 앞에 도착했다.

결국 그녀는 문자를 보내기로 마음먹었다.

빌라 앞에 쪼그리고 앉은 그녀는, 두꺼운 점퍼 안에 꽁꽁 숨겨 두었던 손을 꺼냈다. 차가운 겨울 밤바람이 손가락 사이사이의 온기를 빠르게 앗아갔다.

출판사에서 얼굴을 마주한 이후 처음 연락을 드린다는 생각에, 그녀의 손가락이 조금씩 느려졌다.

[안녕하세요, 작가님. 늦은 시간에 죄송합니다. 일전에 인사드

렸던 다원 출판사 편집부 이혜원입니다.]

키패드를 두드리던 양손의 엄지가 우뚝 멈추었다. 혜원은 천천히 허공을 훑었다. 분명 그와 마주친 건 고작 하루, 이틀 정도인데…….

"나를, 그리고 내 글을, 똑바로 마주할 수 있는 사람이라는 확신이 들었거든."

"그래서 너무나 당연히, 당신이라는 순간을 잡은 것뿐입니다."

참 신기하다.

혜원은 아직도 그와 마지막으로 마주했던 그날이 너무나 생생히 떠올랐다.

조금 더 정확하게는 그날 마주했던 박지훈, 그 남자의 목소리와 눈빛, 유독 따뜻했던 악수가.

혜원은 기계적으로 입술을 비틀었다.

역시 술에 취한 걸까?

아니면 늦은 밤 어두운 골목과 싸늘한 밤공기 때문일까?

오늘따라 유독 그날의 그가 생생하다.

잠시 망설이던 혜원은 멈춰있던 손가락을 빠르게 움직였다.

[안녕하세요, 작가님. 늦은 시간에 죄송합니다. 일전에 인사드

렸던 다원 출판사 편집부 이혜원입니다. 2주 후 미팅 준비로 인해 작가님의 신작 〈그 여름의 골목〉 초고가 필요한데요, 작업하신 분량 먼저 발송해 주실 수 있으실까요?]

몇 번 작성한 문자를 훑어본 혜원이 미련 없이 [발송] 버튼을 눌렀다. 잘 보내졌다는 것을 확인한 뒤, 그녀는 다리를 펴고 일어나 빌라 안으로 들어갔다.

* * *

[헤어졌어!]

고막을 아프게 찌르는 경수의 커다란 목소리에, 지훈은 미간을 구기며 전화를 끊었다.

최근에 바짝 정신없이 작업을 했더니 정신이 몽롱했다. 경수의 헛소리 따위에 귀를 기울일 만큼 좋은 컨디션이 아니었다.

흘긋 시선을 둔 달력은 어느새 12월 말일을 향해 달리고 있었다.

나날이 서늘해지는 공기를 느끼며, 지훈은 창밖을 바라보았다. 언제 해가 졌는지 하늘이 캄캄했다.

잠을 언제 잤더라.

밤을 샌 지난 며칠을 느릿하게 세어 보던 때였다.

띠링—

또다시 울리는 휴대폰 음에, 지훈은 망설임 없이 휴대폰을 끄려 했다. 휴대폰을 맑게 울린 것은 문자 알림이었다. 깜깜한 휴대폰을 밝게 밝힌 문자 팝업창을 지훈은 대충 훑어 내려갔다.

순간, 약간의 짜증이 담겨 있던 그의 눈동자가, 깊은 일렁임을 담았다.

이혜원 편집자

010—××××—××××

안녕하세요, 작가님. 늦은 시간에 죄송합니다. 일전에 인사드렸던 다원 출판사 편집부 이혜원입니다. 2주 후 미팅 준비로 인해 작가님의 신작 <그 여름의 골목> 초고가 필요한데요, 작업하신 분량 먼저 발송해 주실 수 있으실까요?

12월 21일 오후 9 : 36

문자 내용을 몇 번이나 훑었다. 저장해 둔 그녀의 이름도 계속해서 눈에 담았다.

지훈은 그렇게 가만히 문자를 노려보다가, 침실로 성큼성큼 걸어갔다. 협탁 위에 대충 올려놓은 지갑 속, 그녀에게 받았던 명함이 있다.

같은 이름, 같은 번호.

이혜원, 그 여자에게서 온 문자가 분명하다.

지훈은 침대에 풀썩, 주저앉았다.

문자 내용을 몇 번이나 확인한 제 모습이 낯설고 한심했다.

피식, 냉소적인 웃음을 흘렸지만, 지훈은 좀처럼 휴대폰 액정에서 눈을 떼기 어려웠다.

'답장을 보내야겠지.'

키패드 커서가 깜빡깜빡거렸지만, 지훈은 답장을 보내는 것이 조금 고민스러웠다.

단순히 대답만 하면 되는 건데 뭐가 이리도 어려워서 손가락도 움직이지 못하고 있는 걸까. 잠시 고민하던 지훈은 쉽게 답을 찾을 수 있었다.

전화를 걸고 싶다.

지금 그는, 혜원에게 문자가 아닌, 전화를 걸고 싶었다. 그녀에게 먼저 연락이 오자, 느지막한 시간 따윈 안중에도 없을 정도로 목소리를 듣고 싶다는 충동에 사로잡혔다.

휴대폰의 밝은 빛은 금세 꺼졌다. 어두워진 액정을 가만히 내려다보던 지훈은 다시 손가락을 움직였다.

[네, 메일은 명함에 명시된 주소로 보내드리겠습니다.]

답장을 보낸 후, 지훈은 앉아 있던 침대 위로 풀썩 쓰러지듯 누웠다.

시간은 조금씩조금씩 흘렀지만, 작업된 분량은 썩 많지 않았다. 쓰는 문장마다 마음에 들지 않았고, 그려내는 장면은 하나같

이 억지스러운 것 같았다. 특히……,

높은 천장을 날카롭게 노려보던 지훈의 귓가에 익숙한 알림음이 들렸다.

띠링—

이혜원 편집자

010—****—****

네, 작가님. 초고의 경우 개인 메일이 아닌 회사 메일로 발송해 주시면 감사하겠습니다. 보내주시면 또 연락 주세요. 즐겁게 읽도록 하겠습니다.

12월 21일 오후 9 : 58

지훈은 곧바로 날아온 혜원의 답장을 물끄러미 바라보았다. 날카롭던 눈매는 어느새 옅은 온기를 담은 채 글자를 하나하나 천천히 담아냈다.

또 연락 주세요.

그녀의 목소리가 들리는 듯하다.

"……또, 연락해도 되는군."

평소와 같은 평이한 어조였지만, 그의 눈빛은 한층 부드러워졌다.

두 번째 미팅까진 일주일 남짓의 시간이 남아 있었다. 어쩐지 시간이 천천히 흐르는 것 같다는 생각을 가슴 깊숙이 꾹꾹 누르며, 지훈은 몸을 일으켰다.

*　　*　　*

《이혜원 편집자님. 요청하신 원고 드립니다.》

혜원은 회사 메일 창을 가만히 노려보았다.

업체에서 보낸 수많은 메일 중, 홀로 읽히지 않은 메일이 그녀의 두 눈 가득 들어왔다.

보낸이 이름은 박지훈.

혜원은 메일을 클릭했다.

첨부함엔 적당한 분량의 원고가 첨부되어 있었다. 무심코 내용란에 고개를 내린 순간, 혜원의 표정이 조금 요상하게 변했다.

이혜원 편집자님. 요청하신 원고 보내드립니다.

보낸사람 ; 박지훈 〈PARK.J@mail.com〉

받는사람 ; 다원 출판사 〈dwbook@dawonpb.com〉

보낸날짜 ; 20**—12—21 (금) 10:42

내용 ;

이혜원 편집자님.

이혜원 편집자님께서 요청해 주셨던 메일 발송해 드립니다. 이혜원 편집자님께서 직접 확인해 주시고, 미팅 때 피드백 전달 부탁드립니다.

그럼, 수고하세요.

그녀는 또 한 번 메일을 노려보았다.

그럴 의도는 아니었겠지만, 마치…… '이혜원 편집자만 보아라.'라고 못을 박는 듯한 느낌이 드는 것 같은…….

혜원은 이내 고개를 저었다.

그것이 참 바보 같은 생각임에는 틀림이 없었지만, 그녀의 머쓱함은 좀처럼 사라지지 않았다.

개인 메일이 아닌 회사 주소로 메일을 전달받는 경우는, 대체로 전체 사원들이 알아 두어야 할 사항일 때였다.

업체에서 보낸 중요 메일과 작가의 초고 같은 경우가 특히 그러했는데, 신작의 경우 담당자가 있더라도 단체 리딩 후 피드백을 취합하는 게 다원의 규칙이었다.

어쩐지 민망하다는 생각을 하며, 혜원은 뺨을 긁적였다. 지훈에게 원고 감사히 잘 받았다고 문자를 보내자, 답장은 생각보다 금방 왔다.

어차피 인사치레임을 잘 알았기에 혜원은 더 이상 답장을 보내진 않았다.

그녀는 침대에 눕기 전 지훈의 원고를 열었다. 전체 글자 수를 체크하며, 혜원은 지훈의 말을 떠올렸다.

「그 여름의 골목」은 감성적인 제목과는 다르게 질척이는 사랑을 다룬 미스터리 소설이라고 들었다.

20대 건장한 청년과 40대 이혼녀의 뜨겁고도 아슬아슬한 관계, 여인의 거처이자 작품의 중심 배경인 녹색 대문 집과 얽힌 살인 사건.

조금만 읽어야지, 하던 마음은 온데간데없이 사라지고, 그녀가 문득 정신을 차렸을 때엔 벌써 원고 마지막 페이지였다.

8만 자 가량의 짧은 원고를 모두 읽은 혜원의 눈동자가 진지하게 가라앉았다.

*　　*　　*

원고 파악과 피드백 자료를 정리하는 동안 주말은 빠르게 지나갔다.

주말에까지 일을 하느냐고 재현이 핀잔을 주었지만, 혜원은 마음에 걸리는 일을 최대한 빨리 끝내 놓아야 직성이 풀리는 성격이었다.

주말 동안 특별한 약속 없이 집에서 편하게 보냈기에, 피로는 충분히 풀 수 있었다. 물론, 아침의 따뜻한 이불 속은 좀처럼 벗어나기 힘들긴 했지만.

오늘 하루 동안 해야 할 업무를 머릿속으로 정리하며 혜원은 회사 건물에 발을 내디뎠다.

월요일 오전은 대체로 부산하다. 주말 동안 쌓인 메일 확인과 오전 회의 준비로 다들 집중을 하고 있던 때에 윤진이 입을 열었다.

"그나저나 박지훈 작가님 장난 아니시던데요~ 메일함 봤어요? 혜원 씨한테 신뢰가 아주~ 나는 괜히 클릭하는 것도 눈치 보이더…… 으악! 유경 씨!!"

"왜요?"

"발이요! 발!!"

"발이 왜요?"

"내 발 밟고 있잖아요!"

"어머, 그랬어요? 호호, 미안해요. 몰랐네."

일부러 과장된 제스처를 취한 유경이 혜원에게 슬쩍 눈짓을 해보였다. 재희는 별다른 대꾸도, 미동도 없었지만 사원들은 대체로 조심하는 편이었다.

박지훈 작가가 재희 대신 혜원을 담당자로 선택한 건, 사무실 내에서 공공연하게 알려진 사실이었다.

지훈의 담당자 변동이 있은 후, 재희와 혜원 사이에 기묘한 기류가 흐른다는 것은 대부분의 사원들이 눈치챘다.

하지만 무리를 형성해 파를 나눈다거나 이간질을 시키는 비겁한 성격들이 전혀 아니었기에, 대부분 두 사람이 자연스럽게 가까워지길 기다리는 분위기였다.

최근 재희는 정말 바빴다.

미팅도 잦고 업무도 많아 점심은 대체로 혼자 해결하는 편이었기에, 혜원은 자연스럽게 유경과 가까이 어울리게 되었다.

그러는 와중에도 유경은 중심을 잘 지켰다. 혜원은 양쪽을 배려해 주는 유경이 고마웠다.

가끔 눈치 없이 구는 윤진을 응징하는 것도 유경의 몫이었다. 든든하기 그지없다.

유경의 날카로운 응징에, 그제야 윤진이 재희 눈치를 보기 시작했다.

"흐, 흐흠. 그냥 그렇다는 거지, 뭐. 아휴, 박 작가님이 워낙 유명하셔서 나도 모르게 관심이 막~"

혜원은 확신할 수 있었다. 윤진의 대책 없는 수습에 재희가 더욱 승질을 낼 것이라는 걸.

"윤진 씨, 시간 많은가 봐요? 회의 준비 끝냈어요? 10시 회의인 거 알고 있죠?"

"어휴, 그러믄요, 그러믄요. 지금도 열심히 손가락을 움직이고 있습니다."

능청스럽게 대답하는 윤진은 슬쩍 흘겨본 재희는 고개를 돌렸다. 그때 그녀는 혜원과 눈을 마주쳤다.

저를 가만히 바라보는 침착하고 맑은 눈동자.

잠깐 시선이 얽혔지만, 재희는 애써 고개를 돌렸다.

혜원은 금세 시선을 떼는 재희의 모습에 조금 서운함을 느꼈다. 씁쓸한 미소를 짓는 것도 잠시, 그녀도 서둘러 회의 준비를 마무리 지었다.

"메리 크리스마스."

크리스마스이브를 알리는 경훈의 인사말을 시작으로 회의가 시작되었다.

내일이 휴일이라는 즐거움 때문인지, 사원들의 얼굴은 한결 편안해 보였다.

회의실의 널찍한 사각 테이블에 둘러앉아 회의가 진행됐다.

분위기는 나쁘지 않았다. 대부분의 담당자가 출간작 준비를 수월히 진행 중이었고, 간혹 까다로운 작가들이 던지는 터무니없는 요구도 최근엔 잠잠했다.

경훈의 장난기 가득한 성격 덕에, 평소의 회의 분위기는 대체로 가벼운 편이었다. 적당한 잡담을 섞으며 전체 스케줄 체크와 중요 일정 등에 대해 정보를 나누었다.

"혜원 씨, 박지훈 작가 원고 확인했어?"

경훈의 물음에 혜원은 작게 고개를 끄덕였다.

"네, 일정상 미리 봐두는 게 좋을 것 같아서 주말 동안 리딩은 끝냈습니다."

"음, 피드백 자료 잘 정리하고. 미팅은 2주 뒤죠?"

"네."

"그래, 그럼 다른 담당자들도 간략한 피드백 정리해서 혜원 씨께 늦지 않게 전달 줘요."

"네, 알겠습니다."

"네~"

곧바로 들려오는 대답에 작게 고개를 끄덕이던 경훈이 다시 혜원을 돌아보았다.

"그런데, 혜원 씨. 박 작가랑 진짜 아는 사이 아니야?"

넌지시 물어오는 어투와는 다르게, 그의 눈동자는 노골적이게 반짝이고 있었다. 경훈이 무슨 대답을 바라는지는 모르겠지만, 혜원은 감히 상상하려 하지 않았다.

그러나 저를 따라오는 시선은 그뿐만이 아니었다. 나머지 편집부원들의 관심을 한 몸에 받으며, 그녀는 덤덤히 대답했다.

"네, 아닙니다."

의미 모를 정적이 흘렀다. 머쓱함을 느낀 혜원이 슬쩍 경훈을 돌아보자, 그의 날카로운 눈빛과 마주할 수 있었다.

"쓰읍, 지인이 아니란 말이지?"

"네, 정말 아니에요. 얼굴 뵌 것도 이번이 처음인걸요."

"그것참, 지인도 아닌데 혜원 씨를 향한 박 작가의 관심이 참 남다른 것 같단 말이지."

경훈의 비쭉 솟은 눈꼬리에 혜원은 작게 미소를 지었다. 그녀는 저런 눈빛을 본 적이 있다. 그것도 아주 가까이에서.

저 눈빛은 바로…….

“진실은 언제나 하나!”

그때, 윤진의 외침이 테이블 위로 천천히 가라앉았다.

검지를 치켜든 그를 제외하곤 아무도 움직이는 이는 없었다.

“……윤진 씨, 대체 몇 살이야?”

윤진의 코난 코스프레는 재희의 날카로운 질책으로 인해 안타까운 끝을 맞이했다.

결국 사원들은 모두 웃음을 터뜨렸지만, 재희는 그저 경훈을 흘겨볼 뿐이었다. 혜원도 입가 가득 웃음을 머금고 재희를 바라보았다. 눈이 마주쳤지만, 재희는 새침하게 고개를 돌렸다.

회의가 거의 마무리되던 때에, 경훈이 마지막 중요 사항을 전달했다.

“그리고, 이제 편집부는 슬슬 ‘그거’ 준비를 해야 할 때가 온 것 같은데.”

“…… ‘그거’요?”

편집부원들의 의문이 담긴 시선에, 경훈이 스케줄러를 다시 한 번 체크하곤 비장하게 입을 열었다.

“편집부 신년회.”

그의 한마디가 몰고 온 파장은 엄청 났다.

“으아아아…….”

“아…… 안 돼!”

괴로워하는 사원들의 비명 위로 혜원도 깊은 한숨을 끼얹었다.

편집부 신년회는, 사원들이 진행한 〈최악의 행사〉 투표에서 당당히 1위를 차지했다.

그 손 많이 가는 행사가 어김없이 또 찾아오다니.

'시간이 벌써 그렇게 됐나?'

혜원은 어쩐지 세월의 빠름을 느꼈다. 그리고 그런 생각을 하는 건 그녀뿐만이 아니었다.

"나 신년회 엊그제 끝낸 것 같은데……."

현실 도피를 원하는 유경의 한탄을, 경훈은 깔끔하게 무시했다.

"날짜는 다들 알다시피, 1월 마지막 주 금요일이야. 벌써 이번 주가 크리스마스니까 한 달 남짓 남았네."

경훈이 비장한 눈빛을 슬쩍 풀었다.

1월 마지막 주 금요일. 편집부에서는 회사 신년회와 별개로, 오로지 작가들 위주의 느지막한 파티를 준비하곤 했다.

꽤 오래전부터 전통처럼 같은 날짜에 신년회를 진행했는데, 작가들과 편집자가 한곳에 모이는 흔치 않은 시간이었다.

신년회라고 보기엔 날짜가 조금 애매하지만, 작가들은 이 행사를 무척 즐거워했다.

편집부의 경우 작가들의 초대가 관건이었다.

그러나 까다로운 작가들 비위 맞추는 게 여간 쉬운 일이 아니었기에, 담당자들은 난감한 일을 한두 번 겪는 것이 아니었다.

"장소는요? 남은 기간이 그렇게 많지 않아서 좀 서둘러야 할 것 같은데."

"예약 중이야. 뭐, 장소 예약은 항상 사장님께서 직접 진행하시니까 그 부분은 크게 신경 쓰지 말고. 안 그래도 작년 신년회 장소가 반응이 좋아서 같은 곳이 될 확률이 높아."

그렇게 넓진 않았지만 깔끔하고 호화스러워 보이던 호텔의 홀을 떠올리며 재희는 고개를 끄덕였다.

그 외의 전체 진행 사항을 짧게 전달한 뒤, 경훈은 입꼬리를 씨익, 올렸다. 사원들은 그 미소를 악마의 미소라고 생각했다.

"물론, 장소보다 더 중요한 게 뭔지는 다들 알겠지?"

벌써 골머리가 아파왔기에 사원들은 하나같이 머리를 쥐어뜯었다.

"작가 섭외. 한 분도 빠짐없이, 전원 참석을 목표로 준비해야 해. 보름 전 즈음에 따로 메일이랑 초대장 개별 발송하긴 할 건데, 각 담당 작가들에게 미리 고지하는 것도 잊지 말고. 재작년에 주 선생님께 고지 잘못 가서 어떤 일이 있었는지, 다들 똑똑히 기억하고 있지?"

네, 알다마다요.

주강 선생님은 다원과 계약한 작가 내에서도 연세가 많으신 분이었다.

워낙 기라성 같은 분이라 유독 신경을 써야 할 작가 중 한 분이셨는데, 담당자가 실수로 신년회 고지를 사전에 하질 못했다.

아직 혼자 사시는 분이라 우편과 메일도 제때 확인을 못 하시는 바람에 결국 주강 선생님은 신년회 당일, 타 작가에게 파티 사실을 전해 들을 수 있었다.

그날의 후폭풍은 어마어마했다.

그때 주강 선생님을 담당했던 편집자는 후에 개인 사정으로 그만두었지만, 사장님의 질책과 작가님의 쓴소리가 계속되었다면 그 이유로 사직서를 썼을지도 모를 일이었다.

사원들은 끓어오르는 한숨을 꾹꾹 참으며, 연락해야 할 담당 작가들을 꼽아보았다.

"그리고 혜원 씨, 혜원 씨가 정말 중요한 거 알지?"

……아뇨, 잘 모르겠는데요.

느끼한 눈빛을 쏘아대는 경훈에게 그렇게 외치고 싶었지만, 혜원은 그저 건조하게 입꼬리를 움직일 뿐이었다.

"박지훈 작가. 무슨 수를 써서라도 섭외해야 해."

경훈의 눈빛은 진중하기 그지없다.

혜원은 마치 특급 수사에 돌입한 형사가 된 것만 같은 기분이 들었다.

"박지훈 작가 우리와 계약했다고 벌써 소문 쫙 퍼진 거 알고 있지? 박 작가 젊고 잘생긴 거야 동료 작가들 사이에선 유명하고, 그걸 떠나서 워낙 영향력 있는 남자라 관심도가 배로 높아. 신년회 섭외 전화 돌릴 때, 작가들이 뭘 물어볼지는 뻔하지."

[혹시, 박지훈 작가님도 오시나요?]

밝게 물어오는 작가의 목소리에, 혜원은 영혼 없는 웃음을 머금었다.

“하하, 네. 작가님들을 모두 모시려고 노력 중입니다.”

[정말 꼭 뵀으면 좋겠어요. 영화배우처럼 잘생기셨다는데, 정말 그런가요?]

“음…… 네, 멋있으세요.”

[우와, 정말요? 저 아는 작가님도 예전 모임에서 딱 한 번 뵌 적이 있다는데, 진짜 장난 아니래요! 그 후엔 작가 모임이나 그 흔한 술자리에도 얼굴을 안 비추셔서 너무 아쉬웠는데! 이번 신년회는 꼭 참석해야겠네요!]

“작가님께서 참석해 주시면 너무 감사하죠. 그럼 또 연락드리겠습니다. 네, 감사합니다.”

짬 나는 시간에 작가들에게 섭외 전화를 돌리던 혜원은 작게 한숨을 쉬었다.

탕비실에서 커피를 타 가지고 오던 유경이 혜원의 어깨를 가볍게 두드렸다.

“좀 어때? 작가들 고분고분 굴어요?”

“뭐, 박지훈 작가님만 참석하시면 다들 오실 것 같네요.”

“그것참 슬픈 소식이네. 박 작가님 섭외는 언제 하려고요?”

“어차피 얼마 뒤에 미팅이니까, 그때 말씀드릴까 싶어요.”

“그래, 얼굴 보고 얘기하면 거절하기도 힘들겠지.”

얼굴을 보든, 뭘 하든, 저 마음에 안 드는 건 짓밟듯 무시하는 지훈의 성격을 전혀 모르는 유경이 심심한 위로를 건넸다.

결론은 박지훈 작가의 섭외가 가장 중요해졌다. 간단한 문제 같지만 전혀 그렇지 않았다.

지훈은 작가들과 어울리지 않기로 유명했다. 그 흔한 모임에도 얼굴 한 번을 비추지 않는다는데, 이제 막 계약한 출판사 신년회에 참석할지는 매우 미지수였기 때문이다.

"혜원 씨, 이거 받아."

유경과 작가 섭외로 한창 두런두런 이야기를 나누고 있을 때, 재희가 불쑥 무언가를 건넸다. 재희가 먼저 저를 부르는 게 참 오랜만이란 생각이 들어, 혜원은 조금 기뻤다.

재희가 건넨 건 a4 용지 두 장이었는데, 종이 위엔 새카만 글씨가 빼곡히 출력되어 있었다.

"이건……?"

"박 작가님 신작 피드백이야."

"우와. 대리님, 벌써 끝내셨어요?"

유경의 감탄에 재희가 가볍게 어깨를 으쓱였다.

"내가 유경 씨인 줄 알아? 일정 꽉 차 있어서 주말에 메일 온 거 보고 피드백 미리 작성해 둔 거야."

"네에, 완벽하십니다."

입술이 비죽 튀어나온 유경이 귀여워, 혜원은 작게 웃음을 지었다.

"감사합니다, 대리님."

"……당연히 해야 하는 일인데 뭐가 고마워? 아무튼 벌써 퇴근 시간 지났는데 다들 급한 거 없으면 업무 마무리하고 들어가요."

말을 끝낸 재희는 빈 텀블러를 들고 탕비실 안으로 쏙 들어갔다.

"그래도 대리님이 혜원 씨 은근 신경 쓴다니까요."

유경이 혜원의 옆구리를 꾹 찌르며 속닥거렸다.

"그런가요?"

혜원의 작은 미소가 어쩐지 흐려 보여서, 유경은 조금 신경이 쓰였다.

"최근에 대리님이랑은 별말 안 했어요?"

지훈과의 어색한 미팅 후 사무실에서 재희와 마주쳤지만, 쉽게 말을 붙이기 어려웠다. 재희도 무언가를 먼저 묻거나 시선을 잘 마주치지 않아서, 요 몇 주간 대화라고 할 만한 걸 해 본 적이 없었다.

"네, 크게 없었어요."

특별히 티를 내진 않았지만, 사실 유경은 재희의 냉담한 반응이 너무 오래 가는 것 같다고 생각했다.

평소 재희의 성격대로라면, 혜원과 술 한잔 하며 솔직하게 얘기를 했을 것이다.

지금 상황이 이러이러해서 내 기분이 이러이러하다고.

그녀는 표출할 건 확실히 표출하지만, 뒤끝은 전혀 없었다.

그런데 지금은 뭐랄까,

'단순히 자존심이 상하신 것 같진 않은데.'

이상하다는 생각이 들었지만, 유경은 구태여 입 밖으로 꺼내진 않았다.

평소 아무리 침착하고 멘탈이 강해도, 혜원 역시 평범한 사람이다.

상황을 잘 모르고 추측으로 던지는 말은 결국 그녀를 혼란스럽게 할지도 모르는 일이었다.

"대리님이 요즘 워낙 바쁘셔서 대화할 시간도 마땅치가 않긴 하지."

가방 속에 휴대폰을 넣으며 혜원은 고개를 끄덕였다. 어느새 유경도 준비를 끝냈다.

두 사람이 신발을 갈아 신고 사무실을 빠져나갈 때까지, 재희는 탕비실에서 나오지 않았다.

퇴근 중 뜨끈한 우동이 먹고 싶어진 두 사람은 작은 일식 가게에 들어왔다.

저녁이긴 했지만 워낙 후미진 곳에 위치한 가게였기에, 손님은 두 사람뿐이었다.

크리스마스이브를 우동 가게에서 조촐히 보내는 것도 나쁘지 않다는 생각이 들었다.

"벌써 크리스마스네."

가게에서 내어주는 장국을 마시던 유경이 낮은 탄식을 뱉어냈다. 어쩐지 즐거움보단 한숨 가득한 어투였다.

"모처럼 쉬니까 좋지 않아요?"

"뭐, 만날 사람도 없고…… 나도 그냥 푹 쉬어야겠네요."

혜원이 의아한 듯 고개를 갸웃거렸다.

"유경 씨 남자 친구 있잖아요?"

"내 애인은 크리스마스에 가장 바빠요. 직업이 요리사거든."

유경이 콧잔등을 장난스럽게 찡그렸다.

따뜻한 김이 모락모락 번지는 장국을 연신 떠먹던 유경이, 혜원을 흘긋 바라보았다. 그녀는 조심스럽게 입을 열었다.

"남자 친구랑 헤어지면, 허전하지 않아요? 좀 오래 사귀었다면서."

아직 편한 대화 주제는 아니었지만, 유경이 조심스러워 하는 것이 빤히 보였기에 혜원은 그저 빙긋 웃고 말았다.

"글쎄요. 그냥, 뭘 해야 할지 잘 모르겠더라고요. 만나던 사람은 직업이 프리랜서라, 저만 시간이 되면 데이트 정도는 어렵지 않았거든요."

"아, 프리랜서였다면 확실히 그렇게 느낄 수도 있겠네요."

"그래서 그런지, 찾아오는 휴일이 조금 생소해졌어요. 혼자 휴일을 보내는 게 참 오랜만인 것 같아서."

주문한 우동이 나왔지만, 유경은 젓가락도 들지 않고 혜원의 말을 가만히 곱씹어 보았다.

멍하니 앉아있는 유경의 모습에 혜원이 의아해하자, 그녀는 이내 다시 질문을 던졌다.

"헤어졌던 연인이, 그리워요?"

혜원이 우동 국물을 뜨려던 걸 그만두고 유경을 똑바로 바라보았다.

두 사람이 부쩍 가까워진 건 맞지만, 개인사까지 물어보는 일은 거의 없었기에 의아한 마음이 들었다.

"유경 씨, 무슨 일 있어요?"

잠시 입술을 달싹이던 유경이 머쓱한 듯 작은 신음을 흘렸다.

"사실, 요즘 계속 헤어질까 고민 중이거든요. 벌써 3년 째 연애 중인데, 시간이 안 맞으니 별로 연애하는 것 같지도 않고……."

"……."

"그리고, 나한테서 마음이 떠난 게 보이기도 하고요."

멍하니 창가 너머를 바라보는 유경은 어딘지 지쳐 보였다. 나이대보다 어려 보이는 귀여운 외모를 가졌지만, 두 눈동자는 쓸쓸하기 그지없다.

두 사람은 잠깐 말없이 우동을 먹었다. 고요한 공기를 피부로 느끼던 혜원이 입을 열었다.

"유경 씨, 이별을 두려워하지 말아요."

유경의 동그란 눈동자가 작게 흔들렸다.

"유경 씨는 젊고, 예뻐요. 누구에게도 예쁨받을 수 있는 사람인데, 저에게 마음이 떠난 사람을 붙잡고 있을 이유는 없잖아요."

그게 말처럼 쉽지 않다는 것을 누구보다 잘 알고 있었지만, 혜원은 쓸쓸한 표정을 짓는 유경이 안타까웠다.

애인과 데이트를 한다며 예쁘게 차려입고 자랑을 하던 그녀의 모습이 떠올랐다.

그날은 그다지 밝은 날이 아니었는데도, 그녀는 빛을 한 아름 품은 듯 찬란했었다.

마치 준원과 처음 연애를 시작하던 과거의 제 모습처럼.

"헤어질 때 무슨 생각을 했어요?"

대화는 다시 원점으로 돌아왔지만, 혜원은 유경을 질책하지 않았다.

"나는 아직 상대를 마음에 품고 있었기 때문에, 당연히 헤어지고 싶지 않았어요."

혜원은 느릿하게 그날의 제 모습을 떠올렸다.

기억 속의 제 모습은, 헛웃음이 나올 정도로 초라하고 쓸쓸했다.

"그런데 그런 생각을 한 것이 바보처럼 느껴질 만큼, 제가 한심한 꼴을 하고 있더라고요."

"……."

"참 우습죠? 분명 5년 전, 그 친구와 사귀게 되었을 땐 내 모습이 무척 반짝반짝 빛나 보였거든요. 그런데 시간이 뭔지, 사람 마음이란 게 뭔지…… 헤어지던 그 상황에 문득 돌아본 내 모습이 그렇게 초라할 수가 없는 거예요."

혜원은 자조적인 미소를 지었다.

"상대방 마음이 떠난 걸 확실히 알게 되니까, 결국 저 역시 떠날 수밖에 없더라고요."

너무나 간단한 대답에 유경은 살짝 얼굴을 구겼다.

"화가 나거나, 붙잡고 싶지 않았어요?"

"화가 나고 슬펐지만, 무슨 소용이 있겠어요."

혜원은 퉁퉁 불은 우동을 휘휘 젓고는 한입 물었다. 식욕이 그다지 돌진 않았지만, 그녀는 우동 면발을 씹어 삼켰다.

"연애는 혼자 하는 게 아니잖아요. 붙잡아서 돌릴 수 있는 마음이었으면, 그렇게 매정하게 아픔을 주진 않았겠죠."

혜원이 희미한 미소를 띠며 유경을 바라보았다. 그 미소엔 그녀의 아픔과 지친 마음이 고스란히 담겨 있었다.

혜원은 어떠한 상황이든 그다지 힘들거나 지쳐 보이진 않았다.

회사에서 실수를 해 상사에게 혼이 나도, 작가들의 문제로 골머리를 썩여도, 항상 여유로워 보였고 덤덤해 보였다.

그러나 유경은 이번엔 똑똑히 느낄 수 있었다.

사랑에 버림받은 혜원은 안쓰러울 정도로 상처투성이였다. 마음도, 정신도.

어째서 저 상처받은 두 눈을 보지 못했던 걸까?

저에게 고스란히 전해지는 아픔에, 유경은 안타까운 듯 혜원의 손목을 움켜쥐었다.

"혜원 씨, 분명 좋은 사람 만날 수 있어요. 지금 당장은 상처가 커서 아무도 눈에 들어오지 않겠지만, 조금만 더 시간이 지나면 분명 행복해질 수 있을 거예요."

유경의 손은 참 따뜻했다. 혜원의 입꼬리가 잔잔히 올라갔다.

그녀의 다정한 말이 참 고마웠지만, 안타깝게도 아무런 감흥도 느낄 수 없었다.

그녀는 '사랑'이라는 감정에 무척이나 지쳐 버렸다.

좋은 사람을 만나 행복해질 것이다, 라는 동화같이 아름다운 말은, 더 이상 그녀에게 위로를 주진 못했다.

동화는 동화일 뿐.

욱신, 아파 오는 심장에 혜원은 쓴웃음을 지었다. 괜찮아진 것 같다가도 문득문득 심장이 아파 온다.

발끝부터 올라오는 피곤함을 느끼며, 혜원은 작게 중얼거렸다.

"글쎄요, 전 더 이상 사람의 마음이 돌아서는 순간을 마주하고 싶진 않네요."

* * *

지훈은 결국 작업을 잠시 중단했다.

작업 속도는 점점 더뎌져, 하루에 한 문장을 쓰는 것도 버거웠다.

지훈은 화가 날 정도로 이유를 잘 알고 있었다.

주인공인 형사와 이혼녀.

극의 전체 분위기를 책임진다고 해도 과언이 아닌 두 사람의 관계가, 손가락 끝에서 묘사되는 순간 빛을 잃는 기분이 들었다.

"한심해."

지훈이 낮게 중얼거리곤 자리에서 일어났다.

그는 테라스로 나가 기계적으로 담배 개비에 불을 붙였다. 회색빛 담배 연기가 공기 속으로 빨려 들어갔다.

바깥은 흩날리는 뿌연 먼지와 흐린 안개가 자욱했다. 요 며칠 햇볕이 워낙 좋았기에 오늘의 하늘은 안타까울 정도로 흐려 보였다.

그러나 지훈은 바깥 공기의 탁한 기운에도 아무런 감흥이 없었다.

지훈은 피우던 담배 개비를 눌러 끄곤, 널찍한 테라스를 빠져나왔다. 아주 잠시 있었던 것뿐인데 몸은 금방 싸늘하게 식어 있었다.

도저히 글을 쓸 기분이 아니었기에, 결국 지훈은 차 키를 집어 들었다.

그는 특별히 취미라고 할 만한 것이 없었다. 고요함이 좋아

간혹 서점에 들르는 편이었지만, 딱히 건전한 생활 습관을 유지하는 건 아니었다.

좀 멀리 나가 볼까 생각을 하며 운전대를 잡은 건데, 오늘따라 왠지 차가 많았다. 지훈은 흘깃, 시간을 확인했다.

오전 11시 20분.

출근 시간을 훌쩍 넘긴 시간이었기에, 그는 슬쩍 미간을 찌푸렸다.

결국 그는 자주 가던 대형 서점으로 방향을 틀었다. 머리를 식힐 만한 곳이 마땅치 않았지만, 그는 대수롭지 않게 여겼다. 멀리 간다고 해서 수월하지 않던 글 작업이 잘 풀리진 않을 것이다.

뛰어다니다가 철푸덕, 넘어진 아이가 울음을 크게 터트렸다. 엄마로 추정되는 인물이 후다닥 지훈을 스쳐 지나갔다.

'시끄러워.'

서점을 돌아다니는 애들이 생각보다 많았다. 주말인가, 싶어서 날짜를 확인했지만 평일이 맞았다.

오늘따라 정신이 사납다고 생각하며 지훈은 등을 돌렸다. 돌아갈 심산으로 걸음을 떼던 그의 몸이, 순간 우뚝— 멈추어졌다.

그는 다시금 고개를 돌렸다.

그때, 테이프가 느리게 돌아가듯 그의 검은 눈동자에 한 여자가 천천히, 그러나 가득 들어왔다.

뒷모습이었지만 지훈은 단번에 알 수 있었다.

마른 체형, 조금 흐트러져 있지만 높게 틀어 묶은 결 좋은 머리카락, 새하얀 목덜미.

여인의 뒷모습을 잠시간 훑던 그의 눈빛이, 순간 어둡게 가라앉았다.

지훈은 성큼성큼 걸음을 옮겼다.

지금 현재, 울고 떠드는 아이들 따위는 조금도 눈에 들어오지 않았다.

그는 망설임 없이 손을 뻗었다.

크리스마스 아침. 놀라울 정도로 눈이 번쩍 뜨여졌다. 최근 이렇게 개운하게 일어난 적이 있었나, 싶을 정도로 머리가 맑았다.

노곤거리는 몸을 편하게 늘어트리며 혜원은 창밖을 바라보았다. 요 며칠 유독 햇볕이 밝았는데, 오늘은 영 우중충하다.

그녀는 느긋하게 햄을 굽고 달걀 프라이를 했다. 기름이 타닥타닥 튀는 걸 가만히 지켜보다가, 익은 햄과 달걀을 덜어놓곤 빵을 구웠다.

어딘가 기계적이라는 생각이 들었지만, 혜원은 아무렴 어떠랴 싶었다.

간단하지만 먹음직스러운 토스트를 한입 크게 베어 물고는, 오랫동안 천천히 씹어 먹었다.

다 먹고 샤워를 하고 나오니, 시곗바늘이 어느새 10시를 훌쩍 넘겼다.

'뭘 할까.'

고민하며 머리를 말리던 혜원은 옷을 갈아입었다. 도톰한 후드셔츠에 청바지를 걸치곤 머리를 질끈 올려 묶었다. 겨울용 두꺼운 점퍼를 걸치고 컨버스를 신은 혜원은 대학생처럼 앳돼 보였다.

그녀는 휴대폰과 지갑만을 달랑 챙겨들고 문 밖을 나섰다. 딱히 목적지가 있는 건 아니었지만, 평일의 한적함을 피부로 느껴보고 싶었다.

호두과자 하나를 사들고 공원으로 향했다. 벌써 11시가 다 되어 가는데도, 날은 몹시 흐렸다. 우중충한 날씨임에도 불구하고 공원엔 가족들이 많았다.

멍하니 공원 벤치에 앉아서 호두과자를 주워 먹고 있는데, 웬 아이 하나가 떼를 쓰기 시작했다.

"흐앙~ 나도 앉고 싶어!"

혜원은 호두과자를 우물거리며 눈앞의 아이를 가만히 바라보았다. 가운데에 걸치고 있던 엉덩이를 살짝 옮겨보았지만, 아이의 울음소리는 그치질 않았다.

'자리 넓은데.'

혜원은 장난스러운 미소를 지으며 생각했다.

꼭 제 또래로 보이는 여자가 아이의 어깨를 두드리며 어르고 달랬지만, 아이는 뭐가 그리 서러운지 엉엉 눈물을 흘렸다.

결국 혜원은 자리에서 일어났다.

하얀색 패딩을 껴입은 아이는 꼭 작은 눈사람 같았다. 혜원은 걸음을 떼려다, 다시 아이에게 돌아섰다. 그러곤 제일 큰 호두과자 하나를 아이의 입에 쏙 넣어주었다.

아이의 동그란 눈이 귀여워 웃음이 나왔다.

"크리스마스 선물이야. 재미있게 놀아."

마땅히 갈 곳은 없었지만, 이대로 집에 돌아가고 싶진 않았다. 혜원은 호두과자를 씹으며 그저 걸었다. 추운 날씨에 어느새 뺨이 붉게 달아오른 것이 느껴졌지만, 찬 공기가 퍽 기분이 좋았다.

조금 더 걸으니 대형 서점이 눈에 들어왔다. 집 근처에 마땅한 서점이 없어서 이곳을 자주 들르긴 하는데, 항상 버스를 타고 들르던 곳이었다.

혜원은 저도 모르게 상당한 거리를 걸었다는 것을 깨닫고 조금 허탈해졌다. 정신을 차리자 그제야 몸이 으슬으슬 떨리는 듯했다.

결국 그녀는 호두과자 봉투를 대충 접어 주머니 속에 구겨 넣고는 서점 안으로 발을 들였다.

훈훈한 히터 바람에 몸이 절로 떨렸다. 꽁꽁 얼었던 뺨이 녹는 것을 느끼며 혜원은 주위를 두리번거렸다.

“여기도 애들이 많네.”

크리스마스의 여파인지, 평일 낮의 서점은 사람들의 발걸음이 꽤 많은 편이었다. 크게 신경 쓰일 정도는 아니었기에, 그녀는 문학도서 쪽으로 향했다.

서점에 들르는 건 참 오랜만이다. 출판사에 취직을 하게 되면 책을 더 많이 읽게 될 줄 알았는데, 막상 업무에 치이고 작가에 치이다 보니 오히려 입사 전보다 독서량이 줄었다.

잠이 좋고, 번거로운 건 싫다.

게을러진 생활 습관에 짧게 혀를 차며 베스트셀러 코너를 두리번거리던 그때, 누군가 조금 거칠게 그녀의 팔목을 잡아 돌렸다.

깜짝 놀라 크게 뜨여진 눈이 정면을 향한 순간, 전혀 생각지도 못한 의외의 인물이 눈에 들어왔다.

“……작가님?”

혓바닥을 굴리는 순간에도 참 이질적이라는 생각이 들 정도로, 혜원은 당황했다.

지훈이 조금 사나운 얼굴로 저를 내려다보고 있었다. 평소 무표정하던 얼굴이 구겨지자, 말도 못 할 정도로 강한 냉기가 흘러나오는 듯했다.

그 날카로운 눈초리를 묵묵히 받아내던 혜원이, 작게 미소를 지으며 인사를 건네려던 때였다.

“여기서 뭘 하는 겁니까?”

지훈의 목소리는 몹시 묵직했다. 그 묵직함 때문인지, 이상함을 느끼기도 전에 혜원은 순순히 대답을 해버렸다.

"네, 책을 좀 사려고요."

평화로운 대화 내용과는 반대로, 지훈은 어쩐지 화가 나 보였다. 이유는 잘 모르겠지만 무언가가 그의 심기를 심히 불편하게 했나 보다.

혜원이 한창 한가로운 생각에 빠져있을 때, 지훈의 눈동자는 더욱 어둡게 가라앉았다.

공공장소임에도 불구하고 자리를 피해야 하나 고민하던 차에, 가만히 혜원을 바라보던 지훈이 말했다.

"출판사, 그만뒀습니까?"

"……네?"

"이 시간에 왜 그런 차림으로 여기 있는 거죠?"

'그런 차림'이라…….

혜원은 흘긋 제 옷차림을 살펴보았다. 나름대로 젊음을 어필하려 했는데, 실패인가 보다.

혜원이 심각하게 옷차림을 훑어보는 와중에도 지훈의 표정은 흉흉하기 짝이 없었다. 혜원은 그의 차가운 눈초리를 받으며, 덤덤히 말했다.

"작가님, 오늘은 크리스마스입니다."

"……."

아무런 미동도 없는 그가 이해를 못 했다고 판단한 혜원이, 친절히 설명을 덧붙였다.

"휴일이요, 빨간 날."

잠시간의 정적 후. 그제야 혜원은 인사를 건넸고, 냉기를 뚝뚝 흘리던 지훈의 사나운 기색도 사라졌다.

서로에게 일행이 없다는 걸 알게 된 두 사람은, 자연스럽게 서점 안에 위치한 카페로 자리를 옮겼다.

카운터 앞에서 계산으로 실랑이가 조금 있었지만, 크게 신경 쓸 필요가 없는 문제였다.

지훈은 녹차라떼를 조심조심 마시는 혜원을 뚫어져라 바라보았다.

그녀는 화장기는 조금도 없는 얼굴에 대학생 같은 차림을 하고 있었다. 맨 얼굴에 후드셔츠를 입은 혜원은, 봄철의 풀잎처럼 싱그러워보였다.

지난날, 쓸쓸함과 아픔이 가득했던 두 눈동자가 순간 흐릿해질 정도였다.

몇 살일까? 따위의 영양가 없는 생각을 하며, 그는 조금 전 상황을 떠올렸다.

평화로운 얼굴로 오늘이 휴일임을 알리던 혜원의 목소리가 아직도 귓가에 선하다.

'오늘이…… 크리스마스였구나.'

평일치곤 차가 많았던 것도, 애들이 평일 낮에 서점을 뛰어다닌 것도 그제야 이해할 수 있었다.

'크리스마스라…….'

그의 짙은 눈동자가 한층 더 어두운 빛에 감싸였다. 잠시 생각에 잠겨 있던 지훈의 귓가에, 부드러운 음성이 들어왔다.

"이런 곳에서 작가님을 뵐 거라곤 생각도 못 했어요."

혜원이 신기하다는 듯 입을 열었다.

"어쩐지 조금 반갑네요."

둥그런 두 눈이 예쁘게 접히자, 지훈은 마시려던 커피 잔을 천천히 내려놓았다.

어째서 이 여자는, 이렇게 눈부시게 웃는 걸까?

"회사 그만둔 줄 알았습니다."

지훈은 피식, 입가에 헛웃음을 걸고는 중얼거렸다. 조금 전 혜원을 발견한 순간, 알 수 없는 희열이 번지는 동시에 불안했다. 바보 같았지만, 그 순간엔 정말 숨이 덜컥 막혔었다.

의문은 금세 뒤따라왔다. 적지 않은 담당자가 지훈을 스쳐 지나갔다.

그런데 왜, 혜원이 일을 그만두었다는 생각이 든 순간 화를 주체할 수 없었을까.

지훈은 아직 뜨거운 기운이 스며 있는 찻잔을 들어올렸다. 혓바닥과 입천장 위를 축축이 적시는 뜨거운 커피에, 흐린 정신이 조금 맑아졌다.

"제가 어딜 가겠어요. 작가님 작품 열심히 작업하기로 마음

단단히 먹었는걸요."

혜원이 장난스럽게 입꼬리를 올렸다. 지훈은 유하게 움직이는 입술을 가만히 바라보았다.

사람과 마주하는 게 이렇게 어려운 거였던가.

지훈은 혜원과 마주하는 순간순간이 복잡하고 생소했다.

평소 접하지 않던 것들을 계속해서 생각하고 느끼게 되는데, 그게 퍽 골치가 아프다.

그러나 이렇게 그녀와 마주하고 있는 것이, 귀찮다거나 싫지 않았다.

아니, 오히려…….

"크리스마스인데, 약속이 없나 봅니다."

"이럴 때 푹 쉬어야죠. 이래봬도 열심히 힐링 중입니다."

지훈은 작게 고개를 끄덕였다.

크리스마스에 홀로 있는 것을 보니, 그때 그 남자와는 제대로 끝을 낸 듯 보였다.

혜원을 눈물짓게 했던 낯선 남자의 모습이 지훈은 아직도 선했다.

끝냈다는 사실에 못내 안도가 되어, 그는 좀 더 편한 마음으로 차를 들이켰다.

혜원은 지훈이 조금 신기했다.

크리스마스를 혼자 보낼 외모가 전혀 아닌데, 홀로 서점을 어슬렁거리는 모습이 꽤 신선했다.

수많은 미녀들이 그와 시간을 보내기 위해 갖은 노력을 하는 모습은, 어렵지 않게 상상할 수 있는 장면이었으니까.

그러나 혜원은 이내 고개를 흔들었다.

오늘이 크리스마스인 줄도 모른 사람인데, 미녀와의 약속이 웬 말일까.

그때, 테이블 위에 올려두었던 지훈의 휴대폰이 요란한 소리를 내며 울렸다.

그는 짧게 혀를 찼다.

이 정신없는 벨소리를 아직도 바꾸질 못했다.

집에 돌아가면 벨소리부터 없애야겠다는 생각을 하며, 지훈은 조금의 망설임도 없이 휴대폰을 껐다.

"마데온, 좋아하세요?"

"……네?"

혜원의 갑작스런 탄성에 지훈의 표정이 미묘하게 변했다.

"벨소리까지 해 놓으실 정도면 꽤 좋아하시나 봐요. 저도 마데온 팬이에요."

혜원의 눈빛에 밝은 기운이 가득 번졌다. 그 눈에 띄는 변화는, 지훈에게 또 다른 홍미를 끌어냈다.

그는 우아하게 다리를 꼬며 뻔뻔하게 답했다.

"네, 좋아하는 편입니다. 마데온."

순간 저가 왜 이런 거짓말까지 해야 하는 건지 스스로도 어처

구니가 없었지만, 환하게 웃는 혜원을 보니 순식간에 머릿속이 정리되었다. 아무렴 상관없다, 라고.

"와, 정말요? 한국에선 딱히 인지도가 높은 가수가 아닌데, 아는 사람을 만나니까 정말 반갑네요. 어떤 노래를 가장 좋아하세요?"

애초에 무슨 노래가 있는지도 모르니, 좋다고 꼽을 만한 것도 없었다.

그러나 지훈은 느긋하게 커피를 마시며 언젠가 경수가 주절거리던 내용을 떠올렸다.

"네놈처럼 우중충한 인간에게 딱 어울리는 노래가 있지. 귀에 별이 쏟아지는 경험을 하게 해 주마!"

지훈은 되는 대로 지껄였다.

"벨소리로 해놓은 곡을 가장 좋아합니다. 귀에 별이 쏟아지는 것 같거든요."

"아하하, 맞아요. 마데온 음악들이 대체로 그렇죠."

혜원은 크게 웃음을 터뜨렸다.

표정이 다양하지 않다고 생각했는데, 저가 좋아하는 주제가 나오니 어린아이처럼 조잘거린다.

붉은 입술이 오물오물 움직이는 걸 뚫어지게 바라보던 지훈은, 제 입꼬리가 올라가는 것을 똑똑히 느꼈다. 자신도 의식하지 못한 미소였다.

그는 본인이 웃음에 인색하다는 것을 너무나 잘 알고 있었다. 그러나 혜원과 마주한 이 순간, 자꾸만 얼굴이 제 멋대로 움직인다.

"음악 좋아합니까?"

"네, 좋아해요. 듣는 것도 공연을 보는 것도."

"그렇군요."

지훈은 가볍게 맞장구를 쳤다. 조각같이 무표정하던 그의 얼굴이, 어느새 부드럽게 풀어져 있었다. 그 모습이 너무나 눈이 부셔서, 둔하다는 소리를 밥 먹듯이 듣고 다니는 혜원도 깜짝 놀랄 정도였다.

지훈은 인형처럼 표정이 없다가도 눈동자나 입매에 간혹 생기가 돌고는 한다. 그때의 지훈은 정말이지, 좀처럼 시선을 떼기가 어렵다.

"또 뭘 좋아하십니까?"

"……음악이요?"

"뭐든. 혜원 씨가 좋아하는 걸 말해 봐요."

어딘가 오만한 어투였지만, 혜원은 웃음이 나왔다. 깨끗하게 빛나는 그의 두 눈동자가 순수해 보였기 때문이다.

서른이 넘은 남자에게 순수라니. 혜원은 제 자신을 가볍게 질책했다.

"글렌체크라는 밴드의 음악을 좋아해요. 마데온이랑 분위기가 비슷해서, 작가님도 즐겁게 들으실 수 있으실 거예요."

조곤조곤 설명하는 혜원의 목소리에, 지훈이 흔쾌히 답했다.

"네, 들어보도록 하죠."

몇 마디를 더 나눈 뒤, 두 사람은 자리에서 일어났다. 혜원이 목 뒤에 달린 후드 때문에 점퍼 입는 것을 불편해 하자 지훈이 커다란 손을 뻗었다.

목 뒤를 스치는 지훈의 차가운 손에 혜원은 흠칫, 몸을 떨었다.

금세 옷깃을 정리해 준 지훈이 만족스러운 듯, 혜원을 훑어보곤 물었다.

"갈까요?"

"……네, 작가님."

조금 머쓱해진 혜원이 뺨을 긁적이며 작게 대답했다.

카페를 빠져나가는 순간, 지훈은 잊지 않으려는 듯 조용히 중얼거렸다.

"글렌체크, 글렌체크……."

혜원과의 갑작스러운 만남에 차까지 마시게 되었지만, 시간은 조금도 아깝지 않았다. 오히려 이대로 헤어지는 게 아쉬울 정도여서, 지훈은 스스로도 놀랐다.

그는 서점 앞에서 고개를 꾸벅, 숙이는 혜원을 바라보았다.

"오늘 정말 반가웠습니다, 작가님. 조심히 들어가세요."

꽤나 친근하게 대화를 했음에도 불구하고 금세 선을 그어 버리는 듯한 그녀의 행동이 조금 못마땅했다.

그래서 지훈은 저답지 않은 행동을 하고 말았다.

"저녁에 약속 있습니까?"

"아뇨, 바로 집으로 갈 예정이에요."

"그래요?"

가볍게 대답한 지훈은 혜원의 손목을 잡아끌었다. 그녀를 지긋이 바라보던 그가 날카로운 눈매를 부드럽게 휘었다.

"작가님?"

"그럼 밥 좀 같이 먹어 주십시오. 어제 아침부터 아무것도 안 먹었거든."

점심이라기엔 조금 애매했으나 혜원은 지훈의 제안에 고개를 끄덕였다.

작가의 부탁 때문인 것도 있었지만, 토스트로 아침을 대충 해결한 탓에 그녀도 배가 고팠다.

얼떨결에 지훈의 차까지 타게 된 혜원은 멍하니 앉아서 주변을 두리번거렸다.

크리스마스를 혼자 조용히 보내려던 계획이 틀어지고 전혀 뜻밖의 인물과 시간을 보내고 있지만, 혜원은 어쩐지 즐거웠다.

준원과 함께 보내던 크리스마스. 준원과의 추억이 가득한 크리스마스. 그제야 혜원은 옛 연인의 손길과 향기가 가득한 아름다운 기념일에, 그의 생각은 조금도 하지 않았다는 것을 깨달았다.

아직 3시도 되지 않았지만, 크리스마스는 크리스마스. 예약이라도 미리 해 두기 위해 전화를 하던 지훈이 주변을 연신 두리번거리는 혜원을 발견했다.

"뭘 그렇게 봅니까?"

잠시 멍하니 허공을 훑던 혜원은, 언제 그랬냐는 듯 작게 감탄했다.

"청소를 되게 좋아하시나 봐요."

"……."

"차에 먼지 하나가 없네요."

내 방보다 깨끗하다. 조용히 중얼거리는 목소리에, 지훈은 결국 작게 웃음을 터뜨렸다. 전화를 하면서 그는 생각했다.

'아, 언제 이렇게 웃어 봤더라.'

차에 여자를 태운 게 처음은 아니었지만, 이렇게 덤덤하고 독특한 감탄은 또 예상치 못했다. 오늘 그녀와 마주하고 몇 번을 웃는지 모르겠다.

혜원이 두리번거리는 것을 그만두곤 묵묵히 앞을 바라보자, 지훈은 여유롭게 액셀을 밟았다.

시간대가 애매해서인지, 크리스마스임에도 불구하고 식사를 하는 데엔 크게 문제가 없었다. 식당은 몹시 고급스러웠다.

이렇게 호화스러운 곳에서 저녁을 먹으리라곤 생각 못 했는데, 역시나 부담스러운 가격에 혜원은 입맛을 쩝, 다셨다.

어차피 이번 달엔 돈을 거의 쓰지 않았다. 가끔씩 이런 식의 사치도 나쁘진 않겠지.

두꺼운 고기 덩어리를 열심히 썰어내던 중, 혜원이 무언가 생각이 난 듯 조심스럽게 입을 열었다.

"저, 작가님."

연신 편하게 말을 하던 혜원이 목소리에 신중함을 담아내자, 지훈은 고개를 슬쩍 기울였다. 부드럽게 저를 바라보는 눈빛. 말을 해도 괜찮다는 의미로 받아들인 혜원은, 엄청난 임무를 해결하는 특수수사대처럼 비장한 얼굴을 해보였다.

"다음 달 말에 다원에서 편집부 신년회가 열립니다."

무슨 말이 나올지 단번에 파악한 지훈이, 무표정한 얼굴로 와인 잔을 들었다.

"오래전부터 진행해 오던 자리로, 일 년 동안 고생하신 작가님들의 노고에 감사드리는 의미를 담고 있답니다. 담당 편집자나 출판사와의 친분을 더욱 쌓기 위한 만남의 장이랄까요."

혜원은 기계적으로 주절주절 내뱉었다. 그녀가 무엇을 부탁하려는지 들어보지 않아도 알 수 있었지만, 지훈은 일부러 모른 척을 했다. 그의 무표정하던 얼굴에 아주 약간의 짓궂음이 번진 것을, 혜원은 미처 발견하지 못했다.

"그래서 결론이 뭡니까?"

"어…… 네, 박 작가님께서 참석해 주신다면 저흰 너무 기쁠 것 같습니다."

지훈은 가만히 이야기를 들으며 천 냅킨으로 입을 닦았다. 길쭉한 손가락과 더불어, 군더더기 없는 모습이었다.

"안타깝지만."

"……."

"난 만남의 장 따위엔 별로 관심이 없습니다."

"……네, 그거 참…… 아쉽네요."

아무리 난감한 일에도 놀랍도록 평온을 유지하는 혜원이었지만, 이번엔 저도 모르게 눈꼬리가 축 쳐졌다. 지훈의 불참 소식에 펑! 폭발하는 경훈의 모습이 너무나 생생히 떠올랐기 때문이다.

혜원은 잘 모르겠지만, 지훈은 생각보다 악랄하고 비뚤어진 남자였다. 지훈은 강아지 같은 혜원의 얼굴을 여유롭게 관찰했다.

출판사에서 진행하는 행사에, 나름대로 전통까지 있다면 위쪽에서도 어느 정도 압박을 받았을 것이다. 혼이 나기 싫으면 입바른 소리를 해서라도 저를 설득시켜야 할 텐데, 혜원은 난감한 얼굴로 꾸역꾸역 식사를 할 뿐이었다.

그는 미간을 슬쩍 찌푸렸다. 난처해 보이는 눈꼬리가 썩 달갑지 않았다. 한동안 말없이 식사를 하던 그는, 어쩔 수 없다는 듯 눈썹을 슬쩍 올렸다.

“생각은 해 보도록 하겠습니다.”

“…….”

“식사를 함께 해 준 보답은 해야겠죠.”

말을 뱉고 나서도 지훈은 헛웃음이 나왔다. 작가 모임을 유독 혐오하던 저가 무슨 말을 한 건지. 하지만 불쑥 고개를 든 혜원의 얼굴을 보니, 불편하던 마음이 사라졌다. 그녀의 눈동자를 물들인 난감한 기색이 조금 가라앉은 탓이었다.

혜원은 그의 칼 같은 거절에 고민했다. 사실 그녀는 애초에 쉽게 포기할 생각은 전혀 없었다. 지난 회의 때부터 무슨 수를 써서든 그를 섭외할 작정을 하고 있었던 터라, 오히려 마음을 단단히 먹었다. 어떤 말로 꿰어야 넘어올지 경우의 수를 하나하나 그리며.

그런데 그의 대답에, 혜원의 두 눈이 의외로 가득 물들었다.

“작가 모임이나 출판사 모임은 거들떠도 안 본다는데?”

언젠가 출판사 사람들이 수군대던 내용을 떠올리며 혜원이 고개를 갸웃거렸다.

“……정말요?”

“혜원 씨에게 거짓말할 이유는 없습니다.”

높낮이 없는 그의 대답에, 혜원은 다시 결의에 찬 눈빛으로 물었다.

"혹시, 며칠쯤이면 생각이 정리가 되실까요?"

"……."

"음…… 뭐, 행사라는 게 다 그렇죠. 시간을 끌면 끌수록 제가 작가님을 조금 괴롭힐 것 같은 느낌이 드는 터라……. 대신에 확실한 답을 주시면, 그때까지 얌전히 기다리도록 하겠습니다."

아, 못 참겠다.

지훈은 결국 또 웃음을 터뜨리고 말았다.

혜원을 이대로 보내고 싶지 않다는 생각이 충동적으로 들어 조금 곤란했지만, 머리는 신중히 다음 일정을 골랐다.

마냥 편한 이야기를 나눈 건 아니었지만, 음식은 몹시 맛있었고 분위기도 퍽 즐거웠다. 계산을 지훈이 했다는 것이 신경 쓰였으나 그는 그것에 대해 아무런 말도 꺼내지 못하게 했다.

'작가님에게 언젠가 식사 대접을 해 드려야겠네.'

머쓱한 마음에 혜원은 조용히 다짐했다.

주차장으로 이동하는 동안 두 사람 사이엔 정적이 흘렀다. 이상하게도 그 정적은 무겁고 불편하진 않았다.

신기하다고 생각할 때 지훈이 묵묵히 닫혀 있던 입술을 열었다.

"전시회 좋아합니까?"

대체로 그렇기는 했지만, 지금 이 물음이 유독 저돌적이라 생각되는 건 그저 착각인 걸까.

혜원은 운동화 속 발가락을 몇 번 꼼지락거리며 느리게 고개를 끄덕였다.

"네, 좋아합니다."

"현대 미술 쪽도?"

"장르를 구별할 정도로 보는 눈이 좋진 못해요. 그냥 작품 보는 것 자체를 흥미로워하는 편이거든요."

평소엔 볼 수 있는 기회가 많지는 않으니까.

조곤조곤 답하는 조금 낮은 목소리가 공기에 닿으니 더욱 듣기 좋다.

"잘됐네."

"네?"

"근처에 자주 가는 전시장이 있거든."

덤덤히 뱉은 지훈은 군더더기 없는 손길로 조수석 문을 열어주었다.

황제 같은 분위기의 남자가 직접 문을 열어주는 건, 아마 몇 번이고 반복되어도 익숙해지지 않으리라.

혜원이 엉거주춤한 모양새로 조수석에 타자 지훈도 운전석에 올랐다. 그가 멋들어진 손가락으로 시동을 거는 것을 물끄러미 바라보던 혜원이 천천히 입을 열었다. 최대한 무례해 보이지 않도록 노력하며.

"저, 작가님. 지금 혹시 전시회 가시는 건가요?"

"네."

"음…… 저도 가는 건가요?"

차분한 그녀의 목소리에 지훈은 옅은 미소를 지었다.

"그럼 누구랑 갈까요?"

혜원은 머쓱한 얼굴로 제 뺨을 긁적였다.

'아, 역시 나랑 가는 거구나.'

어렴풋이 예상은 했지만 막상 정말 같이 간다고 하니 기분이 요상하다. 그래, 무어라 쉬이 설명할 수 없는 이 기분은 참 요상하다는 말로 표현할 수밖에 없을 듯하다.

"싫습니까? 전시회."

흘긋, 혜원의 표정을 확인한 지훈의 목소리가 소음 하나 없던 차체를 울렸다.

"아뇨, 전혀요. 그냥…… 신기해서요."

"어떤 게?"

"작가님이랑 저녁 먹고 전시회에 가는 게 신기해요."

어쩐지 웃음을 머금은 그녀의 목소리에 지훈은 조금 더 가벼운 어투로 말을 할 수 있었다.

"불편합니까?"

그의 어투가 가벼워서일까. 그 누구도 '불편하다'라고 말하기 힘든 질문에 혜원은 웃음이 나와 버렸다.

"아뇨, 이것도 조금 신기한데…… 전혀 불편하지가 않네요."

혜원은 잔잔한 미소를 띠며 가볍게 어깨를 으쓱였다. 보기만 해도 기분 좋아지는 미소를 가만히 눈으로 쫓던 지훈은, 조금 전보다 더욱 짙은 미소를 지었다.

"다행이다."

저도 모르게 숨을 훅 멈출 정도로 시원한 미소였다.

지훈의 차를 타고 이동하는 내내, 혜원은 그의 미소가 떠올라 조금 묘한 기분이 들었다.

그의 웃음은 크지도 요란하지도 않았지만, 평소 입꼬리만 슬쩍 올리던 건조한 미소와 확실히 차이가 있었다. 서늘한 얼굴 때문인지, 지훈은 때때로 미소를 보여도 냉소적인 면이 쉬이 가라앉지 않았다.

그런데 레스토랑에서 웃음을 터뜨렸을 때나, 조금 전 시원하게 입꼬리를 올렸을 때엔…….

'정말 다른 사람인 줄 알았네.'

그 웃음에 적잖이 충격을 받은 터라, 혜원은 어떤 정신으로 전시회에 향하고 있는지는 기억이 잘 나지 않았다.

잠시 후, 빠르게 움직이던 바퀴가 어느덧 멈췄다.

혜원이 차창 밖을 흘긋 바라보며 고개를 갸웃거렸다. 높은 건물이 솟은 번화가는 그녀의 낡은 빌라와 거리가 멀었다.

새카만 건물은 반짝거리는 조명을 가득 둘러 크리스마스 느낌이 물씬 풍겼다.

외관에 꾸며놓은 전시 광고를 둘러보니, 젊은 여자 작가의 전시회인 듯했다. 두 사람은 티켓을 구매한 뒤 전시장을 돌았다.

지훈에 비해 너무 가벼운 옷차림인 건 아닌가 걱정이 되었지만, 출입하는 사람들도 그렇게 격식 있는 차림은 아니었기에 혜원은 마음 편히 발을 들일 수 있었다.

은은한 조명에 감싸인 강렬한 색감을 물끄러미 바라보던 때에 지훈이 입을 열었다.

"다원에 입사한 지 얼마나 됐습니까?"

"2년 정도요."

"첫 직장인가?"

"아뇨, 두 번째예요. 첫 번째 직장에선 얼마 못 있고 나왔어요."

팀장님이랑 사이가 좋지 않았거든요.

이미 지나간 일이었기에 이야기를 꺼내는 것은 어렵지 않았지만, 혜원은 다른 의미로 조금 놀라고 말았다. 썩 반갑지 않은 과거를 꺼내는 것에 약간의 망설임도 없었기 때문이다.

그러나 내가 왜 이럴까, 하는 생각은 지훈의 목소리에 금세 차단되었다.

"팀장님이 좋은 사람이 아니었나 보군요."

가만히 그림을 들여다보는 지훈은 조금의 흔들림도 없다. 혜원은 천천히 고개를 돌려 조각 같은 사내의 옆모습을 눈에 담았다. 무엇이 그림인지 헷갈릴 정도로 멋진 외모였지만, 그녀가 눈에 담은 건 좀 더 깊었다.

"왜 그렇게 생각하세요?"

지훈의 시선이 그제야 혜원에게 닿았다.

"전 회사 팀장님이 좋은 사람이 아닌 거……."

그의 시선이 너무나 깊고 깊어서, 혜원은 그녀답지 않게 말끝을 흐렸다. 지훈의 눈동자는 오로지 혜원을 가득 담았다.

"혜원 씨가 좋은 사람이니까요."

"……."

"이유 없이 누군가를 미워할 사람이 아닌 건 알 수 있어요."

높낮이 없는 목소리에 혜원은 조금 심장이 답답했다.

그런 걸 어떻게 아느냐는 그녀의 눈빛을 읽었는지, 지훈은 두 눈동자에 약한 온기를 채웠다.

"보입니다. 혜원 씨가 그런 사람이 아닌 것 정도는."

두 사람은 붉은 색감이 짙게 칠해진 추상화 앞에서 그렇게 한참을 서로 마주 보았다. 가만히 시선을 맞추는 일분일초가 조금도 지루하지 않다는 게 퍽 신기하다면 신기하다.

답답하던 심장은 조금도 나아지지 않았지만, 혜원은 애써 모르는 척 눈동자를 내렸다. 그녀가 시선을 피했음에도 불구하고, 지훈은 여전히 혜원을 향해 있다.

잠시 입술을 달싹이던 혜원은 화제를 돌렸다.

"……글은 어쩌다가 쓰시게 된 건가요?"

"그냥 우연이었습니다. 고등학생 때, 공모전에 투고를 했던 게 시작이었지."

지훈은 순순히 답을 하며 걸음을 옮겼다. 두 사람은 적당한 크기의 전시장을 천천히 돌았다. 형광 페인트가 줄줄 흐르는 커다란 구 모형을 바라보던 지훈이 물었다.

"내 소설 읽은 적 있어요?"

"그럼요, 출판 관계자 중에 작가님 소설 안 읽은 사람 없을걸요."

지훈은 흥미롭다는 듯 고개를 기울였다.

"뭘 읽었습니까?"

"「붉은 집」 시리즈도 좋아하고, 「화가의 얼굴을 그리는 여자」도 재미있게 보았어요."

그녀의 어여쁜 입술에서 제 작품이 하나둘 나열되는 게 신기해, 지훈은 물끄러미 혜원을 바라보았다.

잠시 생각에 잠기던 그녀는 이내 잔잔한 미소를 입가에 걸곤 지훈과 눈을 맞췄다. 지훈이 번번이 시선을 빼앗기는 바로 그 미소였다.

"그런데 그중 가장 좋아하는 소설은 「깊은 숲」이에요."

지훈의 눈동자가 아주 잠깐 가라앉았다.

저를 올려다보는 혜원을 고요히 응시하던 눈동자가 천천히 감겼다.

"왜?"

어쩐지 제 목소리가 조금 탁하다고 느껴졌다.

"왜 그 소설이 가장 좋은 거지?"

제 어둔 목소리를 눈치채지 못한 걸까, 혜원은 바라보던 구 모형에 다시금 시선을 던지며 생각에 잠겼다.

그녀의 눈동자가 다시 지훈에게 향한 건 금방이었다.

"글쎄요."

마주할 때마다 심장이 철렁거리는 저 미소. 혜원은 그 찬란함을 가득 품고 말했다.

"그냥, 그 작품은 저에게 한없이 따뜻했어요."

'따뜻했다라…….'

지훈은 커다란 대형 액자를 열심히 살피는 혜원의 모든 것을 눈에 담았다.

하염없이 따스한 이혜원. 그런 그녀가 온기를 느낀 작품이 「깊은 숲」이라니. 지훈은 쓴웃음을 삼키며 천천히 걸음을 옮겨 그녀에게 다가갔다.

점점 가까워지는 포근한 향기를 느끼며 그녀의 어깨를 가볍게 그러쥐자, 깨끗한 눈동자가 저를 향한다.

"이제 어느 정도 다 살핀 것 같은데, 갈까요?"

"네, 작가님."

분명 정중한 어투인데, 이상하게 사랑스럽다. 지훈이 참 알다가도 모르겠다는 생각을 하며 걸음을 옮기던 그때였다.

"안녕하세요! 오늘도 전시장 '정'을 방문해 주셔서 감사드립니다!"

"저희가 이번 크리스마스 이벤트로 폴라로이드 사진과 윤 작가님께서 직접 제작하신 액자를 선물로 드리는데요, 참여하고 가세요~"

전시장 끝자락에서 붉은 원피스를 차려입은 두 여자가 혜원과 지훈을 붙잡았다. 곧장 거절을 하려던 그때, 지훈의 눈에 사진을 찍는 한 커플이 들어왔다. 가까이 붙은 커플이 환하게 웃으며 사진을 찍었다.

"작가님, 그럼 이만……."

"찍죠."

그 웃음이 너무나 싱그러워 보였기 때문일까. 지훈은 이 공간에서 벗어나려는 그녀를 붙잡고는 말했다. 그의 단호한 한마디에, 혜원은 저도 모르게 목소리를 조금 높였다.

"찍……자고요?"

"네, 이왕 온 거 추억 만들기라도 해야죠."

혜원은 단언할 수 있다.

이 세상에서 가장 안 어울리는 것을 꼽으라면, 바로 박지훈과 추억 만들기라는 것을.

"싫습니까?"

혜원은 터져 나오려는 한숨을 꾹 삼켰다.

한 가지 더 이해할 수 없는 것은, 그동안 별다른 접점이 없던 그와 사진을 찍는다는 사실이 그렇게 싫지 않다는 거겠지.

'대체 왜 싫지 않은 걸까.'

이런 상황이 일반적이지 않다는 건 어린아이도 알 텐데.

"아뇨, 전혀 싫지 않습니다."

그럼에도 불구하고 거절을 하지는 못했지만.

혜원은 붉은 페인트로 예쁘게 칠해진 모형 하트 앞에 서며 생각했다.

'어쩐지 난 박 작가님한테 조금 약한 것 같네.'

유명 작가라서 그런가?

아니, 혜원은 애초에 유명 작가에게 흔들리는 스타일이 아니다.

그렇다면 왜?

그나저나 지훈과 하트 모형 앞에서 사진을 찍다니, 재현에게 말한다면 아마 두고두고 놀려먹겠지.

"두 분 정말 잘 어울리시네요~ 웃으세요!"

이벤트를 진행하는 내내 수도 없이 뱉어냈을 포장용 멘트에 혜원은 그만 웃음이 나왔다. 그녀의 맑은 웃음소리에 지훈 역시 잔잔한 미소를 띠었다.

"조금 더 붙으시고요!"

카랑카랑한 여자의 목소리에 곤란함을 느끼던 그때, 어깨를 강하게 감싸 안는 손길이 느껴졌다.

훅 끼치는 익숙한 향수 냄새에, 혜원은 어쩐지 심장이 철렁였다.

"네, 좋습니다. 그럼 찍을게요."

하나— 둘— 셋—!

혜원은 지훈의 차에서 내렸다. 해가 짧아진 터라 주변은 벌써 어둑어둑했다.

낡은 빌라 앞에 자리 잡은 지훈과 그의 고급 승용차는 몹시 이질적이었다.

혜원이 고개를 숙여 지훈과 눈을 마주치려는데, 그 역시 차 밖으로 나왔다.

"추운데 나오지 마세요, 작가님."

"금방 들어갈 겁니다."

미안한 감정을 확실히 차단해 주는 그가 어쩜 그리 고마운지, 혜원은 새삼 또 감탄했다.

"오늘 정말 감사했습니다. 저녁까지 사 주시고 멋진 전시회도 보여 주시고…… 받기만 해서 조금 죄송하네요."

"신경 쓰지 마십시오. 혜원 씨에게 잘 부탁한다고 뇌물 준 거니까."

지훈의 평이한 어투에 혜원은 미간을 슬쩍 구겼다.

"……저, 뇌물이면 더 곤란한데요."

그녀의 귀여운 말에, 지훈의 눈동자가 잔잔하게 가라앉았다.

"사진, 처음 찍어 봅니다."

"사진이요?"

조금 전 전시회에서 찍은 사진을 떠올리며 혜원은 고개를 기울였다.

액자에 끼워진 사진은 혜원이 가져가게 되었다. 가방 안에 든 액자의 무게가 어쩐지 조금 무거웠다.

"네, 여자랑 사진 처음 찍어 봐요."

잠시 이해를 하지 못하던 혜원의 두 눈이 놀라움으로 물들었다.

"……정말요? 정말 처음이세요?"

"정말로."

"이런…… 그 처음을 저와 함께하셔서 어쩌죠?"

조금 곤란한 듯한 그녀의 표정에 지훈은 작게 입꼬리를 올렸다.

표정이 많지 않다고 생각했는데, 자세히 보면 그녀는 눈가에, 입꼬리에, 시선에, 참 많은 것을 담아낸다.

그 변화를 지켜보는 게 상상 이상으로 즐거워, 그는 움찔거리는 손끝에 조금 난감했다.

이 감정은 마치……,

'아, 만지고 싶다.'

라는 생각을, 지훈은 애써 누르진 않았다.

그는 천천히 손을 뻗어 흔들리는 머리끝을 가볍게 정리해 주었다.

손끝에 닿은 이혜원이, 생각보다 너무나 달콤해서 그는 곤란했다.

"아뇨, 좋은 경험이었어요."

"……."

"혜원 씨와 무언가를 처음 하는 건 무척 즐겁네요."

묵직한 것을 삼킨 듯, 그의 부드러운 목소리를 듣는 혜원은 숨이 콱 막힌 것 같아 당황스러웠다.

그런 그녀의 마음을 아는지, 가만히 눈을 마주치던 지훈이 자그맣게 입꼬리를 올리며 말했다.

"그러니까, 그런 곤란한 표정 짓지 않아도 됩니다."

경험할수록 따뜻하고 다정한 사람이라는 생각이 들 정도로 지훈의 목소리와 눈빛은 참 따스했다.

"……네, 작가님. 저도 정말 즐거웠습니다."

그래서일까. 그에게 건네는 목소리가 잔잔히 떨리는 이유는.

"어서 들어가요. 날씨가 쌀쌀하니까."

"네, 조심히 들어가세요."

혜원은 다시 한 번 고개를 숙였다. 이상하게도 발걸음이 떨어지지 않았지만, 그가 이상하게 생각할까 염려가 되어 억지로 몸을 돌렸다.

발걸음이 무겁다.

그에게서 멀어지는 한 걸음 한 걸음.

이 낡은 콘크리트 바닥에 남긴 건 대체 무엇일까.

그녀가 낡은 건물 안으로 모습을 감추자, 지훈도 그제야 차체에 몸을 실었다.

*　*　*

이혜원 편집자

010-****-****

작가님, 오늘 정말 감사했습니다. 집에 조심히 들어가시고, 남은 연휴 즐겁게 보내세요.

메리 크리스마스.

항상 좋은 일만 가득하시길 바라겠습니다.

12월 25일 오후 7 : 36

문자가 온 건 집으로 돌아와 엘리베이터에 몸을 실었을 때 즈음이었다.

지훈은 휴대폰을 가득 채운 혜원의 문자를 읽고 또 읽었다. 어쩐지 글 작업이 되지 않아 답답했던 마음이 조금은 가시는 것 같았다.

'정말 사랑스러운 사람이야.'

불안정하던 마음이 정리되는 게 신기해 지훈은 희미한 미소를 흘렸다. 휴대폰을 들여다보며 승강기에서 내린 순간, 그는 제 집 앞에 서 있는 익숙한 인영과 마주할 수 있었다.

경수였다.

비밀번호를 누르려던 참이었는지, 보안키 위에 그의 손가락이 살포시 얹어져 있었다.

"……네놈, 얼굴 꼴이 그게 뭐냐?"

경수는 저를 보자마자 시비를 걸어왔는데, 그의 얼굴은 경악으로 물들어 있었다.

'네 얼굴이나 신경 써라'라고 말해 주고 싶었지만, 지훈은 깔끔하게 무시했다. 거의 대부분의 시간을 요란하게 행동하는 경수였기에 그는 신경을 끄고 그 대신에 비밀번호를 눌렀다.

그런 지훈을 경수는 의심 가득한 눈초리로 쳐다봤다.

"솔직하게 말해."

"뭘."

"대체 누굴 처리하고 온 거야?"

"뭐라는 건지 모르겠네."

한심함이 가득 담긴 지훈의 어투에도 그는 포기하지 않았다.

때마침 문이 벌컥 열렸다.

경수는 집 안으로 들어가려는 지훈의 몸에 찰싹 달라붙었다. 유독 훤칠한 지훈에게 대롱대롱 매달려 있으니, 고목나무에 매미가 따로 없다.

"오늘은 또 어떤 불쌍한 영혼이 너에게 희생당한 거냐고오오!"

"좀 닥쳐."

"그게 아니라면 네놈이 이런 소름 끼치는 미소를 짓고 있을 이유가 없잖아!!"

경수가 평소에 저를 어떻게 보는지 확실히 알 수 있었다. 그러나 지훈은 조금의 미동도 하지 않았다.

"네 마돈나나 만나러 가."

"헤어졌다고 했잖아!"

"그럼 네 집으로 꺼지든지."

건장한 체격의 경수를 한 손으로 가볍게 떼어낸 지훈은 집 안으로 들어갔다. 문이 닫히기 전 빠르게 발을 들인 경수가 외쳤다.

"난 상처를 받았다고! 그것도 엄청 많이!! 하나뿐인 친구에게 위로도 못 해 줘?"

경수는 서글픈 목소리로 오피스텔이 떠나가라 소리를 질러댔다. 동글동글한 얼굴이 한껏 울상이 되어 안타까움이 철철 넘쳐흘렀지만, 지훈은 눈 하나 깜빡하지 않았다.

"문란하게 논 네놈 잘못이지."

"문란하다니, 문란하다니! 대체 누가 누구보고 문란하다는 건지 모르겠네."

경수의 비아냥에도 지훈은 말없이 코트를 벗어 옷 방에 걸어두었다. 그가 더 이상 제 말에 대꾸하지 않을 것이란 걸 눈치챈 경수가 김빠진 얼굴로 소파에 털썩— 누웠다.

지훈은 옷을 갈아입는지 거실로 나오지 않았다. 경수는 조금 전 승강기에서 내리던 지훈의 모습을 떠올렸다.

휴대폰을 보며 부드럽게 웃고 있던 모습.

경수는 몸을 떨었다. 발끝부터 소름이 돋았다.

'살인이야. 살인을 저지른 거야. 또 어떤 악덕 출판사가 문을 닫았을까.'

흐윽, 친구를 지키지 못하다니. 미안하다, 지훈아!!

경수가 머릿속으로 혼자 시나리오를 쓰든 말든, 지훈은 조잘거리던 목소리가 잠잠해진 것에 몹시 만족했다. 옷을 다 갈아입은 그는 거실로 나왔다.

부엌에서 물을 들이켜는 지훈을 바라보며 경수가 툴툴거렸다. 그의 거침없는 행동에도 지훈은 별다른 제재를 가하지 않았다.

"넌 나처럼 좋은 친구 둔 걸 행운으로 알아."

친구의 살인을 감싸주다니.

지훈은 더 이상 상대하는 것이 귀찮았는지, 경수가 전단지를 집어 드는 걸 그냥 지켜보았다. 녀석은 배가 고프다며 난리를 피우고 있었다.

"난 저녁 먹었다."

지훈이 담담하게 저녁 상황을 알리자, 경수가 눈살을 찌푸렸다.

"먹었다고? 누구랑?"

"네가 알 바는 아니지."

"흐음……."

경수의 둥그런 눈이 가늘어졌다.

오늘이 크리스마스인 걸 저 돌덩이 같은 녀석이 알 리는 없고…….

"출판사 미팅 있었어?"

"크리스마스에 미팅 잡는 정신 나간 출판사도 있나 보지?"

"주말에 미팅 잡는 매너가 똥인 놈에게 들을 말은 아니다만……."

오늘이 크리스마스임을 그가 알고 있다는 사실에, 경수는 적잖이 놀랐다.

'설마.'

경수는 소름이 돋는 팔뚝을 천천히 쓸어내리며 물었다. 긴장감이 가득한 목소리였다.

"……만나서 뭘 했는데?"

"저녁 먹었다고."

"저녁만 먹었냐?"

지훈이 싸늘한 시선으로 경수를 바라보았지만, 그 시선은 이내 요상한 빛을 띠었다. 경수가 숨을 몹시 헐떡이고 있었기 때문이다.

"무슨 말이 하고 싶은 거지?"

"저녁만 먹었냐고!"

경수는 어딘가 절박해 보였다. 지훈은 미간을 찌푸리며 시큰둥하게 말했다.

"차도 마셨다. 전시회도 갔지."

"……뭐, 뭘 했다고?"

싸늘한 정적이 흘렀다. 경수가 숨이 넘어가든 말든, 지훈은 소파에 걸터앉자마자 담배를 꺼내들었다.

지훈은 예전부터 '사람'이라는 종족에게 흥미 자체를 느끼질 못했다. 경수가 그와 가까워진 건 우연한 일이었을 뿐이었고, 그와 친해지려던 수많은 인간들은 지훈의 냉정함에 금방 나가떨어졌다.

그런 지훈도 남자였기에 연인이란 것을 옆에 두긴 했었다. 물론 연인이라고 말하기엔 너무나 일방적인 관계이긴 했지만, 그녀들은 지훈의 곁에 서 있는 것만으로도 만족했다.

그만큼 지훈은 수많은 사람들 속에 있어도 유일하다 싶을 만큼 빛이 났다.

그러나 이어지는 마음이 아니었기에, 그 관계는 대체로 한 달 이상을 가지 못했다.

지훈은 '연인'이라는 여자들을 집안의 애완견만도 못하게 대했고, 그만큼 쉽게 질려 매번 귀찮은 짐을 처분하듯 정리하곤 했다. 당연히 기념일이나 상대의 생일 따위는 쓰레기만도 못했다.

특히 크리스마스. 온 세상이 떠들썩한 이 눈부신 휴일에, 그는 단 한 번도 개인적인 일로 누군가를 만난 적이 없다.

"……인간이 맞아?"

의심과 안타까움이 가득 묻어나온 경수의 물음에, 지훈의 눈초리가 싸늘하게 가라앉았다. 사납게 번뜩이는 시선을 견디지 못한 경수는 자리에서 벌떡 일어났다.

화가 난 지훈은 아무리 경수라도 무서웠다.

'이럴 땐 조용히 자리를 피하는 게 상책이지.'

"하하하…… 친구, 나는 오늘 조금 바쁜 일이 생긴 것 같아."

"……."

"즐거운 성탄절 보내렴. 그, 내가 너의 친구라서 이런 말을 하는 건데, 넌 잘 모르겠지만 너 지금 조금 아픈 것 같다."

"뭐?"

"병은 부끄러운 게 아니야. 그럼, 그럼. 그러니…… 으악!!"

지훈은 망설임 없이 소파 위를 굴러다니는 단단한 가죽 쿠션을 던졌다. 묵직하게 날아간 쿠션이 경수의 얼굴 옆을 아슬아슬 스쳐 지나갔다.

"걱정해 줘도 지랄이야!"

"네 걱정 필요 없다. 밥 먹을 거면 조용히 먹고, 갈 거면 뒤도 돌아보지 말고 꺼져."

"간다, 가! 붙잡아도 갈 거야!"

결국 경수는 퉁퉁 입술을 불리며 현관으로 성큼성큼 걸어갔다. 매정한 놈, 등신, 머저리. 그를 잔뜩 욕하던 경수는 걸음을 멈추곤 뒤를 돌아보았다.

소파에 가만히 앉아서 담배를 태우고 있는 그가 보였다. 담배 연기 때문인지, 그는 꼭 사라질 것만 같았다.

그 모습을 잠시 바라보던 경수가 말했다.

"야, 메리 크리스마스."

"……어."

"내년에도 살아있어라."

지훈은 경수를 돌아보았다. 목소리는 퉁명스러웠지만, 그의 눈은 마냥 차갑진 않다. 경수는 여전히 마음이 여리다. 지훈의 새카만 눈동자가 밑바닥의 어둠을 더해 더욱 짙어졌다.

"그래."

공기를 주욱 뻗고 전해진 건조하고도 평이한 목소리. 잠시 자리를 지키고 서 있던 경수는, 조용히 문을 열고 나갔다.

경수도 알고 있었다. 지훈은 지금 남부럽지 않게 잘살고 있고, 죽을 생각도 전혀 없다는 것을. 그런데도 불구하고 그는 항상 겨울의 끝자락이 올 때마다 같은 말을 뱉어내곤 한다. 그건 시간이 지나면 지날수록, 오래된 찌꺼기처럼 어둡고 탁했다.

지훈은 담배 개비를 거실 테이블에 눌러 껐다. 새하얀 테이블에 번지는 시커먼 잿가루.

온몸이 무거워, 지훈은 방으로 들어가려던 것을 관두었다. 몸을 일으키는 것이 힘들 정도였다. 그는 소파에 깊숙이 파고들었다. 차가운 가죽이 뺨에 닿았다.

'메리 크리스마스'라…….

20살의 추운 겨울. 온기에 익숙해질 새도 없이 또 한 번 혹독한 한파가 찾아온 크리스마스.

그날 이후로 경수는 항상 크리스마스에 저를 찾아왔다.

경수는 예전부터 저에게 바라는 것이 없었다. 그저 묵묵히 옆을 지킬 뿐이었다.

이맘때 즈음이면 꼭 지난날이 떠오르곤 했다. 시간이 지날수록 잊었다고 생각을 했는데, 작은 돌멩이가 울린 호수의 파동은 생각보다 깊고, 넓었다.

갓 미성년자 딱지를 벗었던 시절의 그는 지금과 비교할 수 없을 정도로 나태했으며, 무료했다.

지훈은 저도 모르게 기억 깊숙이 얼굴을 집어넣었다. 그 밑바닥은 여전히 새카맣고 깊었다.

조금도 빛조차 느낄 수 없어졌을 때에, 지훈은 심장이 덜컥, 떨려오는 것을 느꼈다.

작가는 '사랑'이라는 감정을 글로 배운 걸까?

그는 저를 누르는 물살을 필사적으로 헤쳐 일렁이는 공간을 빠져나왔다.

숨이 막혔다.

"생각해 보니까 아깝긴 하네. 걔가 좀 예쁘긴 했지."

"너한테 사랑을 바란 내 잘못이었네."

"지훈아, 금방 가마. 좀 더 기다리고 있어."

시끄럽다.

기억 속에서 빠져나와 숨을 힘껏 들이켰지만, 어둠의 잔상은 좀처럼 떠나가질 않았다.

귓가를 울리는 목소리들은 높고, 높고, 높았다. 아파오는 머리를 꾹꾹 누르며, 지훈은 까맣게 빛을 잃은 휴대폰을 들어올렸다.

꺼지지 않은 혜원의 문자가 다시 휴대폰을 가득 채웠다.

메리 크리스마스.

항상 좋은 일만 가득하시길 바라겠습니다.

정갈하게 쓰인 글자가 꼭, 혜원과 닮았다.

"그냥, 그 작품은 저에게 한없이 따뜻했어요."

지훈은 손등으로 눈두덩을 가볍게 눌렀다. 가만히 닫혀있던 입술이 열리고 작은 목소리가 새어 나왔다.

"메리 크리스마스."

10여 년 만에 뱉어낸 크리스마스 인사는, 금세 허공 사이로 흩어지고 말았다.

* * *

"오빠, 왜 이렇게 말이 없어?"

수정은 조금 전부터 양주만 천천히 음미하는 준원을 흘겨보았다. 안주로 나온 자그맣게 썰린 과일들은, 그녀가 포크로 한참을 짓뭉개 산산이 부서져 있었다.

그녀가 신경질을 부리든 말든 준원은 심드렁했다. 그는 나른한 목소리로 물었다.

"왜?"

"……왜라니. 오빠, 오늘 나랑 몇 마디 한 줄 알아?"

툴툴거리던 수정의 표정이 점차 딱딱하게 굳었다. 사랑스러운 제 연인이 얼굴을 구겨도 준원은 크게 개의치 않았다.

"꼭 말을 해야 하나?"

"오빠, 오늘 크리스마스야."

준원의 낮은 시선이 천천히 움직였다. 그의 눈동자에 벌겋게 달아오른 수정의 얼굴이 비쳤다. 단단히 뿔이 난 듯 보였지만, 준원은 그저 귀찮았다.

여자들의 대화 패턴은 어쩜 이렇게 한 치의 오차도 없이 똑같을까.

'지루해.'

짜증을 표출하는 것조차 귀찮아, 준원은 평소와 같은 장난스러운 미소를 입가에 걸었다. 그의 얇고 긴 입매가 시원하게 호선을 그리면 여자들은 열광했다.

그래, 그 이혜원조차도…….

준원의 눈동자가 또다시 초점을 흐렸다.

그는 요즘 들어 혜원이 곧잘 떠오르곤 했다.

눈가가 시큰거릴 정도로 추위가 지독했던 날, 그는 혜원을 버렸다. 옆에 여자를 끼고서, 아주 잔인하고 아프게.

조금은 즐거웠던 것 같다.

항상 저에게 담담한 모습만을 비추던 그녀의 일그러진 얼굴도 흥미로웠다.

그러나 그 즐거움은 그다지 오래가지 않았지.

결국엔 저를 똑바로 바라보며 미소 짓던 이혜원.

이별을 받아들인 그녀는, 믿을 수 없게도 그 누구보다 고고하고 아름다웠다.

"결혼해 주세요."

"이, 쓰레기랑."

그래, 이혜원은 이런 성격이었지.

여린 몸에 조금도 어울리지 않는, 덤덤하고 강한 성격. 정말이지 까맣게 잊고 있었다.

그게 이혜원의 매력이었지.

준원은 매력 운운하며 옛 연인을 떠올리는 제 모습이 우스웠다.

처음부터 수정에게 진심은 아니었다. 그저 그는 5년이란 연애에 자극이 필요했고, 그때 마침 옛 연인이었던 수정을 만나 손을 뻔은 것뿐이었으니까.

그는 차오르는 조소를 삼켰다.

"나도 알아, 오늘 크리스마스인 거. 그래서 여기까지 데리고 왔잖아."

사치스러운 널 위해서 비싼 선물과 비싼 술도 사주었는데, 왜 짜증을 내는 걸까?

"바 분위기가 마음에 안 들어?"

수정은 특유의 미소를 지으며 어깨를 으쓱이는 준원을 흉흉히 노려보았다.

방황하던 두 사람이 한 번 더 운명적으로 만났다. 오랜만에 함께 보내는 크리스마스는, 수정에겐 특히나 의미가 다를 수밖에 없었다.

저가 준원을 잊지 못할 동안 그는 어울리지 않게 긴 연애를 한 듯 보였지만, 크게 문제가 되진 않는다.

그 증거로 지금 그는 5년 동안 사귄 연인을 버리고 저와 함께 있지 않은가?

수정은 천천히 숨을 골랐다.

준원과의 연애는 참 달콤하고 근사했다. 수정은 저에게 또다시 찾아온 이 근사한 남자를, 절대 놓치고 싶지 않았다.

"오빠, 나 심심해. 그냥 오빠 스튜디오 가서 놀자. 거기 구경할 거리 많아서 재미있단 말야."

구경할 거리를 보고 싶은 게 아니라, 침대에서 뒹굴고 싶은 거겠지.

질척한 조롱이 머릿속을 가득 채웠다. 그러나 준원은 크게 실랑이를 하고 싶지 않았기에, 별다른 말 없이 자리에서 일어났다.

그냥 집으로 돌려보낼까 생각했지만 이내 관뒀다. 준원은 최근 들어 잡생각이 많아졌다. 혼자 밤을 보내는 건 영 달갑지 않았다.

더 귀찮아지면 뭐…….

수정의 어깨를 기계적으로 감싸 안으며 그는 생각했다.

'크리스마스에 이혜원이 아닌 여자와 밤을 보내는 게 얼마만이더라.'

제 4 장
조금 더 가까이

혜원은 지훈과 찍은 사진을 곤란한 얼굴로 내려다보았다.

이걸 눈에 보이는 곳에 두자니 어쩐지 기분이 이상하다. 마치 꼭…….

'연인의 사진을 두는 것 같아.'

어쩐지 부끄러운 생각이 머릿속을 가득 지배하는 것 같아, 혜원은 뺨을 붉혔다.

"아침부터 뭔 생각을 하는 건지……. 출근하자, 출근."

그녀는 푸른색 액자를 화장대 서랍에 잘 넣어두고는 붉은 털목도리를 둘렀다.

크리스마스를 지훈과 보내고 난 뒤 어쩐지 그를 생각하는 시간이 조금 많아졌다는 것을 애써 무시하며, 그녀는 부지런히 걸음을 옮겼다.

"누가 오셨다고요?"

혜원은 제작부에 전달하려던 제작 사양서를 손에 쥔 경훈에게 되물었다. 경훈은 손에 쥔 커피를 쭉쭉 빨아들이며 어깨를 으쓱였다.

"박지훈 작가. 방금 로비에서 만났는데, 오늘 미팅이었어?"

"아뇨, 별다른 미팅 일정은 없습니다."

"그래? 우선 내려가 봐. 로비에서 기다리셔."

자리에서 일어난 혜원이 되물었다.

"사무실로 같이 올라오신 게 아닌가요?"

"응, 밑에서 기다리시겠대. 참 캐릭터 독특해."

혜원은 코트와 지갑을 챙긴 뒤 바로 사무실 밖으로 향했다.

"예쁨받아서 좋겠네."

높낮이 없는 재희의 목소리가 귓가를 날카롭게 찔렀지만, 그녀는 걸음을 멈추지 않았다.

엘리베이터를 기다리는 동안 혜원은 곰곰이 생각했다.

심장이 꽉 조이는 것 같은 건 재희의 조소 때문일까, 지훈의 갑작스러운 방문 때문일까.

* * *

"보고 싶은 게 있을 때, 어떻게 해야 하지."

오늘 오전, 지훈은 제 오피스텔 소파에 누워 빈둥거리던 경수에게 물었다.

그녀와 하루 종일 같이 있었던 크리스마스 이후, 지훈은 혜원이 평소보다 몇 배는 더 생각나고 보고 싶었다. 함께 있는 시간이 즐겁다는 걸 깨달았기 때문일까. 그녀의 잔상이 자꾸만 어른어른하다.

아주 잠깐이라도 그 맑은 얼굴을 보고 목소리를 듣고 싶었지만, 만나러 갈 명분도 이유도 없어 곤란하던 차였다.

아무런 기대도 없이 던진 질문에, 경수는 여느 때와 같이 조금의 망설임도 없었다.

"보고 싶은 영화 생겼냐?"

"……."

"그냥 보러 가면 되지, 뭘 물어."

망설임은 물론 생각조차 없는 게 문제였지만.

지훈은 로비에 놓인 가죽 소파 등에 허리를 기대며 피식, 입꼬리를 올렸다.

"함부로 볼 수 있는 게 아니야."

"그런 게 어디 있냐. 보고 싶으면 가서 보면 되지."

"가서 못 보면?"

"답답한 새끼네. 그럼 나중에 또 보러 가면 되지. 오늘만 날이냐?"

"……그런가."

"그래, 인마. 왜, 무슨 영화인데? 이제 곧 내리는 영화야?"

귀찮음 가득한 그의 목소리를 뒤로한 채, 지훈은 곧장 옷을 갈아입고 다원으로 향했다. 커다란 녹색 케이크 상자를 쥐고선.

"작가님?"

지훈은 번지는 웃음을 꾹 누르고 고개를 들어 올렸다. 눈에 담지 않고 그저 목소리만 들어도 너무나 또렷한 존재를 느낄 수 있다.

"오랜만입니다."

"로비에 계신다고 해서 깜짝 놀랐어요."

혜원은 지훈의 맞은편에 앉았다.

"갑자기 어쩐 일이세요? 연락도 없으시고."

"근처에 일이 있어서 잠깐 들렀습니다. 전화를 하려고 했는데, 로비에서 편집장님을 마주치는 바람에……."

"아, 그러셨군요."

지훈은 덤덤한 얼굴로 케이크 상자를 건넸다.

"이거 드리려고요."

"이게 뭐예요?"

"연말 선물입니다."

짙은 녹색 상자를 혜원의 품 안에 건넨 그는, 퍽 부드러운 눈빛으로 말했다.

"이혜원 씨 혼자 드세요."

진중한 표정과는 다르게 건넨 내용은 상당히 예사롭지 않아 혜원은 잠시 말문이 막혔다. 그러나 당황함도 잠시, 그녀는 맑은 웃음을 터뜨렸다.

"농담이 아닙니다. 정말 혼자 드세요."

"하하, 네에, 알겠습니다. 혼자 먹을게요."

케이크 상자를 손에 꼬옥 쥐는 혜원을 사랑스럽게 바라본 지훈은 자리에서 일어났다.

"그럼, 들어가 보겠습니다."

"아…… 정말 이거 전달 주시려고 오신 거예요?"

둥그런 눈동자가 저를 올려다보는 게 사랑스러워, 지훈은 옅은 미소를 지었다.

"네, 그거 드리려고 온 거예요."

그럼, 이만 들어가 보겠습니다. 정중히 고개를 숙인 그는 그대로 등을 돌려 로비를 빠져 나갔다.

혜원은 그가 쥐어준 녹색 상자를 가만히 들고, 멀어지는 그를 물끄러미 바라보았다.

*　　　*　　　*

오늘은 유독 꿈자리가 사나웠다.

꿈속은 따뜻한 봄날이었다. 준원과 손을 잡고 데이트를 즐기는 제 모습이 퍽 예뻐, 눈을 뜬 혜원은 금세 과거에 젖어들었다.

꿈에서 깬 뒤에 찾아온 것은 시커먼 적막과 어두움이었다. 날이 흐린 탓에, 좁은 방 안은 커튼을 걷어도 밝아지지 않았다.

그녀는 조금 울었다.

분명 '괜찮아졌다'고 생각했는데, 막상 준원에 대한 생각이 번지기 시작하자 감정을 잡기가 쉽지 않았다.

그건 참 갑작스러웠고, 순식간에 심장을 바닥으로 떨어트렸다. 사람의 감정이 이렇게 빠르게 곤두박질칠 수 있다는 것을 한 번 더 느낄 수 있었지만, 역시 유쾌한 기분은 아니었다.

혜원은 출근을 한 뒤에도 썩 상태가 좋지 못했다.

무언가 생각에 잠긴 것 같은 모습에, 사원들은 한 번씩 '왜 그래?' , '무슨 일 있어?'라고 물어오곤 했다.

그럴 때마다 혜원은 그저 고개를 저을 뿐이었다.

준원과 이별한 후 겪는 감정 소모엔 익숙했다. 그래서인지 딱히 지금 상황이 절망스럽지도, 곤란하지도 않았다.

조금만 마음을 가다듬으면 쉽게 정리될 것임을 알았기에, 혜원은 그저 묵묵히 일을 했다.

휴대폰이 울린 것은 점심시간이 조금 지나서였다.

혜원은 따뜻한 녹차를 들이켜며 가만히 시선을 고정시켰다. 그녀의 맑은 두 눈동자는, 오로지 데스크 위에서 조용히 진동을 울리는 휴대폰에 향해 있었다.

[우리 준원]

평일 오후의 조용한 사무실. 한창 바쁘게 움직이는 시간 속에서, 혜원은 모든 것이 멈춘 것 같았다.

익숙한 저장된 이름. 익숙한 번호.

'내가 이 번호를 아직도 삭제하지 않았던가?'

막연한 생각에 빠질 때에도, 진동의 울림은 좀처럼 사라지지 않았다. 결국 보다 못한 재희가 혜원을 툭, 두드렸다.

"혜원 씨. 전화 계속 울리는 것 같은데, 안 받을 거야?"

"……아."

혜원은 조금 멍청한 음성을 뱉어내곤 곧바로 '거절' 버튼을 눌렀다. 전화벨은 다시 울리지 않았다. 버튼을 누른 손끝이 한없이 차가워진다.

아무리 혜원이라도, 직접 전화를 걸어오는 지난 연인의 행동에 평정심을 유지하긴 힘들었다.

"죄송합니다, 대리님."

"……뭐, 사과할 일은 아니고."

어딘지 불편해 보이는 혜원의 얼굴빛이 신경 쓰였지만, 재희는 이유를 묻지 않았다.

혜원은 울컥, 올라오려는 신음을 삼키며 자리에서 일어났다. 겨우 잔잔해진 호수 한가운데에 또 한 번 돌덩이를 던진 준원을 이해할 수 없었다.

"어디 가요?"

지갑을 챙기는 혜원의 모습에 화장실을 다녀오던 유경이 불쑥 물었다. 혜원은 입꼬리를 힘겹게 올리며 답했다.

"잠이 와서…… 커피라도 좀 사오려고요."

혜원의 말을 시작으로 너도나도 주문을 부탁하기 시작했다. 예정에 없던 커피 심부름이었지만, 혜원은 아무렴 좋았다.

"혜원 씨, 이제 곧 박지훈 작가님 미팅 아니에요? 시간 괜찮겠어요?"

의아함이 담긴 유경의 말에 혜원은 잠시 멍하니 서 있었다. 그녀가 미간을 구기며 달력을 체크하자, 큼지막한 글씨로 체크되어 있는 미팅일자와 시간이 보였다. 미팅까진 겨우 30분 남짓이었다.

혜원은 마른 이마를 느릿하게 문질렀다.

'까맣게 잊고 있었어.'

작가 미팅을 까먹다니. 정말 정신을 단단히 놓은 듯했다.

지갑을 들고 황망히 서 있는 혜원을 흘끔 바라보던 재희가 한숨을 쉬었다. 물어보지 않아도 지금 그녀 상태가 좋지 않다는 게 훤히 보였다.

"혜원 씨, 미팅 준비는 끝냈어?"

저를 똑바로 바라보며 묻는 재희의 시선이 날카로웠다.

전체 공지 외엔 먼저 말 한 마디 걸지 않던 재희가 직접 물어 오다니…… 지금 자신의 꼴이 한심스럽긴 한가 보다.

혜원은 씁쓸함에 얼굴이 구겨지는 것을 겨우 참아내며 답했다.

"……네."

"그럼 멍 때리지 말고, 지금이라도 미팅 준비한 자료 훑어 봐. 멍청하게 작가 앞에서 말 더듬고 싶어?"

재희의 날카로운 지적에 혜원은 진심으로 안도했다. 바보 같은 생각이지만, 그녀의 채찍질에 그나마 정신을 차릴 수 있었기 때문이었다.

혜원은 다시 자리에 앉아 꾸준히 준비했던 미팅 자료를 확인했다. 결국 커피 심부름은 유경이 다녀오게 되었지만, 불만을 표한 이는 아무도 없었다.

"그럼, 작가님 모시고 오겠습니다."

혜원은 벗어두었던 두툼한 겨울용 카디건을 걸쳤다. 지훈에게 연락이 온 것은 정확히 30분이 지난 뒤였다.

'실수하지 말자.'

승강기를 타고 내려간 혜원은 로비를 두리번거렸다. 근무 시간이었지만, 로비엔 항상 사람이 적지 않았다. 조금 더 찬찬히 살피자, 커다란 회전 문 근처에 익숙한 사내가 보였다.

블랙 롱코트에 회색 머플러. 길쭉한 장신의 남자가 무뚝뚝한 얼굴로 휴대폰을 바라보고 있었다.

오랜만에 마주하는 지훈은 여전히 근사하고 고고해 보였다. 그녀가 새삼 그의 뛰어난 외모에 한 번 더 감탄하며 걸음을 떼려던 때였다.

아래를 향해 있던 그의 고개가 천천히 들어 올려졌다.

'네가 어디에 있는지 처음부터 알고 있었다.'라는 듯, 그의 눈동자는 조금의 흔들림도 없이 혜원에게 박혔다. 침잠히 빛나는 지훈의 눈동자를 마주한 그녀는, 저도 모르게 우뚝 다리를 멈췄다.

두 사람은 적당한 소음이 감도는 로비에서 조용히 시선을 맞추었다. 너무나 자연스럽고 당연한 듯한 행동에 이상함을 느낄 겨를도 없었다.

조금의 흐트러짐도 없이 저를 바라보는 지훈의 모습에, 결국 혜원은 슬쩍 눈을 감아 버렸다.

사람과 시선을 마주치는 건 어렵지 않았다. 오히려 상대의 눈을 바라보며 대화를 나누고, 시간을 보내는 걸 유독 좋아하던 혜원이었다.

'그런데 참 이상하지.'

저 훌륭한 외모의 사내는, 좀처럼 무슨 생각을 하는지 파악하기가 힘들었다. 그래서인지 저 어둡고 깊은 눈을 장시간 마주하는 것이 조금은 어렵다.

잠시 감겨있던 혜원의 눈이 떠졌다. 다시 눈에 담은 지훈은, 여전히 그 자리 그대로 혜원을 묵묵히 바라볼 뿐이었다.

그 모습이 망막에 새겨진 순간, 혜원은 어쩐지 목구멍이 꽉 막힌 듯 울컥거렸다.

갑작스러운 준원의 연락 때문일까? 또 다른 돌덩이가 요동치는 호수를 울리는 것 같았다.

그렇다면 그건 '무엇이' 던진 돌일까?

잠시 숨을 고르던 혜원은 한숨이 담긴 미소를 머금었다. 소중한 작가님을 더 이상 세워둘 수는 없지.

"작가님—"

그를 부르며 걸음을 뗀 순간, 무겁던 마음이 조금쯤은 가라앉는 것 같았다.

지훈은 1층 로비로 마중을 나온 혜원을 어렵지 않게 발견할 수 있었다. 두 번째 미팅은 출판사 회의실에서 진행이 되는 듯했다.

지훈은 인사를 건네는 혜원을 물끄러미 바라보았다. 그녀의 입꼬리엔 작은 미소가 살풋이 걸려있었다.

분명 얼마 전 얼굴을 보고, 밥도 같이 먹었는데, 지훈은 이상하게도 오늘이 기다려졌다.

"사무실까지 올라오신 건 처음이시죠?"

혜원의 살가운 물음에 지훈은 답 대신 시선을 던졌다. 그의 눈동자가 약간 가늘어졌다.

분명 보고 싶었던 미소인데, 무언가 신경에 거슬린다. 평소보다 어둡다고 해야 할까……. 그래, 마치 '그 날'의 이혜원처럼.

묵묵히 살펴보았지만, 지훈은 그 '무언가'를 끝끝내 발견하지 못했다.

'미팅하러 온 출판사에서 무슨 생각인 건지.'

지훈은 조소를 삼키며 엘리베이터에 올랐다.

"자주 뵈니까 반갑네요."

혜원이 빙긋, 미소를 지었다. 지훈은 그녀와 가만히 눈을 마주쳤다.

"정말입니까?"

"네?"

"정말로 제가, 반갑습니까?"

예기치 못한 반응에 잠시 말을 고르던 혜원은, 결국 웃음을 터뜨리고 말았다.

날카롭고 서늘한 얼굴로 '정말'이라는 단어를 그려낸 게 퍽 귀여워 보였다.

제가 뱉어낸 말의 파급력을 전혀 모르는지, 균열 없는 그의 표정엔 조금의 변화도 없었다.

관계자들 사이에서 '소시오패스'라는 평을 듣는 지훈이 이런 농담을 하다니.

그래도 저를 편하게 대해 주는 것 같아 혜원은 조금 기뻤다. 무겁게 가라앉았던 감정은 조금 더 빠르게 갈무리된다.

그녀의 눈꼬리가 예쁘게 휘었다.

"네, 정말로요."

가볍게 답을 하는 혜원은 조금 전의 어두운 기색이 많이 사라진 듯 보였다.

그녀가 왜 그런 표정을 지었는지 내심 궁금했고, 알고 싶었지만, 지훈은 구태여 물어보진 않았다.

"얼마 전 케이크 정말 감사했습니다."

지훈은 깍듯하게 고개를 숙이는 혜원이 신기했다. 참 매사에 솔직하고 정중한 여자다.

가볍게 고개를 끄덕인 그가 말했다.

"글렌체크, 들어봤습니다."

"와, 정말요? 어떠셨어요?"

혜원의 눈동자가 또다시 밝게 빛난다. 지훈의 귀에는 그저 시끄럽고 요란하기 그지없는 음악이었지만, 그는 어깨를 으쓱여 보일 뿐이었다.

누군가의 추천으로 음악을 찾아 들은 것도 처음이었으나 그는 이 부분도 구태여 설명하지 않았다.

"좋았습니다."

그의 덤덤한 대답에도, 혜원은 맑게 웃었다.

"아, 다행이다."

혜원의 미소는 오늘도 눈이 부셨다.

승강기에서 내린 후, 지훈은 편집부원들과 간단한 인사를 나눈 뒤 혜원의 뒤를 따랐다.

지훈의 얼굴을 보지 못했던 사원들은, 그의 등장에 크나큰 충격을 받았다. 유경은 지훈의 외모에 대한 놀라움을 열심히 손짓 발짓으로 표현했다. 혜원은 그 우스꽝스러운 모습을 애써 외면하며 지훈을 이끌었다.

혜원을 따라 들어온 회의실은 몹시 널찍했다. 밀폐된 공간이었지만, 한쪽 벽면이 유리창이라 그다지 답답하진 않았다. 혜원이 가운데 길쭉하게 자리 잡은 사각형 테이블을 가리켰다.

"아무 곳이나 편하신 데 앉으시면 됩니다."

마주 보고 앉은 두 사람은 간단한 잡담을 나누었다. 어느 정도 분위기가 정리되자, 혜원은 슬슬 미팅 자료를 꺼냈다.

아마 그녀는 지훈이 미팅 자리에서 잡담을 '나누었다'는 게 처음이라는 것을 상상조차 하지 못하리라.

"음, 원고 리딩 끝내고 피드백 자료 정리를 좀 해 보았는데요."

혜원은 스테이플러로 정갈하게 찍은 서류를 지훈에게 건넸다. 그녀의 눈동자는 어느새 진지하게 가라앉아 있었다.

한 장 한 장 세심하게 살피는 그를 보며 혜원이 조심스럽게 입을 열었다.

"원고 이야기를 본격적으로 시작하기 전에, 한 가지 여쭈고 싶은 부분이 있습니다."

여쭤 봐도 괜찮을까요?

허락을 구하는 투명한 눈동자. 지훈은 한층 부드러워진 눈빛으로 말했다.

"얼마든지."

그의 허락에 혜원은 작게 고개를 끄덕이곤, 닫혀 있던 입술을 벌렸다.

"작가님의 전작 「목소리」에 관련된 부분입니다만, 현재 독자들의 반응이 극과 극으로 갈리고 있죠?"

조금도 돌리지 않는 혜원의 직구에, 지훈은 조금 놀랐다. 그리고 말을 꺼내는 그녀의 모습에 한 번 더 놀라 버렸다.

상황에 대한 안타까움도, 조롱도 없는, 그저 있는 사실을 그대로 이야기하는 평이한 어투와 눈빛이었다.

지훈은 혜원이 타다 준 커피를 천천히 들이켜며 그녀의 질문을 곱씹어보았다.

전작 「목소리」는 그가 유독 예민하게 신경을 쓰고 있던 부분이었다. 그런데 혜원의 덤덤한 질문을 받으니, 저를 짓누르던 무게가 조금은 가벼워진 듯한 착각이 들 정도였다.

지훈은 가볍게 고개를 끄덕였다.

"그랬죠."

덤덤히 대답하는 지훈의 모습은 몹시 여유로웠지만, 얼굴색은 미세하게 가라앉았다.

그것은 이 상황에 대한 불만이 아닌, 지난날을 더듬는 습관 때문이었다.

그러나 어느 때와 같은 그 잔상은, 혜원의 목소리로 인해 금세 깨질 수 있었다.

"음……「목소리」는 현재 대부분의 대형 서점에선 아직까지 베스트셀러 코너에 자리를 잡고 있더라고요. 그런데 대체로 아쉽다는 평이 많았어요. 의견의 대부분이 극 중후반에 끼어있는 '로맨스' 때문이라고 하더군요."

"흠……."

"저도 읽어 본 결과, 같은 부분에서 아쉽다는 느낌을 받았습니다."

혜원은 잠시 말을 골랐다.

"준비 중이신 신작「그 여름의 골목」에 또다시 로맨스 키워드를 넣은 건, 전작의 부족함을 만회하기 위해서인가요?"

저를 가만히 바라보는 지훈의 눈동자에, 혜원은 고개를 깊숙이 숙였다.

"무례한 질문을 드려 정말 죄송합니다. 하지만 그 부분이 확실히 파악되어야,「그 여름의 골목」의 방향성을 제대로 잡으리라 생각합니다."

지훈은 신기하게도 전혀 불쾌하지 않았다. 오히려 그녀의 곧은 눈동자에 더욱 짙은 흥미가 생겼다.

그녀의 목소리에 어두운 잔상이 사라진 뒤, 줄곧 시선을 마주할 때마다 발끝부터 알 수 없는 희열이 올라온다.

조금 우습지만, 그는 지금 이 상황이 몹시 마음에 들었다.

지훈은 여유롭게 다리를 꼬며 물었다. 약간이나마 가라앉은 얼굴색은 언제 그랬냐는 듯 제빛을 찾았다.

"어떤 방향성을 말하고 싶은 겁니까?"

"만약, 작가님께서 전작의 부족함을 채우기 위해 「그 여름의 골목」을 작업하신 거라면, 전 이 소설을 이대로 진행하지 않을 생각입니다."

덤덤히 뱉어냈지만, 내용은 전혀 가볍지 않았다. 지훈이 흥미를 담은 눈동자를 더욱 빛내며 되물었다.

"진행을 하지 않겠다고?"

"「그 여름의 골목」은 전체 스토리가 참 탄탄해요. '녹색 대문 집'을 중심으로 펼쳐지는 사건사고는 숨이 턱턱 막힐 정도고, 그 속에서 숨을 쉬는 늙은 여자에게 어른들조차 '괴물'이라는 표현을 쓰는 것도 흥미롭고요."

혜원은 조곤조곤 말을 이었다. 정갈하게 정리한 서류를 찬찬히 훑어보며 필요한 말을 고르는 그녀의 모습은, 오늘따라 유독 독특한 분위기를 자아냈다.

"그런데 공감할 수가 없어요."

그녀의 목소리엔 힘이 있었으며, 깨끗한 눈동자는 숨이 막힐 정도였다.

"여자에게 끌리는 정태의 마음을요."

그래서인지 지훈은 그녀가 입술을 움직이는 매순간, 눈을 뗄 수가 없었다.

"여자와 정태는 낡은 시멘트 골목에서 처음 만나죠. 정태는 수사 중이었고, 여자는 그저 잔뜩 해진 슬리퍼를 질질 끌고 슈퍼에 가는 것뿐이었어요."

"관심이란 건, 작은 것에서 시작해도 문제될 게 없지 않던가요?"

"물론 흥미가 생기거나, 상대에게 반하는 데 꼭 특별한 이유가 있을 필욘 없죠. 누군가는 상대의 목소리에, 눈빛에, 때로는 나에게 짓는 작은 미소에도 사랑에 빠지곤 하니까요."

혜원은 가라앉은 눈으로 지훈을 직시했다.

"그런데 전 정태가 여자의 어떤 면을 보고 끌리는지, 극이 진행되는 내내 전혀 알 수 없었어요."

그녀의 시선이 어찌나 곧은지, 지훈은 소름이 돋을 지경이었다.

"이런 식이라면, 전작과 같은 반응을 얻으실 거예요."

"확신하십니까?"

지훈의 표정은 덤덤하기 그지없었지만, 두 눈은 진중하고 무겁게 가라앉아 있었다. 평소에도 새카맣게 빛나는 두 눈동자가 유독 어두워 혜원은 어쩐지 숨이 막혔다.

편집자는 글을 작업할 때 전체적인 스토리와 독자의 반응까지도 연관 지어 생각할 수 있어야 했다.

'확신'이란 단어는 몹시 위험했지만, 그녀의 얼굴빛은 몹시 차분했다.

잠시간의 정적이 흐른 후, 혜원은 닫혀 있던 입술을 열었다.

"네, 확신합니다."

집에 돌아온 지훈은 옷을 갈아입고 노트북을 켰다. 담배를 입에 문 그는, 불을 붙일 생각도 하지 않고 혜원이 지적한 부분을 읽고, 또 읽었다.

정태와 늙은 여자의 만남은 항상 무언가 부족해 보였다. 그럼에도 불구하고 그가 인물이나 배경 수정을 하지 않은 이유는, 단 하나였다.

이게 완벽한 스토리니까.

사건을 해결하는 열쇠, 복선, 인물 관계가 모두 시계태엽 돌아가듯 맞춰지기 위해선, 지금 진행하는 그 무엇 하나 빠져선 안 된다.

그는 지금까지 그가 구상한 스토리 라인에서 벗어난 글을 써 본 적이 없었고, 완벽하게 마무리 지을 수 있는 능력과 자신이 충분했다.

"하아……."

지훈은 라이터를 쥐었다. 입에 문 담배에 불을 붙인 남자는 숨을 골랐다.

"그런데 전 정태가 여자의 어떤 면을 보고 끌리는지, 극이 진행되는 내내 전혀 알 수 없었어요."

"이런 식이라면, 전작과 같은 반응을 얻으실 거예요."

지훈은 뿌연 연기를 뱉어냈다.

'원고 지적을 받는 건 무척 오랜만인데.'

지훈은 피식, 웃음을 흘렸다.

신입 편집자에게 원고를 까인 상황에서도 그저 흥미롭다는 생각이 강하게 든다는 게 신기했다.

잠시 그녀의 목소리를 떠올리던 그는 고개를 천천히 저었다.

"이럴 때가 아니지."

지훈은 생각했다.

'정태가 반하는 여자의 모습이라.'

입술 위에서 흔들리던 담배 개비가 우뚝, 멈췄다.

* * *

편집부원이라면 아무도 바라지 않을 신년회가 성큼 다가왔다.

끔찍하게 바빴던 연말은 큰 사고 없이 무사히 넘어갔기에, 지금 당장 신경 써야 할 일은 편집부 신년회뿐이다.

년도가 바뀌고 혜원은 서른이 되었다. 벌써 서른이 된 혜원과 재현은, 빠른 시간에 한탄하며 자주 술잔을 기울였다.

그러나 그마저도 찰나. 하루하루가 지날수록 삼십 대도 별게 아닌 것을 느꼈다.

아무리 나이가 들어도 사람들은 늘 그 시기에 맞는 고민을 하고, 때론 성장한다. 나이가 서른을 채우게 되어도 별게 아니라는 생각을 하며 혜원은 집을 나섰다.

"우와, 춥다."

1월에 접어든 겨울은 더욱 매섭고 싸늘해졌다. 새로 산 푸른빛 목도리를 코트 자락 안에 잘 정리한 뒤, 빠르게 걸음을 옮겼다.

재현의 작업실까지는 전철역을 다섯 개만 지나면 된다. 집에서 역까지 걸리는 시간은 5분 남짓. 주말의 덜컹이는 전철 안, 혜원은 무의미하게 창밖을 훑었다.

최근 혜원은 같은 것을 떠올리고 생각했다. 그녀의 머릿속을 가득 채운 것은 지훈의 신작이었다.

작년 말 진행했던 미팅 후, 혜원은 지훈과 특별히 연락을 나눈 것이 없었다. 수정한 원고의 마감 일자는 정했지만, 아직 한참 시간이 남았기 때문이었다. 그런 그에게서 연락이 온 것이 바로 이틀 전이었다.

그날은 유독 바빴다. 대형 인터넷 서점과 단독으로 기획했던 이벤트가 오픈 전부터 말썽을 피워, 혜원은 골머리를 썩여야 했다.

하루 종일 울리는 휴대폰과 인터폰 때문에 한창 정신이 사나울 때, 지훈에게서 전화가 왔다.

너무나 의외의 이름이 휴대폰을 울리자, 혜원은 순간 움직이던 것을 우뚝 멈추고 말았다.

잠시 휴대폰 액정을 바라보던 그녀는 작성하던 메일을 두고 전화를 받아다.

"여보세요?"

[박지훈입니다.]

전화기 너머의 목소리에 혜원은 조금 웃음이 났다. 일체의 인사말도 없이 제 이름부터 밝히는 게 너무나 그다웠다.

"안녕하세요, 작가님. 오랜만입니다. 잘 지내셨어요?"

[네. 다름이 아니라, 저번에 말씀 주셨던 신년회 말인데요.]

특별한 겉치레 없이 바로 본론부터 꺼내는 것 역시 그다웠지만, 혜원은 그것을 미처 신경 쓰지 못했다. 대신에 그녀는 의외라는 듯 두 눈을 둥그렇게 떴다.

크리스마스 때 직접 부탁을 드리긴 했지만, 신년회 관련 이야기를 지훈이 먼저 꺼낼 줄은 미처 몰랐기 때문이었다.

[참석하도록 하죠.]

혜원이 긴장한 것이 무색하리만치 지훈의 대답은 간결했다.

"……"

[……혜원 씨?]

"아, 네. 작가님."

아무런 대답이 없는 혜원이 이상했는지, 지훈이 다시금 그녀의 이름을 불렀다.

이렇게 쉽게 섭외를 성공하리라곤 생각하지 않았기에 혜원은 약간 놀랐다.

지훈은 조금 가라앉은 목소리로 한 번 더 말했다.

[저 신년회 참석합니다.]

"……네, 작가님. 들었습니다."

[안 기쁩니까?]

반응이 없는데.

작게 읊조리는 듣기 좋은 음성에, 결국 혜원은 조금 크게 웃음을 터뜨렸다. 아, 이 남자는 어쩜 이렇게 생각지도 못한 부분에서 의외의 모습을 보여주는 걸까.

옆자리에서 출력된 원고를 확인하던 재희가 시선을 던지는 것이 느껴졌지만, 혜원은 입가의 웃음을 지우지 못했다.

"아뇨, 정말 기쁩니다. 감사합니다, 작가님."

그의 목소리가 아직도 생생해 혜원은 맑은 소리로 웃었다. 그의 성격을 대변해 주듯 딱딱하기 그지없던 고지였지만, 혜원은 진심으로 감사함을 느꼈고, 기뻤다.

그 후, 다른 작가들 섭외는 큰 무리 없이 진행됐다. 신년회까진 일주일 남짓. 초대장도 모두 발송이 되었고, 이제 마무리만

잘하면 무리 없이 신년회를 진행할 수 있을 것이다.

혜원은 생각보다 한산한 전철 구석에 가만히 몸을 기댔다. 「그 여름의 골목」을 떠올리다 보면, 자연스럽게 지훈을 생각하곤 했다.

몹시 차갑고 무서울 정도로 표정이 없는 남자이지만, 그래서인지 때때로 보여주는 미소가 참 근사하고 아름다웠다.

담당자가 된 뒤로는 지훈에 대한 이야기가 예전보다 더 귀에 잘 들어왔다.

'얼음덩어리 같은 성격', '오만하다', '소시오패스'.

하나같이 칼날처럼 날카로운 평가였다.

물론 혜원은 그들의 의견이 무조건적으로 틀렸다고는 생각하지 않았다.

그는 몹시 멋진 남자였지만, 모든 것을 꽁꽁 얼릴 것 같은 분위기에 쉬이 다가갈 수 없는 게 사실이었다. 간혹 보여주는 모습은 오만하기도 했고, 냉정하기도 했다.

그러나 그녀가 느끼고 보았던 지훈은 소문과 분명히 달랐고, 혜원은 그 모습 역시 지훈이라고 생각했다.

"그래서 너무나 당연히, 당신이라는 순간을 잡은 것뿐입니다."

혜원은 조금 서글픈 미소를 지었다. 소시오패스에 그저 냉정하기만 한 남자가 그런 말로, 그런 행동으로 위로를 주긴 힘들 것이다.

그리고 무엇보다 지훈은,

'……다정하지.'

거기까지 생각을 마친 혜원은 머쓱한 듯 뺨을 긁적였다. 본인이 생각해도 지훈과 다정함은 거리가 썩 가깝진 않았지만, 분명 그에겐 따뜻한 면이 있었다.

눈에 크게 보이는 건 아니었지만, 그가 때때로 보여 주는 미소나 눈빛, 행동에서 혜원은 분명 느낄 수 있었다.

멍하니 지훈의 다정함을 생각하던 혜원은 한 번 더 웃음을 터뜨리고 말았다. 벌써 내려야 하는 역에 도착했다. 아홉 정거장이 지날 동안 오로지 지훈을 생각했다는 게 우스웠다.

전철 안, 뜨거운 히터 바람에 풀었던 목도리를 꼭 움켜쥐며 혜원은 서둘러 역 안을 빠져나왔다. 횡단보도에서 신호를 기다리며 혜원은 막연히 생각했다.

일주일 남은 신년회보다, 지훈과의 만남을 더 기다리는 게 아닐까?

"출판사 신년회, 너도 올래?"

재현의 작업실에서 뒹굴거리던 혜원이 넌지시 물었다.

주말 오후, 재현의 작업실에 놀러온 혜원은 한가롭게 아이스크림을 먹고 있었다.

그는 메일로 원고를 보내며 시큰둥하게 반응했다.

"원고 마감 대신 해주면 가지."

"……아쉽다, 재현아. 다음을 기약하자."

혜원이 냉큼 발을 빼자 재현이 짓궂은 미소를 지었다.

"얄밉네."

애초에 오로지 작가들을 위한 자리였기에 일반인을 포함한 다원과 계약되지 않은 작가는 출입이 불가했다. 그것을 두 사람 모두 잘 알고 있었지만, 간혹 이렇게 장난을 치곤했다.

이런 실없는 농담을 받아주는 건 재현뿐이라는 생각을 하며, 혜원은 떠먹던 아이스크림을 모두 입에 털어 넣었다.

"네 작업실 되게 오랜만에 온다."

소파 헤드에 머리를 기댄 혜원이 그 채로 작업실을 두리번거렸다.

한창 연애를 시작하고 나선 그다지 자주 들락날락할 순 없었다. 준원은 이기적인 면도 있었지만, 그 나름대로 소유욕도 강했다.

아무리 친한 친구여도 재현의 작업실에 혜원이 홀로 방문하는 건 조금 껄끄러워했기에, 방문 빈도수가 줄어들 수밖에 없었다.

빼곡하게 책장을 채운 만화책과 어시들의 작업 테이블, 갖가지 포스터, 허공을 배회하는 묘한 잉크 냄새. 혜원은 이 모든 것들로 인해 마음이 편해졌다.

햄버거를 사들고 불쑥 찾아온 혜원의 모습에, 재현은 조금 놀란 듯 보였지만 기쁘게 맞이해 줬다.

늦은 점심을 먹으러 나간 어시들 덕분에, 작업실엔 현재 재현과 혜원뿐이었다.

“네가 항상 남자 친구랑 노니까 올 시간이 없었지.”

“그랬네.”

재현이 놀리듯 말하자, 혜원은 재미있다는 듯 입꼬리를 올렸다.

준원에게서 연락이 온 사실을 재현에게도 말했다. 그는 망설임 없이,

‘미친놈.’

이라고 욕했고, 혜원은 속이 시원해짐을 느꼈다. 너무나 명쾌한 욕설에 한참 웃음을 터뜨렸었다.

“이젠 자주 놀러올게.”

“그래, 이혜원이라면 언제든 환영이지.”

메일을 다 보내고 기지개를 쭈욱 편 재현이 자리에서 일어났다. 흘긋, 시선을 돌리니 소파에 눕듯이 기대어 앉은 혜원이 보였다.

그녀는 멍하니 허공을 바라보며 입술을 오물오물 움직이고 있었다. 아마도 입 안에 남은 아이스크림의 단맛을 좇는 것이리라.

“너무 무방비하게 누워 계신다.”

장난스러운 미소를 입에 가득 담은 재현이, 혜원의 어깨를 지

그시 누르며 몸 위를 덮치듯 눌렀다. 그의 단단한 몸 안에 갇히게 된 혜원은 작게 웃었다.

"남자인 걸 어필하는 거야?"

"그렇다고 볼 수 있지."

"와, 설렌다."

다정하게 눈꼬리를 접는 혜원의 미소에, 재현은 조금 불퉁한 표정으로 입술을 비쭉였다. 가볍게 어깨를 누르던 재현의 단단한 손이 혜원의 뺨을 부드럽게 감쌌다. 당장이라도 입술이 닿을 듯 가까운 거리였다.

숨결이 섞이고, 진지하게 가라앉은 눈동자를 한 채 재현이 물었다.

"이러면 더 설레지?"

"……풉, 푸하하하!"

결국 혜원은 크게 웃음을 터뜨렸다. 그 모습이 가슴을 울릴 정도로 싱그러워, 불퉁한 표정을 짓던 재현도 그녀를 따라 시원하게 입꼬리를 올렸다.

그녀를 가두던 몸이 털썩, 떨어져 나갔다. 재현은 혜원의 옆자리에 길쭉한 몸을 앉혔다.

"능글맞아졌어, 최재현. 대학생 때는 진짜 순진했는데."

"난 아직도 순수해."

"순진과 순수는 엄연히 다르지."

혜원의 웃음기 담긴 말에 재현은 미간을 슬쩍 찌푸렸다.

"뭐가 달라? 그게 그거지."

"호오, 지금 편집자한테 도전하는 거야?"

호기로운 혜원의 어투에 재현은 파안대소했다.

"그래, 내가 잘못했네. 감히 다원 편집자님에게."

사온 햄버거를 모두 먹어치운 두 사람이 좀 더 이야기를 나누자, 어시들이 돌아왔다. 예전부터 안면을 익혀두었기에 혜원은 그들과 어색하지 않았다.

오랜만에 스트레스를 풀러 작업실에 온 건 탁월한 선택이었다. 다 같이 모여 신나게 이야기를 나누고 놀다 보니, 토요일이 금방 지나갔다.

충분히 즐긴 혜원은 더 늦어지기 전에 자리에서 일어났다. 신년회 준비로 정신이 없었는데, 정신적인 피로가 조금이나마 풀린 것 같았다.

재현의 작업실에서 혜원의 집까진 그렇게 먼 거리가 아니었다. 버스나 택시를 타면 금방 도착하겠지만, 추운 밤공기를 좀 더 마시고 싶었던 혜원은 걸어가는 것을 택했다. 그런 그녀의 곁에 재현이 다가와 섰다.

털 후드티에 두툼한 야구점퍼를 걸친 그는 대학생처럼 훈훈했다.

차 키를 챙기곤 야구점퍼의 지퍼를 턱 끝까지 올리는 재현의 모습에 혜원이 고개를 슬쩍 기울였다.

"혼자 갈 수 있어."

"바래다준다고 안 했는데?"

"그렇지만 바래다줄 거잖아."

잔잔히 웃는 혜원의 입가를 물끄러미 바라보던 재현이, 빙긋 웃었다.

"맞아."

재현은 혜원의 집 근처에서 차를 세웠다. 혜원이 밤거리를 산책하듯 걷는 것을 좋아한다는 걸 알고 있었기 때문이다.

두 사람은 천천히 걸음을 옮겼다. 그녀의 집으로 향할 때 지나는 가로수 길은 쭉 뻗어있었지만, 조금 좁았다. 듬성듬성 세워진 가로등 빛을 받자 앙상한 나뭇가지가 적나라하게 드러났다. 주황색 조명을 받은 거무튀튀한 나뭇가지가 조금 을씨년스러웠다.

털 야상의 옷깃을 단단히 여미며 혜원이 입을 열었다.

"재현아, 내가 지금 이별을 잘 견디고 있는 거겠지?"

그녀의 곁에서 묵묵히 거리를 걷던 재현이, 슬쩍 시선을 내렸다.

혜원의 곧은 얼굴은 정면을 향하고 있었지만, 그녀가 보고 있는 것은 풍경 따위가 아니란 것을 재현은 알고 있었다.

"김준원이 연락한 게 신경 쓰여?"

평이한 그의 물음에, 혜원은 무언가를 더듬던 눈동자를 느릿하게 내렸다.

"처음엔 신경이 쓰였는데 곰곰이 생각해 보니까 화가 조금 나는 것 같기도 해."

"……."

"뭐랄까…… 이제 괜찮아졌는데, 또 사소한 걸로 흔들릴까 봐 무서워. 한편으론 그런 걸 무서워하는 내 모습에 화가 나기도 하고."

혜원의 입가가 허무함에 젖어갔다. 재현은 걸음을 멈추고 그녀를 돌아봤다. 저를 가만히 내려다보는 날카로운 눈매를 더듬으며, 혜원은 천천히 말을 이었다.

"익숙하지 않은 걸 경험하는 건 역시 힘든 것 같아."

"……."

"이런 걸로 벌벌 떠는 게 참 나답지 않지?"

그녀의 이야기를 가만히 듣던 재현이 피식, 바람 빠진 웃음을 뱉어냈다. 주머니에 손을 찔러 넣은 그가 턱을 가볍게 당겼다. 그림자가 그의 얼굴을 슬쩍 감쌌다.

"주변에서 너보고 강하다, 강하다 하니까 네가 정말 슈퍼우먼이라도 된 것 같아?"

스산한 겨울바람보다도 차가운 냉정을 담은 목소리에, 혜원이 입술을 닫았다. 서늘한 날씨에 벌겋게 변한 그녀의 귓가를 재현의 낮은 목소리가 쓰다듬었다.

"너도 여자야, 혜원아."

재현의 마른 손이 혜원의 뺨을 가볍게 쓰다듬었다.

"여리고, 약해."

주머니 속에서 온기를 품었던 터라, 뺨에 닿는 재현의 손끝은 몹시 따뜻했다. 혜원은 울컥 올라오려는 신음을 꾹, 눌러 삼켰다.

"지금 힘든 건 너무 당연해."

재현의 목소리가, 손길이, 눈동자가 너무나 다정하고 따뜻해서 혜원은 어쩐지 눈물이 날 것 같았다.

그래, 나는 강하지 않다. 약하고, 미련스럽다.

"그러니까, 혜원아. 차라리 울고, 화를 내. 너는 감정을 조금 더 표출할 필요가 있어."

웃지 않을 때엔 날카로워 보이는 재현의 눈매가 보기 좋게 호선을 그렸다. 혜원은 울음이 차오른 목울대를 천천히 움직여 답했다.

"응."

* * *

"쇼핑하러 가요."

유경이 주먹을 불끈 쥐고 다부진 목소리를 낸 것은 점심시간 때였다.

오징어 덮밥을 우물우물 씹어 넘기던 혜원은, 멀뚱히 그녀를 바라보았다. 혓바닥에 감기는 꼬들한 오징어 식감을 채 느끼기도 전에 유경이 한 번 더 주먹을 쥐어보였다.

"쇼핑!"

"갑자기 쇼핑은 왜요?"

혜원이 매콤하게 양념된 오징어를 삼키며 묻자, 유경의 얼굴색이 눈에 띄게 어두워졌다.

"신년회 때 입을 원피스를 사야 할 것 같아요."

"저번 신년회 때 입은 건요? 그거 되게 귀여웠는데."

작은 꽃무늬가 프린트 된 남색 투피스. 머리도 곱게 땋은 유경은, 마치 잡지 속에 나오는 소녀 같았다.

그러나 혜원의 말 한마디에 유경의 얼굴색이 더욱더 어두워졌다. 좀처럼 보기 힘든 그늘에 혜원이 당황하던 차, 아주 음울한 목소리가 테이블에 위로 떨어졌다.

"……안 맞아요."

"……네?"

"원피스! 안 들어가요! 흐어엉…… 살 쪘다구요!"

유경은 꽥 소리를 지르고는 테이블에 얼굴을 박았다. 혜원은 슬금슬금 향하는 사람들의 시선을 모른 척하며, 덮밥에 머리카락이 빠지지 않도록 그릇을 치웠다.

"혜원 씨는 내 마음 모르죠? 3년 내내 혜원 씨는 늘 모델처럼 날씬했으니까!"

여자의 적은 여자라는 듯, 유경은 도끼눈을 뜨고 혜원을 노골적으로 노려보았다.

"에이, 지금도 날씬한데 왜 우울해하고 그래요."

"어젯밤엔 정말 절망적이었어요……."

유경은 숟가락으로 오징어 덮밥을 사정없이 눌러 밥알을 터뜨렸다. 그 모습이 떼쓰는 어린아이 같아서, 혜원은 웃음을 참느라 혼났다.

"예쁜 옷 사러 가요."

잔잔한 목소리가 유경을 살살 달래 주었다.

"……흑, 같이 가줄 거예요?"

눈꼬리를 축 늘어뜨린 채 물어오는 모습에, 혜원은 다정한 미소를 지으며 고개를 끄덕였다.

"그럼요."

"우와! 그럼 오늘 가는 거죠?"

오늘이라…….

혜원이 잠시 망설이자, 유경이 냉큼 말을 덧붙였다.

"혜원 씨, 신년회는 이번 주라고요. 빨리 해결 보고 마음 편하게 남은 시간을 보내는 게 좋지 않겠어요?"

의도가 빤히 보이는 외침에, 혜원은 결국 맑게 웃었다.

"그래요, 그럼. 오늘 가요."

퇴근 시간을 훌쩍 넘겼지만, 백화점엔 특유의 활기가 있었다. 혜원은 가방을 고쳐 매며 반짝이는 여성복을 훑어보았다. 갑작스러운 쇼핑이었지만, 귀찮거나 번거롭진 않았다.

때론 이렇게 기분 전환을 하는 것도 좋겠지.

예쁘게 꾸민 여성들이 가득한 고가의 매장. 혜원은 그 화려함에 좀처럼 익숙해지지 않았지만, 이리저리 구경하는 것도 나름대로 즐거웠다.

"어휴, 1월이 어떻게 지나갔는지도 모르겠어요. 뭔 놈의 모임은 또 어찌나 많은지……."

"맞아요, 술자리가 잦을 때기는 하죠."

"그렇게 부어라 마셔라 하다 보니까 벌써 신년회야! 시간을 잡고 싶네요, 정말."

유경의 중얼거림에 혜원도 작게 고개를 끄덕였다.

신년회는 금주 토요일 오후 7시였다. 작년에 사용했던 홀은 이미 예약이 꽉 차있던 터라, 아쉽지만 다른 곳에서 진행을 하게 되었다. 며칠 전에 확인차 가 본 파티장은 넓고 깨끗했기에, 다들 별다른 불만은 없었다.

"그래도 박지훈 작가님 덕분에 작가 섭외가 수월했어요. 원래 그게 가장 번거로운데."

"그러게요. 장르 쪽이 아닌 작가분들도 관심이 많으신 거 보니까, 꼭 무슨 아이돌 같더라고요."

"그 정도 외모면 아이돌이 아니라 배우라고 해도 믿겠어요. 아니, 뭔데 그렇게 잘생겼대요? 전생에 나라를 골백번은 구하셨나? 어디 우주의 영롱한 힘이라도 받으셨대요?"

혜원은 크게 폭소했지만, 유경은 어처구니가 없다는 듯 헛웃음을 삼켰다. 외모도 외모지만 그 사기적인 피지컬이라니.

"그래요, 뭐…… 그 정도 외모면 성격 좀 나빠도 커버가 되긴 하지."

암, 그렇고말고. 유쾌한 결론에 혜원은 웃음을 터뜨렸다. 그녀는 프랑스 아가씨가 입을 법한 갈색의 원피스 재킷을 살펴보고 있었는데, 유경이 갑작스레 옆구리를 쿡 찔렀다.

"요즘 박지훈 작가랑 같이 일하는 건 어때요?"

아무도 듣는 사람이 없을 텐데 그녀의 목소리는 은밀했다. 그게 재미있어, 혜원은 작게 키득거렸다.

"저번에 보니까 어마무시하게 잘생기긴 했는데, 눈매가 어후…… 어찌나 냉~한지 오금이 다 지리더라."

아이처럼 조잘거리는 유경의 가는 목소리를 가만히 듣던 혜원이 고개를 가볍게 갸웃거렸다.

"그 정도로 차가워 보였어요?"

"엄청! 얼굴 한 번 더 보려고 기웃기웃거리다가 눈 마주쳤는데, 저 완전 쫄았어요."

"음……."

혜원은 지훈의 눈을 떠올렸다. 남자다우면서도 곧게 자란 눈썹. 대체로 나른하게 가라앉아 있는 검은 눈동자. 적당히 커다란 크기에 길쭉한, 조금도 나무랄 데 없는 멋진 눈이었다.

전체적으로 날카롭고 서늘한 외모와 완벽한 조화를 이루긴 했지만, 조금 사나운 인상을 자아내긴 했다. 그 눈이 차가운 인상을 한층 더 가라앉히게 한다는 것엔 혜원도 동의했다.

"그래도 좋으신 분이에요."

"……엥?"

담백하기 그지없는 어투에 유경은 우스꽝스러운 표정을 지었다. 그러나 혜원의 시선은 여전히 프랑스풍의 재킷에 향해 있었다. 보들보들한 촉감이 손가락을 감았다.

"……저번에 정 대리님 얘기 들어보니까 성격 완전 더러운 것 같던데요?"

유경은 아직도 분노에 가득 차있던 재희의 목소리를 기억한다. 지훈과 미팅을 마치고 올라온 그녀의 고운 얼굴은, 야차처럼 일그러져있었으니까.

그날의 재희는 혜원에게도 강렬히 남아 있었기에 그녀는 웃음을 터뜨렸다.

"웃지 마요, 혜원 씨! 제가 봐도 박 작가님은 찔러도 피 한 방울 안 나올 것 같은 스타일이에요. 작가님이 혜원 씨 괴롭히는 거 아니죠? 저번에 대리님 발언도 있고, 초반에 사원들이 다 걱정했다고요."

"정말요?"

혜원은 정말 몰랐다는 듯 눈을 둥그렇게 떴다. 유경은 혜원의 마른 어깨를 아프지 않게 때렸다. 찰싹, 찰싹.

"정말이죠! 뭐, 지금이야 혜원 씨가 척척 해내는 거 보고 다들 한시름 놓긴 했지만."

"아, 그래서 윤진 씨가 자꾸 박 작가님 관련 업무사항을 여쭤보셨구나."

처음 지훈을 담당하게 되었을 때 자꾸 이것저것 물어보던 윤진이 떠올랐다. 날카롭게 흘겨보는 유경의 눈빛에, 혜원은 또 한 번 폭소했다.

"하하, 안 괴롭혀요. 오히려……."

입꼬리를 활짝 올린 혜원은 잠시 말을 멈췄다.

'……내가 언제 이렇게 웃고 있었더라?'

혜원은 환하게 빛을 뿌리던 입술을 느릿하게 닫았다.

지훈은 차갑지 않다. 오히려…….

"정말 잘 대해 주세요."

"그래요?"

유경이 의심의 눈초리를 보내왔지만, 혜원은 빙그레 미소 지었다. 잠시 굳어 있던 입꼬리는 언제 그랬냐는 듯 다시 예쁜 미소를 그려냈다.

"웃음도 적잖이 보여 주시고, 나름대로 다정한 면도 있으세요. 유경 씨도 신년회 때 대화 나누다 보면 알게 되실 거예요."

유경은 덤덤히 웃으며 지훈의 좋은 점을 나열하는 혜원을 물끄러미 바라보았다. 저 잔잔한 미소는 같은 여자가 봐도 참 매력적이다.

'부러워.'

입술을 살짝 비쭉인 유경은 고개를 끄덕였다.

"뭐, 혜원 씨가 그렇다면 그런 거겠죠."

매장을 한 번 더 빙 둘러본 유경은 혜원의 오른팔에 팔짱을 꼈다.

"자! 다른 매장으로 고고!"

"다 봤어요?"

"네, 근데 막상 사려고 마음먹고 오면 마음에 드는 걸 찾기가 너무 어려워요."

툴툴거리는 유경의 머리카락을 가지런히 귀 뒤로 넘겨주며, 혜원은 그녀와 걸음을 옮겼다.

"이거 어때요?"

한참을 고심하던 유경이 짙은 버건디 원피스를 들어 보였다. 허리 라인이 잘록하게 들어간 디자인이 세련됐지만, 유경의 귀여운 얼굴과는 썩 어울리지 않았다.

"그거보다 이게 더 예뻐요."

"그래요?"

혜원이 고른 것은 포근한 재질의 화이트 미니원피스였다. 치마 끝단이며 소매 부분 처리가 부드러워, 유경의 강아지 같은 얼굴과 잘 어울렸다.

"그래, 이걸로 할래요."

또다시 한참을 고민하던 유경이, 드디어 결심한 듯 카운터로 향했다. 혜원은 사내에서도 센스 좋기로 유명했다. 그녀가 뽑은 표지나 이벤트 상품들은 하나같이 그럴싸했고, 반응도 좋았다. 그런 혜원이 추천한 옷이니 믿고 구매해도 될 것이다.

"더 안 봐도 괜찮아요?"

"괜찮아요~ 괜찮아요~ 혜원 씨 안목이면 믿을 만하죠!"

고민이 끝난 유경은 누구보다 시원하게 카드를 긁었다. 무이자 3개월. 카드 값은 더 불어나겠지만, 아무렴 어떠랴.

"혜원 씨는 정말 안 사도 괜찮아요?"

"전 지난 신년회 때 사둔 원피스를 거의 안 입어서, 딱히 필요 없을 것 같아요."

유경이 눈을 동그랗게 뜨고 혜원을 바라보았다.

"혹시 그 블랙 스팽글 원피스?"

"네."

"우와! 그거 입은 혜원 씨 진짜 예뻤는데. 그래요, 그거 진짜 잘 어울려요!"

혜원의 모델 같은 몸매에 착 달라붙어 반짝이던 원피스는 정말 그녀와 잘 어울렸다. 스팽글이 과하지 않아 많이 튀는 스타일의 원피스는 아니었지만, 혜원의 뛰어난 소화력에 다들 박수를 쳤다.

그날의 늘씬한 혜원을 떠올리는지 유경은 연신 황홀한 표정을 지었다. 그런 유경을 못 말린다는 듯 바라보던 혜원은, 근처 구두 매장에서 나오던 한 여성과 눈을 마주쳤다.

"……어?"

혜원의 짧은 신음에 유경도 고개를 돌렸다. 매장에서 나온 여성은 재희였다.

혜원을 발견한 재희는 잠시 망설였지만, 이내 걸음을 돌리려 했다. 그러나 밝은 목소리가 그녀의 덜미를 잡았다.

"어? 대리님!"

악의라고는 조금도 없는 유경의 목소리에 재희는 한숨을 쉬며 돌리려던 걸음을 멈췄다.

"여긴 어쩐 일이세요? 대리님도 쇼핑하러 오셨어요?"

"뭐, 그렇지."

혜원을 이끌고 성큼 다가선 유경이 조잘거렸다. 제 손목을 꽉 쥐고 있는 유경의 손바닥은 조금 축축했다. 혜원은 어쩔 수 없다는 듯, 한숨을 머금은 미소를 뱉었다.

그녀가 긴장을 하면 손에 땀이 밴다는 것을 알고 있었다. 호기롭게 외치긴 했지만, 아직도 데면데면한 저와 재희의 사이에서 눈치를 보고 있는 것이리라.

"구두, 사시려고요?"

늘 저희 사이에서 눈치를 보고 중심을 지키는 유경이 고마웠다. 그래서 혜원은 좀 더 용기를 내어 재희에게 살가운 목소리로 물었다. 그녀 역시 혜원과 같은 마음이었는지 덤덤히 고개를 끄덕였다.

"응. 그런데 예쁜 게 별로 없네."

"저기 매장에 괜찮은 거 있던데, 가보셨어요?"

재희는 혜원이 손짓으로 가리킨 매장을 물끄러미 바라보았다. 높은 하이힐들이 쇼윈도 안에서 번쩍번쩍 빛을 품었다. 얇은 가죽 스트랩, 오브제의 화려함. 슬쩍 보기에도 깔끔하고 고급스러운 디자인이었다.

'난 왜 저길 못 봤지?'

괜스레 입술을 비쭉인 재희가 성큼 다리를 움직였다. 유경과 혜원이 갑작스레 방향을 튼 그녀를 멀뚱히 바라보자, 날카로운 목소리가 곧바로 이어졌다.

"안 올 거야?"

재희의 시니컬한 어투에 혜원과 유경은 밝게 웃으며 냉큼 그녀를 쫓았다.

"블랙이에요, 블랙."

유경은 가보시가 높은 킬힐을 추천했다. 구두 밑창이 진한 핫핑크로 깔려 눈에 확 들어오는 세련된 구두였다. 재희의 고양이 같은 눈매와도 잘 어울렸다.

"이건요?"

혜원이 골드 그라데이션이 고급스럽게 수놓인 구두를 가리켰다.

"헉!"

유경이 짧고 강렬한 신음을 흘렸다. 저가 추천한 구두를 재희의 발에 신기고 싶었지만, 혜원이 고른 골드 그라데이션 구두는 짜증이 날 정도로 예뻤다.

결국 구두 고르기 승자는 혜원이 되었다.

"대리님 너무해요!"

"뭐가?"

"제 구두는 버리시고! 혜원 씨만 예뻐하시고!"

"나 참, 유경 씨라면 어떤 걸 신을래?"

재희의 도도한 물음에 조잘거리던 유경은 입술을 꾹 닫았다. '반박할 수 없네요.'라며 엄지를 척 들어 올리는 모습이 참 개구졌다.

구두 매장을 나온 뒤, 세 여자는 화장품 매장도 들러 한참 샘플을 찍어 보고 발랐다. 덕분에 백화점 문이 닫힐 아슬아슬한 시간에 바깥 공기를 쐴 수 있었다.

혜원은 두 다리가 가볍다고 느꼈다. 재희와 예전처럼 대화를 많이 나누진 않았지만, 그래도 함께 구두를 고르고 화장품을 구경한 게 좋았다. 이렇게 재희와 어울리는 건 참 오랜만인 것 같다.

"그럼, 난 이만 들어가 볼게."

배가 고파 뭐라도 먹을까 했지만 재희는 망설임 없이 자리를 뜨려 했다. 아쉬운 듯 유경이 목소리를 높였지만, 그녀는 쿨하게 손을 흔들었다.

"으아, 저녁도 안 드시고 가시려구요?"

"지금도 충분히 늦었거든? 내일 출근 안 할 거야?"

아침까지 말술을 드시고 출근하시던 분이…….

속내가 가득 담긴 발언이 목구멍을 쿡쿡 찔렀지만 유경은 쩝, 입맛을 다실 뿐이었다.

그때 택시 정거장으로 향하려던 재희가 멈칫, 다리를 세웠다.

그녀는 고개를 슬쩍 돌리곤 혜원과 유경을 찬찬히 돌아보았다.

"이번 신년회, 다들 잘해요."

미사여구는 조금도 없는 건조한 한마디를 남기고, 재희는 택시를 탔다. 잠시 멍하니 서 있던 유경과 혜원은 이내 크게 웃음을 터뜨렸다. 기분이 좋아 저도 모르게 터져 나오는 즐거운 웃음이었다.

혜원은 기뻤다. 횡하니 갈 길을 가는 재희를 잠시간 눈으로 좇던 그녀는, 입가에 웃음을 머금고 전철역으로 향했다.

제 5 장
당신의 잔상은, 나를

뜨거운 물이 기분 좋아, 생각보다 샤워하는 데 많은 시간을 써버렸다. 혜원은 머리에 감은 타월을 끌어내리며 창문을 열었다. 찬 공기가 쑥 밀려들어 왔지만, 춥기보단 개운했다.

오랜만에 늦잠을 잤다. 따뜻한 침대 위에서 시간을 보내는 게 즐거워 조금 게으름을 피웠다. 그러다 보니 시곗바늘은 금세 2시를 훌쩍 넘겼다.

신년회는 7시 시작이었지만, 사원들은 1시간 정도 일찍 모여 작가들을 맞이할 준비를 해야 했다.

며칠 전 드라이클리닝을 맡겼던 원피스를 찾아왔다. 혜원은 속옷과 스타킹을 갖추고 블랙 미니드레스를 입었다. 그녀의 마른 몸에 착 달라붙듯 떨어지는 화려한 스팽글은, 요란하기보단 조화롭게 반짝인다.

'옷에 이렇게 비싼 돈을 써본 건 처음이었지.'

혜원은 전신 거울에 비치는 제 모습을 감흥 없이 바라보았다. 다가오는 신년회를 위해 재희와 백화점으로 향했던 것이 생생히 기억났다. 가격표를 보고 화들짝 놀라던 제 모습이 선명해, 혜원은 조금 웃었다.

그녀는 이내 시선을 떼고 화장대 의자에 앉았다. 피부 화장은 두껍지 않지만, 작은 잡티는 가려지게. 섀도와 아이라인은 너무 시커멓지 않고 자연스럽게. 속눈썹까지 붙이는 건 번거로웠기에, 뷰러 후 바로 마스카라를 발랐다. 은은한 빛의 치크와 불그스름한 빛깔로 입술을 물들인 그녀는 설렁설렁 머리를 말렸다.

헤어스타일을 어떻게 할까 잠시 망설였지만, 고민 끝에 풀어헤친 머리를 드라이로 차분히 가라앉혔다. 딱히 액세서리를 즐겨 하는 편은 아니었기에 자그마한 목걸이만 목에 걸쳤다. 깊은 쇄골에 닿은 은제 목걸이가 가느다란 그녀의 목에 잘 어울렸다.

준비를 끝내자 2시간 정도가 지나 있었다.

'거리가 조금 있으니 서둘러 나가는 게 좋겠지.'

전신 거울에 모습을 비쳐 보니, 그럴듯하게 꾸민 여자가 서 있었다. 예전엔 꾸미는 법도, 예쁜 옷을 입는 법도 몰랐는데, 시간이 지나고 나이를 먹자 그것도 점점 익숙해진다.

혜원은 부드러운 겨울 코트를 걸치고 짙은 와인색의 가죽 가방을 들었다. 신년회 장소까지의 거리를 계산하며, 혜원은 신발장을 열었다. 망설임 없이 구두 칸에 손을 뻗던 그녀가 우뚝, 행동을 멈췄다.

그녀의 맑은 눈동자에 신발장 한구석을 차지하는 두 켤레의 구두가 박혔다.

마놀로 블라닉의 푸른색 하이힐, 핑크빛의 스트랩이 사랑스러운 지미추. 값비싼 가격을 자랑하는 명품 구두들은 모두 준원에게 선물을 받은 것이었다.

분홍색 하이힐은 언제 받은 것인지 가물가물했지만, 푸른색의 마놀로 블라닉은 똑똑히 기억한다.

혜원이 온전하게 준원의 것이 되었을 때였다. 밤새 뜨거운 정사를 나눈 후, 잔뜩 구겨진 침대 시트 위에서 그는 구두를 선물했다.

"여자의 매력은 높은 하이힐이라고 생각해."

라며, 혜원의 가늘고 작은 하얀 발에 신겨 주었던 구두가 바로 마놀로 블라닉이었다. 구두의 브랜드는 그저 생소하기만 했던 때였다.

'뭐, 지금도 별반 다르지 않지만.'

혜원은 화려하게 빛나는 명품 구두에서 시선을 떼고 검은색 가죽 구두를 꺼내 신었다. 고급스러운 재질의 구두는 그녀의 가느다란 다리를 늘씬하게 감싸주었다.

한동안 운동화나 플랫만 신고 다녔기에, 구두 칸엔 신경을 도통 쓰지 못했다.

'곳곳에 남아 있는 전애인의 흔적은 지우는 게 좋겠지.'

그녀는 막연히 생각하며 신발장에 붙어있는 거울로 제 모습을 한 번 더 살펴보았다.

구두도 원피스도 모두 지난 신년회 때 구입한 뒤, 단 한 번도 착용하지 않았다. 이럴 때라도 사용할 수 있어서 다행이었다.

찬바람이 뺨을 스쳤다. 가죽 장갑을 손에 끼운 그녀는 바쁘게 걸음을 옮겼다. 오랜만에 신은 구두가 영 불편했지만, 그녀는 차분히 다리를 움직였다.

* * *

한껏 꾸민 사원들은 바쁘게 작가들을 맞이했다. 격식을 차려야 하는 자리가 아닌 소규모 파티였기에, 지정석보단 자유롭게 움직일 수 있도록 널찍한 홀이 세팅되어 있었다. 은은하게 비추는 조명과 테라스 사이사이로 새어 들어오는 달빛이 사방을 감돌아, 꽤 멋들어진 분위기를 만들어 냈다.

'배고파.'

혜원이 갖가지 음식들과 음료들이 즐비한 테이블을 멀찍이 바라보며 입맛을 다시고 있을 때, 재희가 휴대폰을 신경질적으로 끊으며 다가왔다.

그녀는 근처 음료 테이블에 놓인 칵테일 잔을 들어, 단숨에 입속으로 털어놓았다. 칵테일 한 잔을 금세 깨끗하게 비운 그녀는 천천히 홀을 돌아다니는 웨이터에게 빈 잔을 건넸다.

두 사람 사이에 잠시 정적이 흘렀다. 조용히 자리를 지키고 있던 혜원이 먼저 입을 열었다.

"역대 신년회 중 참석률이 가장 높네요."

"박 작가 때문이겠지, 뭐."

유난히 눈에 띄는 여자 작가들을 둘러보며 재희가 심드렁하게 답했다. 그녀는 혜원이 추천해준 골드 그라데이션 구두를 신고 있었다. 그녀의 밝은 칵테일 드레스와 상당히 아름다운 조화를 이루었다.

"구두, 잘 어울려요."

재희가 흘끗 혜원을 바라보았다. 잠시간 눈을 맞춘 그녀는 다시 홀 입구로 자리를 옮기며 말했다.

"나도 알아."

재희는 도도하게 시선을 맞춘 뒤, 입구로 들어오는 작가를 반갑게 맞이했다. 백화점에서 유경과 쇼핑을 한 뒤로, 재희와 간간히 대화를 나눌 수 있게 되었다.

사실 이런 감정은 청소년 시절에나 느끼는 줄 알았다. 가까이 지내던 친우가 멀어지고, 서먹서먹해지고. 그럴 때의 서운함은 나이와 상관없음을, 혜원은 다시 한 번 배울 수 있었다.

그때, 입구 쪽이 조금 소란스러워졌다. 사람들의 시선이 한 곳으로 향하자, 가지런히 손을 모으고 서 있던 혜원도 고개를 기울이며 시선을 틀었다.

순간, 그녀의 눈동자가 잠시간 커졌다.

근사하게 차려입은 지훈이 홀 안으로 들어서고 있었다.

"……우와."

그녀의 혓바닥에서 순수한 감탄성이 터졌다.

항상 그의 이마를 덮고 있던 결 좋은 앞머리는 위로 시원하게 올린 채였다. 선이 굵은 지훈의 눈썹과 새카만 눈동자가 훤히 드러났는데, 그건 놀라울 정도로 섹시했다. 게다가 멋들어지게 차려입은 블랙 슈트라니. 언뜻 조직원처럼 보일 수도 있는 검은 슈트를 그는 환상적이게 소화했다. 넥타이와 색깔을 맞췄는지, 어깨에 걸치고 있는 와인색 코트도 놀라울 정도로 멋졌다.

사람들의 시선이 모두 그에게 향하는 게 당연할 정도로 그는 눈이 부셨다. 파티장 안의 여인들이 저를 보고 침을 줄줄 흘리는 것을 아는지 모르는지, 그는 여전히 입구에 자리를 잡고 있었다. 지훈의 눈동자는 아주 느릿하게 홀 안을 훑었다.

"혜원 씨! 혜원 씨! 박 작가님 오셨어요!"

혜원이 추천해 준 하얀색 원피스를 귀엽게 착용한 유경이, 벌겋게 상기된 얼굴로 도도도 뛰어왔다.

'아, 역시 강아지 같아.'

혜원은 지훈이 홀 안에 발을 들인 것을 알고 있다, 라고 말을 해주고 싶었지만, 그러지 못했다. 유경이 엄청난 속도로 입술을 움직였기 때문이었다.

"대, 대박이에요! 보셨어요? 저기 봐요! 박 작가님 완전 무슨 영화배우처럼…… 헉!"

어딘가 열심히 손가락질을 하던 그녀가 숨을 삼켰다. 호흡을 하는 건지 의문이 들 정도로 유경은 미동이 없었다. 슬쩍 고개를 든 혜원은 그 이유를 쉽게 알 수 있었다. 입구에 서 있던 지훈의 시선이, 오로지 혜원을 향하고 있었다.

웅성거림이 좀 더 강해진 것이 떨어져있는 그녀에게도 느껴질 정도였지만, 그는 굳게 입술을 다문 채 그저 혜원만을 바라볼 뿐이었다.

좀 더 선명하게 드러난 눈동자 때문일까? 오늘따라 그의 시선이 유독 뜨거워 혜원은 저도 모르게 주먹을 꾹 말아 쥐었다.

어느 샌가 그의 곁에는 여러 사람들이 몰려있었다. 훤칠하게 솟은 체구 덕에 그를 찾지 못하는 일은 없겠지만, 혜원은 조금 고민했다.

'저 인파를 뚫을 수 있으려나.'

어쩐지 팬들에게 둘러싸인 아이돌 가수를 보는 기분이랄까. 그러나 이내 그녀는 피식, 웃으며 유경을 돌아보았다.

"담당자의 본분을 지켜야겠죠?"

그녀는 살짝 콧잔등을 찡그리며 장난스럽게 말했다. 살풋이 접히는 혜원의 눈매가 어여뻐, 유경은 멍하니 그녀에게 시선을 두었다.

그때, 사람들의 웅성거림이 조금 가라앉았다. 혜원은 떼려던 걸음을 다시 바닥에 붙였다. 지훈이 성큼성큼 혜원에게 다가오고 있었다.

저에게 말을 거는 사람들에게는 조금의 눈길도 주지 않은 채, 그는 길쭉한 다리를 움직였다. 런웨이를 누비는 모델같이 근사한 자태였지만, 혜원은 그런 것에 관심을 두기 어려웠다. 아마도 끈질기게 부딪치는 저 검은 눈동자 때문이리라.

지훈은 금세 코앞까지 다가왔다. 혜원은 문득 얼마 전 그와 회사 로비에서 마주쳤던 때가 떠올랐다.

그녀는 저를 뚫어지게 내려다보는 지훈과 가만히 시선을 맞추었다.

어쩐지 이 떠들썩한 공간에 지훈과 단둘뿐이라는 생각이 들었다. 그 정도로 혜원에게 박힌 그의 시선은 조금의 흔들림도 없었다.

"에스코트를 해드려야 했는데……."

그녀가 난감한 듯 이맛살을 약하게 찌푸리자, 지훈의 날카롭던 눈매가 조금 풀어졌다. 그는 느긋하게 답했다.

"에스코트는 상관없습니다."

나는 길을 꽤 잘 찾는 편이거든.

그 말에 혜원은 웃었다.

"그런가요?"

지훈은 대답 대신 혜원에게 한 번 더 노골적인 시선을 보냈다.

그의 눈동자가 어둡게 가라앉았다.

"다른 사람인 줄 알았어요."

"음…… 칭찬인가요?"

고개를 가볍게 갸웃거리며 그녀가 물었다. 그 모습이 퍽 귀여워, 지훈은 작게 미소 지었다.

"물론."

장난스러웠지만 어딘가 정중하다는 생각이 드는 어투에, 혜원은 한 번 더 웃었다. 그녀는 두 손을 가지런히 모으고는 허리를 숙였다.

"환영합니다, 작가님. 참석해 주셔서 진심으로 감사드려요."

지훈은 그녀의 행동, 손짓, 목소리 하나하나를 모두 눈에 담았다. 혜원과 다시 시선을 마주친 지훈은 가벼운 미소를 보여 주었다.

"올해도 어김없이 찾아온 다원 출판사 신년회에, 소중한 걸음해 주셔서 진심으로 감사드립니다."

다원 출판사의 오너, 태혁의 인사말로 본격적인 신년회가 시작되었다. 멋들어지게 차려입은 작가들이 있는 반면, 다원의 신년회가 익숙한지 편안한 옷차림으로 어슬렁거리는 작가들도 여럿 보였다.

어둡지 않은 적당한 조명이 천장부터 바닥을 부드럽게 감쌌다. 그 빛을 받은 지훈은 유독 묘한 분위기를 풍겼는데, 덕분에 적잖은 이들이 그를 흘끔거리느라 바빴다.

지훈은 홀 구석에 자리를 잡았다. 벽면에 몸을 붙이자, 테라스를 장식한 벨벳 커튼이 어깨를 스친다. 손에 들린 샴페인 잔을 여유롭게 입가에 대며 그는 어느 한 곳에 시선을 두었다.

홀의 우측, 옆 사람과 무어라 소곤거리는 혜원이 두 눈 가득 들어왔다.

지훈은 새벽까지 작업을 하고 늦게 잠이 들었다. 여전히 문제되는 부분은 이렇다 하게 손을 보진 못했지만, 원고는 차근차근 진행 중이었다.

'출판사 모임에 나가는 게 얼마 만인지.'

잠자리에 들기 전 잠시 신년회를 떠올리다가 그는 혜원을 조금 생각했다.

머릿속에 침범한 이혜원이란 여자는 생각보다 깊게 자리를 잡았는지, 좀처럼 쫓아내기가 어려웠다.

그녀를 쫓아내는 걸 포기한 지훈은, 시시껄렁한 생각을 했다. 그녀의 이름, 직업, 성격…… 그러다 보니, 그는 혜원에 대해서 참 아는 것이 없다는 것을 깨달았다.

'무엇이 그리도 신경 쓰였던 걸까.'

결국 지훈은 창문 사이로 새벽녘의 어둡고 시린 빛이 비출 때에야 겨우 잠이 들 수 있었다. 얼마 눈을 붙이지 못한 그가 늦잠을 자지 않을 수 있었던 것은, 경수의 전화 덕분이었다.

좀 더 정확히 얘기하자면 마데온의 시끄러운 벨소리 때문이랄까. 그는 아직도 휴대폰 벨소리를 바꾸지 않았다.

신년회에서 마주할 혜원을 떠올리자, 그는 저도 모르게 손이 바빠졌다.

오랜만에 머리를 만지고 고심해서 옷을 골랐다. 어차피 가벼운 파티니까 요란스럽게 차려입을 필요는 없겠지. 블랙 슈트를 꺼내들고 셔츠를 걸칠 때, 지훈은 낮게 혀를 찼다.

'지금 내가 뭘 하고 있는 거지?'

그러나 이러한 고민이 얼마나 무의미한 것인지 이미 터득했기에, 그는 묵묵히 준비를 끝냈다.

신년회 장소인 호텔에 도착을 할 때까지, 사실 그는 조금 복잡한 심정이었다.

사람들이 북적이는 자리는 체질적으로 전혀 맞지 않았지만 정중하게 부탁을 해오던 혜원의 모습이 머릿속에서 떠나질 않았다.

그는 에스컬레이터를 올라 파티 홀로 이동할 때까지도 복잡한 마음을 안고 있었다.

그러나 홀에 발을 들이고 인파 속에서 혜원을 발견한 순간, 지훈은 저를 괴롭히던 복잡함이 말끔하게 사라지는 것을 느꼈다.

지훈은 순간 숨을 훅, 들이켰다. 그의 시선이 닿은 곳엔, 또 다른 이혜원이 있었다.

시리도록 눈발이 흩날리던 날, 눈물을 삼키던 서글픈 모습이 아니었다. 머리를 높게 틀어 묶고 대학생처럼 싱그럽게 웃는 모습도 아니었고, 차분하게 가라앉은 눈빛으로 똑 부러지게 제 의견을 표현하는 모습도 아니었다.

'아, 예쁘다.'

그녀는 그저, 예뻤다.

지훈은 그녀가 몹시 예쁘다고 생각했다.

몸매가 훤히 드러난 블랙 미니드레스와 가느다란 목선. 마른 어깨를 아슬아슬하게 수놓은 차분한 머리카락.

지훈은 여자들이 치장하고 꾸미는 것을 좋아하는 편이 아니었다. 독한 화장품 냄새와 향수 냄새는 역겨웠고, 요란한 액세서리나 옷차림은 정신이 사나웠다.

그런데, 혜원은 정말이지…….

"혹시, 박지훈 작가님이신가요?"

"안녕하세요, 작가님. 저는―"

옆에 찰싹 달라붙은 무언가가 연신 주절거렸지만, 지훈은 그저 혜원을 바라볼 뿐이었다. 그녀의 새로운 모습을 발견한 충격이었을까, 놀라움이었을까. 어쩌면 둘 다일지도 모르겠다.

널찍한 홀 안을 가득 채운 사람 중, 그의 시선을 잡아끄는 유일한 존재. 대체 이건 무슨 감정일까.

혼란스러움에 그저 멀뚱히 서 있을 때, 혜원의 시선이 지훈에게 닿았다.

"아……."

지훈은 가벼운 탄성을 흘렸다. 화장을 하고 예쁜 옷을 차려입었지만, 그녀의 눈동자는 여전했다.

여전히 그의 심장을 술렁이게 한다.

어째서 저 여자의 눈동자는, 나를 이리도 견딜 수 없게 만드는 걸까.

그래서 그는 저를 붙잡는 것들을 가볍게 떼어내곤 그녀에게 향했다.

혜원에게 다가가면 다가갈수록 어쩐지 심장이 쿵쿵 울리는 듯해 그는 애꿎은 마른침만 삼켰다.

이상하게도 지훈은 이 널찍한 홀 안에 그녀와 단둘이 있는 것 같았다.

어렴풋이 바보 같다는 생각을 했지만 그녀와 시선이 얽히고 그녀에게 향하는 지금, 그런 것은 더 이상 중요하지 않았다.

지훈은 달짝지근한 무알코올 샴페인을 모두 마신 뒤, 빈 잔을 테이블에 올려두었다.

사장인 태혁의 인사말이 끝나고 경훈이 등장해 작은 이벤트를 진행하는 중이었다. 마이크를 쥔 사내는 어딘가 신이 나 보였다. 그의 말이 길어지자 몇몇 작가들은 조금 지루해했지만, 분위기는 썩 괜찮았다.

지훈은 경훈의 이야기가 길어지든 말든 크게 신경 쓰지 않았다. 그는 그저 흥미로운 마음으로 계속해서 혜원을 관찰했다.

경훈의 길고 긴 진행이 끝나면, 그녀에게 곧장 다가가리라. 유쾌한 상상을 하며 느긋하게 미소 짓던 그에게 누군가 손을 뻗었다.

어깨를 가볍게 두드리는 손길. 훅 끼쳐오는 달큰한 향기. 혜원을 향해 유하게 풀어져 있던 눈동자가, 미세한 서늘함을 담았다.

"안녕하세요, 작가님. 오랜만에 뵙네요."

"……."

"아, 저는 다원 출판사 편집부 '권유경'이라고 합니다."

대꾸도 없이 흘긋, 시선만 던지는 지훈의 모습에 유경은 그가 저를 기억하지 못한다고 생각했다. 그러나 지훈은 인사를 건네는 유경이 마냥 낯설진 않았다. 아까부터 줄곧 혜원의 옆을 졸졸 쫓아다니던 여자임을 알고 있었기 때문이었다.

"무슨 일이십니까?"

조금의 관심도 담겨있지 않은 어투와 눈빛에 유경은 상당히 당황했다. 막상 말을 거니 생각보다 더 무섭다.

바깥에서 자잘한 심부름을 하고 온 그녀는, 홀 벽면에 기대어 엄청난 카리스마를 뿜어내는 지훈을 발견했다. 쉽게 범접할 수 없는 분위기에 조심히 자리를 피해 가려던 차, 며칠 전 혜원의 말이 떠올랐다.

"웃음도 적잖이 보여 주시고, 나름대로 다정한 면도 있으세요.

유경 씨도 신년회 때 대화 나누다 보면 알게 되실 거예요."

냉기를 풀풀 뿜어내는 저 남자에게 다정함이라…….

사람의 호기심은 쉬이 가라앉는 게 아니었다. 그러나 그녀는 금세 후회했다.

'그냥 인사하지 말고 모른 척 지나칠 걸 그랬나?'

당장 자리를 뜨고 혜원의 곁에 달려가고 싶었지만, 유경은 생각보다 도전 정신이 투철했다. 떨리는 목소리를 누르며 그녀는 입꼬리를 파들파들 들어올렸다.

"아하하, 평소 혜원 씨나 다른 분들에게 박 작가님 이야기를 워낙 많이 듣다 보니…… 반가운 마음이 들어서……."

유경은 되는 대로 지껄였다. 결국 저가 무슨 말을 내뱉는지도 모호해졌을 때 즈음, 정면을 향해 있던 지훈의 시선이 움직였다. 그의 눈동자는 처음으로 유경에게 정확히 박혔다.

그때, 유경의 머릿속을 가득 채운 것은 딱 하나였다.

'혜원 씨는 대체 이런 눈빛을 어떻게 계속 받아낼 수 있었던 거지?'

똑바로 마주한 그의 눈빛은 너무나 깊고, 무거웠다. 보이지 않는 무언가가 제 숨을 턱턱 짓누르는 것만 같아 유경은 마른 입술을 물어뜯었다.

"혜원 씨가, 내 이야기를 했습니까?"

그의 목소리는 묵직한 눈빛만큼이나 단단했다. 낮은 저음을 곱씹으며 유경은 느리게 고개를 끄덕였다. 유경은 그에게 단단히 기가 질려, 혜원의 이름을 부르는 지훈의 목소리가 조금 부드럽다는 걸 알아채진 못했다.

"네, 종종…… 하시는 편이에요."

"……그렇군요."

친분이 없는 작가들과 이야기를 마음껏 나눌 수 있는 기회가 바로 신년회였다.

담당 작가가 아니니 지훈과는 앞으로도 특별한 접점은 없을 터였다. 그랬기에 유경은 이 근사한 남자와 대화를 나눠보고 싶었다.

그런데, 지금은 자리를 피하고 싶다는 생각만 들었다. 아무리 멋진 사내일지라도 숨을 쉬는 게 더 중요했으니까.

"저, 그럼 즐겁게 보내……."

"안녕하세요, 유경 씨."

최대한 빠르게 자리를 피하려던 그때, 밝고 높은 목소리가 유경과 지훈 사이로 불쑥 들어왔다.

익숙하지 않은 목소리. 의아함을 품은 유경이 고개를 돌리자, 예쁘장한 얼굴의 여자 작가가 서 있었다. 유경은 눈썹을 슬쩍 씰룩였다.

사무실 내에서 얼굴값 한다고 소문난 작가였다.

몇 년 전 고등학생이라는 어린 나이에 문학 공모전에서 대상을 탄 덕에, 콧대가 매우 높아진 최연소 작가이기도 했다.

유경은 주위를 둘러보았다. 분명 이 작가의 담당 편집자는 재희일 텐데, 그녀는 자리를 잠시 비운 듯했다.

"아, 작가님. 반갑습니다. 오랜만에 뵙네요."

"네, 그러게요."

유경은 불편한 기색을 누르곤 상냥하게 인사를 건넸지만 그녀는 인사를 받는 둥 마는 둥했다. 지훈의 근사한 얼굴에 정신이 팔렸는지, 여자의 시선은 그에게 쏟아지고 있었다.

어쩐지 지훈의 분위기가 다운됨을 느낀 유경은 저도 모르게 남자의 눈치를 보았다. 그러나 다가온 여인은 가라앉은 분위기를 눈치채지 못했는지, 그저 황홀한 얼굴로 조심스럽게 목소리를 높였다.

"저기, 박지훈 작가님이시죠?"

지훈은 눈동자를 굴려 옆에 서 있던 여인을 흘긋, 쳐다봤다. 아무런 색깔도 담기지 않은 무심한 눈빛이었지만 여인은 지훈과 눈을 마주친 것만으로도 심장이 쿵쿵 울렸다.

그의 비현실적인 외모에 한 번 더 숨을 죽이며, 여인은 조심스럽게 말했다.

"안녕하세요, 저는 '하정안'입니다. 장르 쪽은 아니고, 「그대와의 시간」이라는 소설로 재작년에 정식 데뷔한 신인 작가예요."

조잘조잘 말을 뱉어내던 여인은, 보드라워 보이는 두 뺨을 조금 더 붉혔다. 뭇 남성들이 보았다면 절로 아빠 미소를 지을 만큼 사랑스러움이 가득했지만, 지훈의 얼굴은 조금의 미동도 없었다.

지루함을 느낀 그의 시선은 다시 혜원에게 향했다. 혜원은 마이크를 잡은 경훈의 진행에 열심히 호응하며 웃고, 이야기하고, 간혹 어깨를 들썩이기도 했다.

그가 혜원의 모습을 가만히 바라보고 있는 사이에도 여인은 꿋꿋이 입술을 움직였다. 그녀는 저에게 잠시나마 향했던 시선이 사라지자, 어떻게든 다시 잡고 싶었다.

그와 시선을 섞었던 찰나의 시간이 너무나 달콤했다.

"저, 박지훈 작가님 오랜 팬이었어요. 이렇게 얼굴 뵙게 되어서 너무 꿈만 같고…… 이런 출판사 행사엔 한 번도 와본 적 없는데, 박 작가님 오신다는 거 듣고 저도 용기를 내봤어요. 설마 했는데 이렇게 만나 뵙게 되어서 너무 기쁘네요."

지훈은 여전히 말이 없었다. 그의 시선은 줄곧 어느 한곳을 향하고 있었는데, 여자는 그것에 내심 질투가 났다. 그녀는 결국 지훈의 옷깃을 슬쩍 잡아끌었다.

여인은 제가 예쁜 얼굴을 가지고 있다는 것을 잘 알고 있었고, 어떤 행동이 남자들의 마음을 동하게 하는지도 훤히 꿰고 있었다.

지훈의 고개가 느릿하게 돌아갔다.

'드디어.'

여인은 쾌재를 부르며 조그마한 입술을 움직였다.

"혹시, 연락처 교환 가능하실까요?"

"……."

"저 작가님과 정말 친해지고 싶어요. 귀찮게 하지 않을 테니까 이번 한 번만 부탁드릴게요, 네?"

정안은 어린아이가 떼를 쓰듯 상기된 얼굴로 칭얼거리기 시작했다. 당돌하기 그지없는 모습이었다. 자리를 피할 타이밍을 놓쳐 눈치만 보고 있던 유경은, 저도 모르게 고개를 절레절레 저었다. 저런 어린애 같은 작가를 관리하는 재희가 존경스러웠다.

'빨리 혜원 씨한테 도망가야지.'

더 이상 자리를 지키고 싶지 않았던 유경은 용기를 내어 지훈을 돌아보았다.

그때, 조금 전 숨이 막히는 것과는 비교도 할 수 없을 정도로 강렬하게 유경의 심장이 쿵— 내려앉았다.

정안에게 향한 지훈의 시선이, 소름이 돋을 정도로 싸늘했다. 어둡게 가라앉은 눈동자는 무척 사납고 흉흉했는데, 저에게 향한 시선이 아님에도 불구하고 그녀는 좀처럼 몸을 움직일 수가 없었다.

"'귀찮게 하지 않는다.'라……."

상대조차 하지 않던 그가 음울하게 중얼거렸다. 낮게 울리는 그의 목소리는 외모만큼이나 섹시했지만, 감정이 담겨 있지 않아 텅 비어 있었다.

정안은 더 이상 얼굴을 붉힐 수가 없었다.

"나는 이미 상당히 귀찮습니다."

정중한 어투였지만, 내용과 눈빛은 전혀 정중하지 않았다.

정안은 덜덜 떨며 조심스레 잡고 있던 옷깃을 겨우 떼어냈다. 지훈은 구겨진 소매를 두어 번 툭툭 털어냈다.

"자, 작가님…… 저는 정말 오래전부터 작가님 팬이었어요. 작가님 작품은 모두 수집 중이고…… 원래 신년회는 절대 참석 안 하려고 했는데……."

여자는 눈물을 글썽거렸다. 사슴처럼 둥그런 눈망울이 눈물에 촉촉이 젖었다. 금방이라도 굵은 눈물방울을 뚝뚝 떨어트릴 것처럼 안쓰러운 자태였다. 유경마저 그녀에게 동정심이 들 정도였으니까.

그러나 지훈은 여전히 무감정한 눈빛으로 여자를 쳐다볼 뿐이었다.

곤란한 상황이 되면 무조건 눈시울부터 붉히는 나약한 존재.

저 눈물이 그저 자기 방어일 뿐이라는 것은, 한심할 정도로 눈에 훤히 보였다.

지훈은 담배가 생각났지만 홀 안에선 피울 수 없었다. 마지막으로 피운 것이 낮에 눈을 뜬 후였으니, 오래 참기는 했다. 어쩔 수 없이 그는 가볍게 혓바닥으로 입천장을 쓸었다.

그는 귀찮음이 가득 담긴 나른한 음성으로 말했다.

"내 팬이니까 이야기를 들어 주고, 팬이니까 웃어 주고. 팬이니까 연락처도 교환하고."

"……."

"내가 그쪽에게 팬이 되어 달라고 간청이라도 했습니까?"

"……아니에요, 아니에요. 전 그저…… 바라는 것 없이…… 잠깐 함께 시간을 보내고……."

정말? 아니라고 할 수 있을까?

여자는 더 이상 말을 잇지 못했고, 지훈은 조소를 머금었다. 날카롭게 휘는 입술에 비해 눈동자는 고요하다. 그에게서 뿜어져 나오던 냉기가, 한층 짙어졌다는 착각이 들었다.

"내 시간을 허비할 정도로."

여인은 수치도 잊고 멍하니 그의 얼굴을 바라보았다. 눈가가 벌겋게 달아오른 그녀의 멍청한 표정을 느긋하게 감상하며, 지훈이 평온한 목소리로 말했다.

"썩 가치 있어 보이진 않아."

눈물을 글썽이던 여자 작가는 허둥지둥 자리를 떴다. 도망치듯 지훈에게서 벗어난 건 유경도 마찬가지였다. 그에게 고개를 숙인 뒤, 서둘러 걸음을 뗀 그녀의 얼굴은 심각하게 가라앉아 있었다.

"웃음도 적잖이 보여 주시고, 나름대로 다정한 면도 있으세요.
유경 씨도 신년회 때 대화 나누다 보면 알게 되실 거예요."

유경은 고개를 세차게 저었다. 혜원의 따뜻한 목소리가 쿵쿵 울리는 심장 위로 차곡차곡 쌓여갔지만, 유경의 얼굴은 좀처럼 펴지질 않았다.

그녀는 한 가지 결론을 내렸다.

혜원은 남자 보는 눈이 형편없었다.

본의 아니게 두 여자를 겁에 질리게 만들어 버린 지훈은, 그저 시계를 내려다 볼 뿐이었다.

혜원은 무척 바빠 보였다. 그녀는 여러 사람에게 붙들려 대화를 나눴고, 말을 섞는 모든 이들에게 맑게 웃어 주었다. 그 모습을 물끄러미 바라보던 지훈의 얼굴은 조금씩 굳어져갔다.

저 싱그러운 웃음이, 저 맑은 목소리가. 나를 향하지 않는다.

우습게도 지훈은, 그것에 화가 났다.

"이거, 박 작가 아닌가?"

지훈은 차갑게 혜원을 직시하던 시선을 돌렸다. 다원의 사장인 태혁과 역사 소설로 유명한 '정규완' 작가가 그에게 다가오고 있었다.

규완은 예전 출판사에서 인연이 닿아 몇 번 얼굴을 마주한 적이 있다. 자기 관리가 철저한 규완은 불혹을 훌쩍 넘긴 나이에도 건장한 체구를 자랑했다.

혜원을 좇던 시선을 지우며, 지훈은 가볍게 고개를 숙였다.

"오랜만입니다, 선생님."

"껄껄, 자네 무뚝뚝한 건 여전하구만."

태혁과 규완의 신장은, 180을 가뿐히 넘기는 장신의 지훈에게도 뒤처지지 않았다.

존재감이 강한 세 사람이 모이니 내뿜는 아우라 역시 예사롭지 않았다.

모두 한 번쯤은 대화를 나누고픈 인물들이었지만, 묵직한 카리스마에 눌려 아무도 선뜻 다가서지 못했다.

"어쩐 일이야? 박 작가가 이런 곳에 다 참석을 하고?"

"가끔 바람을 쐬는 것도 좋겠지요."

"작가 모임 녀석들이 들으면 기함을 토하겠어. 박 작가가 무려 '바람을 쐬러' 출판사 행사까지 얼굴을 비추고 말이야."

규완은 능글거리는 미소를 지으며 지훈의 속을 살살 긁었다. 이 늙은 노인의 유일한 취미가 젊은 작가들을 희롱하는 것임을 잘 알고 있었기에, 지훈은 그저 덤덤한 얼굴을 고수할 뿐이었다.

규완은 입맛을 쩝, 다셨다. 늘 생각하는 것이지만 이 훤칠한 청년은 참 놀리는 재미가 없다. 저 놀랍도록 잘생긴 얼굴에 좀 더 많은 표정이 담기면 좋을 텐데.

"신작 준비는 잘돼 가?"

"작업은 매번 비슷합니다."

지훈의 눈동자가 조금 가라앉았지만, 눈치챈 이는 아무도 없었다.

"그나저나 최 사장이 재미있는 얘기를 하던데."

태혁에게 칵테일 잔을 건네받은 규완이 낮게 성대를 울리며 빙긋 웃었다.

"담당자로 신입 편집자를 요구했다면서? 그것도 여자."

지훈은 슬쩍 턱을 당기며 태혁을 바라보았다. 태혁은 잠시 곤란한 표정을 지었지만, 이내 어깨를 으쓱였다.

"선생님과 사이가 각별하신가 봅니다."

지훈의 느긋한 목소리에 태혁은 슬쩍, 규완을 살폈다. 규완은 여전히 능글능글 웃고 있었다.

규완도 규완이지만, 지훈 역시 만만치 않은 상대임을 태혁은 어렴풋이 느꼈다.

"이쪽 시장 뛰어들 때부터 많은 도움을 주신 분이시죠. 지금도 물론 그렇고요."

"그러시군요."

지훈은 가볍게 고개를 끄덕였다.

"그래, 대체 왜 신입 편집자를 고집한 거지? 최근에 들은 소식 중에서 가장 재미있지 뭔가?"

지훈의 대답을 포기하지 않은 규완이 한 번 더 호탕하게 웃음을 터뜨렸다.

주변을 배회하는 웨이터에게 잔을 받아든 지훈은 천천히 칵테일을 들이켰다. 허공을 훑는 눈동자가 한 번 더 혜원을 찾기 위해 흔들렸지만, 움직이는 인파들 때문에 그녀를 쉬이 찾을 수 없었다.

"저도……."

톡 쏘는 달콤함을 물던 지훈의 붉은 입술이 옅게, 그러나 또렷이 매혹적인 호선을 그렸다.

"좋은 편집자와 작업을 해 보고 싶어서요."

태혁도 규완도 그의 예기치 못한 미소에 적잖이 놀라 버렸다. 그러나 지훈의 미소는 마치 환상이라는 듯, 순식간에 갈무리되었다.

'박 작가가 웃는 걸 언제 봤더라?'

쓸모없는 생각이 머릿속을 빠르게 채웠지만, 규완은 무의미한 헛기침만 몇 번 뱉어냈다.

"흠흠, 그거 참…… 시시한 이유잖아."

툴툴거리는 어투였지만, 규완은 그 어느 때보다 기분이 좋아 보였다.

"역시 박 작가는 재미가 없어."

픽, 마른 웃음을 뱉은 남자가 장난스러운 어투로 지훈을 바라보았다.

"난 또, 신입 편집자한테 첫눈에라도 반한 줄 알았지."

혜원은 한참 여러 사람들에게 붙들려 대화를 나누고, 웃었다.

그녀는 잘게 떨리는 입가에 쓴웃음을 삼켰다. 그녀도 웃음이 적은 편은 아니었지만, 많은 이들을 계속해서 웃는 낯으로 상대한다는 건 확실히 보통 일은 아니었다.

작가나 편집부원들이 무리를 지어 대화를 나누고 있을 때 즈음, 경훈의 갑작스러운 심부름으로 자리를 비우고 있던 유경이 하얗게 질린 얼굴로 나타났다.

얼굴색이 눈에 띄게 안 좋은 그녀의 모습에 혜원은 깜짝 놀랐다. 그러나 유경은 제 얼굴색 따위엔 관심도 없다는 듯, 짐짓 진지한 어조로 말했다.

"혜원 씨."

"네?"

"앞으로 남자 만날 땐, 나한테 꼭 보여 주고 만나요!"

유경의 얼굴엔 알 수 없는 결의가 차 있었다. 갑작스러운 외침에 혜원은 요상한 표정을 지어 보였지만, 이내 웃음이 번졌다. 유경은 입술을 비쭉 내밀었다.

"웃지 마요, 난 심각해. 알았죠? 앞으로 남자 만나기 전에 꼭 나한테 먼저 보여 준다고 약속해요!"

"푸하하, 갑자기 왜 그래요?"

"빨리! 약속부터 해요!"

유경의 귀여운 투정에 혜원은 빙그레 미소를 띠었다. 이유는 모르겠지만, 필사적인 데에는 그녀 나름대로 이유가 있겠지.

혜원이 가볍게 고개를 끄덕였다.

"알겠어요, 그렇게 할게요."

그녀의 확답을 들은 유경은 그제야 얼굴을 누그러뜨렸다. 어느새 다가온 윤진이 유경에게 물었다.

"혹시 정 대리님 못 봤어요?"

"아뇨, 아까부터 자리 비우신 것 같던데요."

"대리님 담당 작가가 펑펑 울면서 홀 밖으로 나가던데요?"

윤진이 난감한 얼굴로 주변을 두리번거렸다. 유경이 가슴 앞으로 팔짱을 꼈다. 아마 윤진은 정안이 눈물을 뚝뚝 흘리는 걸 보았으리라.

"하정안 작가 말하는 거죠?"

"어, 유경 씨도 봤어요? 그 순진해 보이는 얼굴로 어찌나 표독스럽게 울던지."

윤진이 고개를 절레절레 저으며 답하자, 혜원이 고개를 갸웃거렸다.

"하정안 작가님이 우셨다고요?"

혜원도 그 신인 작가와 몇 번 인사를 나눈 적이 있었다. 신인 특유의 패기와 자신감으로 똘똘 뭉쳐 있었기에, 기억에 남는 작가 중 하나였다.

쉽게 울음을 터뜨릴 성격은 아닌 것 같았는데.

의문이 담긴 혜원의 물음에 유경은 입을 꾹 다물었다. 윤진 역시 저도 모른다는 듯 고개를 저을 뿐이었다.

"나도 몰라요. 완전 흉흉한 얼굴로 눈물 뚝뚝 흘리면서 홀 밖으로 뛰쳐나가더라고요."

박지훈 작가 때문이다, 라는 말이 목구멍까지 차올랐지만 유경은 끝끝내 입을 닫았다. 조금 걱정스럽긴 했지만 혜원도 그 이상 묻지는 않았다. 그렇게 신인 작가의 눈물은 금세 잊혀졌다.

잠시 숨을 돌림 겸, 세 사람은 음식을 먹으며 사소한 이야기들을 나누었다. 테이블에 세팅되어 있던 음료를 벌컥벌컥 들이켜던 윤진이 작게 탄성을 질렀다.

"우와, 저기 봐요. 그림 죽이네."

유경과 혜원의 시선이 윤진이 가리킨 방향으로 향했다. 그곳엔 훤칠한 세 명의 사내가 두런두런 이야기를 나누고 있었다. 지훈과 규완, 태혁. 천재 작가와 한국 소설의 뿌리, 그리고 출판사 사장의 조합은 상상 이상으로 포스가 넘쳤다.

"크으, 완전 다른 세상이구만, 다른 세상이야."

한탄하듯 중얼거린 윤진이 목을 조이는 넥타이를 조금 널널하게 풀어 내렸다. 주변의 작가들과 편집자들이 저 무리에 끼고 싶어 슬금슬금 시선을 두는 것이 보였다.

혜원은 번뜩이는 사람들의 눈초리를 잔잔한 얼굴로 훑어보았다.

"박 작가는 진짜 대단한 것 같아요. 저 어린 나이에 저기 끼어도 위화감이 없으니."

"뭐…… 박 작가님도 딱히 꿀릴 건 없으니까요."

"어휴, 어쩜 저리들 잘났을까."

부러움이 가득 담긴 윤진의 감탄에 유경도 동의했다. 거의 아버지나 삼촌뻘인 두 사내 사이에서, 지훈은 무척 고고했다.

자세를 굽히지도, 그들에게 잘 보이려 과장된 행동을 하는 것도 아니었다. 박지훈이라는 남자는, 존재만으로도 사람들의 시선을 무섭게 잡아끄는 능력이 있다.

그러나 유경은 외치고 싶었다.

'당신들, 저 남자가 얼마나 위험한 사람인 줄 알고서 침을 질질 흘리는 거야?!'

라고.

"혜원 씨, 긴장 좀 되겠어요."

"긴장이요?"

왜요? 과일 젤리를 푹푹 떠먹던 혜원이 되물었다.

"저렇게 커다란 작가 담당자인데, 보통은 막 주눅 들지 않나?"

"흠, 그런가요."

혜원은 젤리 속에 들어있던 딸기를 꼭꼭 씹으며 지훈을 물끄러미 바라보았다.

윤진의 말처럼 저 세 사람은 무척 반짝였고, 저들 주위는 다른 세상 같았다. 저들과 친해지고 싶어 하는 사람들의 심정도 이해가 됐다.

그러나 그 사실이 그녀에게 특별히 와 닿지는 않았다. 그녀는 저렇게 대단한 사람의 담당자라는 사실에 우쭐하지도, 기가 죽지도 않았다.

지훈이 어떤 작가든 애초에 혜원은 딱히 중요하지 않았다. 그녀의 감정을 흔들기엔 그것들은 너무나 무의미했다.

혜원은 그저, 지훈과 그의 작품을 똑바로 바라보기 위해 노력을 할 뿐이었다.

지훈의 담당자로 있기 위해서 스스로가 납득할 수 있도록 노력하는 것이 그녀에겐 더욱 중요했다.

혜원은 젤리를 모두 먹은 뒤 아쉬운 듯 빈 컵을 내려다보았다. 하나를 더 먹을까 고민하던 차에, 지훈이 홀 밖으로 나가는 것이 눈에 띄었다.

'그러고 보니, 오늘 박 작가님과 대화 한 번을 제대로 못 나눴네.'

그제야 혜원은 저가 오늘 지훈과 마주한 적이 거의 없음을 깨달았다. 다른 담당 작가들과 대화를 나누고 시간을 보낸 것에 비해, 너무나 무관심한 행동을 보이고 말았다.

혜원은 숟가락과 빈 컵을 내려두곤 자리를 떴다. 유경이 어딜 가느냐고 묻자 혜원은 답했다.

"감사하다는 말을 제대로 전하려고요."

"기분이 좋아 보이십니다."

태혁은 연신 싱글벙글 웃고 있는 규완을 보며 넌지시 물었다.

"그래 보이는가?"

"예. 선생님께선 그다지 웃음이 많은 편이 아니시죠."

"그래, 자네 눈썰미 좋은 건 내가 잘 알고 있지."

규완은 허허롭게 고개를 끄덕이며 잔을 들어 입술을 축였다. 그는 피곤한 듯 어깨를 꾹꾹 눌렀다. 최근 신년회며 뭐며, 이곳저곳 자주 불려 다닌 덕이었다.

“박 작가 담당자는 어떤 사람이지?”

“이혜원 씨요?”

“이혜원이라……. 박 작가가 ‘좋은 편집자’라고 콕 집어 얘기할 정도면 꽤 능력이 좋은가 보지?”

흥미를 담은 규완의 물음에 태혁은 더듬더듬 혜원을 떠올렸다.

면접 후에 업무 외적으론 마주할 일이 거의 없었지만, 그녀의 평판이나 성격 정도는 파악하고 있었다. 그녀도 다원의 소중한 인재이니.

“안 실장 평은 좋습니다. 착실하고 싹싹하다고요.”

“안경훈 편집장 말이지? 그 친구야 뭐, 워낙 제 사람 잘 챙기기로 소문난 사람이니.”

“그래도 사람 보는 눈이 좋습니다.”

규완은 처음 홀 안으로 들어섰을 때, 지훈과 대화를 나누던 여인을 떠올렸다.

늘씬한 체형에 꽤나 차분해 보이던 여자였다. 물론, 무엇보다 규완을 놀라게 한 것은 여자와 도란도란 이야기를 나누는 지훈의 모습이었다.

천하의 박지훈이 무려 ‘여자’인 신입 편집자를 담당자로 요구하다니. 게다가 모임이라고는 치를 떨던 사내가 관계자들이 바글대는 신년회에 참석까지 하고 말이지.

참으로 흥미롭지 않을 수가 없다.

"박 작가는 절대 사람에게 쉬이 마음을 여는 남자가 아니야."

"네, 그렇게 보입니다."

"그런데 그런 미소를 내보이다니."

규완도 지훈과 썩 친분이 깊은 편은 아니었지만, 그 칼 같은 사내가 그렇게 부드러운 얼굴로 타인과 대화를 나누는 모습은 처음 보았다. 그리고 웬만한 여자라면 겁에 질려 바들바들 떨 만한 시선을 묵묵히 받아 내던 여자의 모습.

규완은 흥미롭다는 듯 콧잔등을 씰룩였다.

"자네 신입 편집자도 보통이 아닌가 보구먼?"

"박 작가님께 관심이 많으신가 봅니다."

태혁의 농담조에 규완은 쩝, 혀를 찼다.

"뭐, 어린 나이에 재능도 출중하고 외모도 번쩍번쩍거리는데 놀라울 정도로 표정이 없잖은가. 감정을 느끼질 못하는 건지, 표현을 못 하는 건지."

물론 둘 다일 수도 있겠지만.

'뭐, 어쨌든. 그런 박 작가가 그렇게 들쩍지근한 미소를 짓다니.'

규완은 내심 기대감에 찬 눈빛으로 태혁에게 물었다.

"박 작가, 그 처자에게 정말 반한 거 아닌가?"

어딘지 즐거워 보이는 사내는, 나이 대에 맞지 않게 소년 같아 보였다. 그러나 지훈은 고개를 절레절레 저었다.

"글쎄요, 그런 이야기는 농담으로라도 못 하겠네요."

"역시 그렇지?"

규완은 아쉬움을 삼키며 얼마 남지 않은 샴페인을 모두 털어 넣었다.

조명 덕에 어둑어둑하던 파티 홀과는 다르게, 호텔 복도는 확실히 밝았다. 잠시 눈썹을 찌푸린 혜원은 이내 얼굴을 펴곤 주위를 둘러보았다. 성큼성큼 걸음을 옮기는 지훈이 보였다.

지훈은 생각보다 걸음이 빨랐다. 평소 느긋하고 여유롭게 여겨지는 몸짓이나 어투와는 다르게, 그는 금세 멀어져갔다. 아마도 저 길쭉한 다리 때문이리라.

높은 구두 안에서는 꺾인 발가락들이 아우성을 치고 있었다. 혜원은 조금 난감한 얼굴로 발가락을 꼬물꼬물 움직였다.

역시 길을 들이지 않고 오랜만에 착용한 구두는 불편하다. 어느새 로비까지 내려간 지훈은, 바깥으로 나갈 심산인 듯했다. 금방 모습을 감출 것 같아 망설이던 혜원은 결국 크게 소리쳤다.

"박 작가님!"

높진 않지만 맑은 목소리가 공기를 경쾌하게 흔들었다. 지훈이 호텔 입구에서 걸음을 우뚝, 멈추는 게 똑똑히 보였다. 혜원은 저도 모르게 웃고 말았다. 필사적으로 지훈을 붙잡는 제 모습이 낯설었기 때문이었다. 그러나 그녀는 왠지, 이렇게라도 지훈을 부르고 싶었다.

"……이혜원 씨?"

지훈은 로비를 달려오는 혜원을 조금 놀란 표정으로 물끄러미 바라보았다. 조금 전까지 머리를 울리던 흡연 욕구는 그녀를 보자마자 신기할 정도로 가라앉았다. 곧게 편 그녀의 갈색 머리카락이 예쁘게 흔들린다. 높은 하이힐을 신고 도도도 달려오는 모습이 지훈의 눈에 크게 들어왔다.

지훈은 저에게 다가오는 혜원을 참을성 있게 지켜보았다. 먼저 손을 뻗고, 먼저 다가가고 싶었지만, 이 상황이 아찔하도록 즐거웠다.

지금 이 순간, 오로지 나를 바라보고, 나를 위해 움직이는 이 혜원.

어느새 지훈 앞에 당도한 그녀는 천천히 호흡을 가다듬었다. 그녀의 가느다란 다리가 아주 조금씩 떨렸다.

미동 없이 서 있던 지훈은, 혜원을 가만히 내려다보았다. 그녀는 숨을 고르느라 고개를 조금 숙인 채였다.

'어떤 표정을 지을까?'

저 자그맣고 하얀 얼굴은 어떤 얼굴을 하고 있을까?

가만히 지켜보고 있기만 한 저에게 짜증을 느낄까? 아니면 억지로 구겨지는 인상을 참아내느라 시선을 피할까? 나를 찾아 여기까지 내려온 것을 후회할까?

짧은 시간이 지나고, 혜원은 숙이고 있던 허리를 들어올렸다.

"작가님, 무슨 걸음이 그렇게 빠르세요."

지훈의 예상과는 다르게, 그녀의 얼굴엔 웃음이 번져 있다. 그녀의 둥그런 눈동자가 눈이 부시도록 예쁘게 휘었다.
"잡느라 혼났네."
혜원이 목소리에 웃음을 가득 머금고 해사하게 미소를 짓자, 지훈은 주먹을 꾹 움켜쥐었다.
쿵—
쿵—
심장이, 아프도록 뛴다.

"난 또, 신입 편집자한테 첫눈에라도 반한 줄 알았지."

규완의 호탕하고도 걸걸한 목소리가 지훈의 머릿속을 한 번 더 크게 울렸다.
'아아…….'
지훈은 조용히 눈을 감았다.
'그렇구나.'
혜원은 아무런 말없이 눈을 감는 지훈의 모습에 고개를 갸웃거렸다. 혜원이 뺨을 긁적이며 고심하는 사이 그의 눈동자가 서서히 떠졌다.
지훈의 눈동자와 마주한 혜원은 움찔 몸을 떨었다. 그의 눈동자엔 맹수와도 같은 강렬한 열기가 담겨 있다. 그러나 그의 눈빛이 무섭진 않았다.
뜨거운 시선에 비해, 직접 닿아오는 느낌은 너무나 달콤하고도 부드러웠다. 질척하게 가라앉은 분위기가 그녀의 매끈한 피부를 타고 뚝뚝 떨어지는 것만 같았다.

혜원은 그 느낌이 너무나 생경하고도 혼란스러웠다.

“작가……!”

혜원이 그를 부르려 입술을 뗀 순간, 지훈의 커다란 손이 혜원의 어깨와 허리를 감싸며 파고들었다.

그의 넓은 어깨와 단단한 두 팔이 거칠게 혜원을 끌어안았다. 얇은 원피스 하나를 걸친 혜원의 마른 몸이 지훈의 품 안에 갇히듯 들어왔다.

저에게 밀착한 혜원의 몸에, 그는 심장의 떨림이 더욱 거세진 것을 느꼈다.

“……저, 작가님?”

조심스러운 그녀의 목소리가 지훈의 어깨를 두드렸다.

“작가님, 괜찮으세요?”

지훈의 컨디션이 좋지 않다고 생각한 건지 혜원이 걱정스럽게 물었다. 행방을 잃어 머뭇거리던 그녀의 자그마한 손이, 지훈의 너른 등을 느릿하게 쓰다듬었다.

이 여자는 제 손짓 하나에 저가 무슨 생각을 하고 있는지 짐작이나 할까?

지훈은 쓴웃음을 흘리며 혜원의 머리카락에 입술을 묻었다. 그의 팔이 더욱 강하게 혜원의 몸을 옥죄였다. 그녀의 향기는 그의 열기를 더욱 달아오르게 했지만, 지훈은 그녀의 어깨를, 허리를, 두 팔을, 조금도 놓아 주고 싶지 않았다.

천천히 입술을 내려 혜원의 귓가에 다다른 지훈은, 조용히 읊조렸다.

"……아니."

귓바퀴 옆에서 낮게 울리는 지훈의 목소리. 지훈을 다독이던 혜원의 손이 움직임을 멈추었다.

"괜찮지 않아."

손끝에 닿은 그녀의 체온과 피부를 한껏 느끼며 지훈은 생각했다.

첫 만남.

흩날리던 눈꽃 사이로 번진 마른 어깨와 시린 겨울만큼이나 새하얀 목덜미. 어둔 의식 사이사이 또렷하게 박히던 잔잔한 목소리. 시작되는 인연의 혼란스러움.

그리고 눈부시게 아름답던…… 이혜원의 미소.

이 모든 것들이 머릿속에서 좀처럼 떠나가지 않았던 이유.

아쉬운 듯 천천히 몸을 뗀 그는, 혜원의 어깨를 가볍게 그러쥐었다.

걱정이 번진 깨끗한 눈동자. 그 표현할 수 없는 맑음을 아로새기며, 지훈은 옅은 미소를 지었다.

'내가 이 여자를, 마음에 두고 있었구나.'

지훈은 호텔 로비에 자리 잡은 푹신한 소파에 몸을 기댔다.

길쭉한 다리를 우아하게 굽히며 턱을 괸 그의 모습은 화보에 실려도 좋을 정도로 멋있었다.

약간의 흐트러짐도 없는 외관에 비해, 그의 심장은 조금 전부터 정신없이 뛰고 있다.

혜원에게 마음이 있다는 것을 깨달은 순간, 그는 좀처럼 진정하기가 어려워졌다.

누군가를 처음 마음에 담았다는 충격보단 조금이라도 더 많이 그녀를 보고 싶다는 충동에 사로잡혀 있다는 게 다른 의미로 놀라웠다.

그의 품 안에 안겨 있던 마른 몸을 찬찬히 떠올리던 때에, 잠시 자리를 비웠던 혜원이 서둘러 로비로 내려왔다.

"몸은 좀 괜찮으세요?"

따뜻한 음료를 지훈의 손에 꼭 쥐여 주며 그녀가 걱정스럽게 물었다. 순식간에 병약한 이미지를 얻은 듯했지만, 지훈은 크게 개의치 않았다. 혜원과 단둘이 소파에 앉아 체온을 나누는 것이 썩 마음에 들었으니까.

"샴페인 알레르기가 있으실 줄은 몰랐어요. 정말 병원에 가지 않으셔도 괜찮으시겠어요?"

혜원은 지훈이 대충 둘러댄 거짓말을 철석같이 믿고 있었다. 지훈은 평소 거짓말과 무척 거리가 먼 남자였지만, 어쩐지 그녀에겐 저도 모르게 하나둘 거짓말을 하게 되는 것 같았다.

'뭐 그것도 크게 상관없겠지.'

"나도 새카맣게 잊고 살았습니다."

뻔뻔스러운 지훈의 속마음을 상상조차 하지 못한 혜원은, 연신 그의 몸 상태를 살폈다.

혜원의 어깨엔 지훈의 두툼한 겨울 코트가 둘러져 있었다. 로비는 훈훈했지만, 그녀의 몸을 감싸고 있던 드레스는 무척 얇아 보였다.

감기라도 걸릴까 걱정이 되어 한사코 거절하는 그녀의 손목을 누르고 그가 직접 걸쳐 준 것이었다.

그 모습을 흡족하게 바라보고 있는데, 혜원이 다시금 물었다.

"속이 울렁거리진 않으세요?"

지훈은 고민했다.

더 꾀병을 부릴까, 이제 그만 연기를 그만둘까.

그러나 저를 걱정하는 저 맑은 눈빛이 너무나 달콤해, 지훈은 거짓말을 멈출 수 없었다.

"속이 조금 안 좋아."

"이런…… 많이 불편하세요?"

잠시 고민하던 혜원은 고개를 끄덕이며 지훈을 똑바로 바라보았다. 온기를 담은 그녀의 손이 지훈의 커다란 손을 가볍게 보듬었다.

"역시, 그만 돌아가시는 게 좋을 것 같아요."

제 손을 따스하게 잡아 오는 작은 손. 지훈은 그녀의 새하얀 손을 가만히 내려다보았다.

언제였더라. 누군가 내 손을 먼저 잡아준 것이.

지훈의 눈동자가 어둡게 가라앉자, 혜원이 조심스럽게 물었다.

"혼자 돌아가실 수 있으시겠어요?"

"……머리가 조금 아픈 것 같기도 하고."

지훈은 건조한 목소리로 신음을 흘렸다. 누가 봐도 어설프기 짝이 없는 연기였지만, 혜원은 심각한 표정으로 자리에서 일어났다.

"집까지 모셔다 드릴게요. 제가 부주의해서 죄송합니다, 작가님. 잠시만 기다리세요."

지훈의 코트를 다시 그의 어깨에 둘러준 뒤, 혜원은 빠른 걸음으로 로비를 가로질러 갔다.

혜원은 파티 홀로 향하는 길쭉한 복도를 따라 걸었다. 화려한 문이 굳게 닫힌 파티 홀 안에선 음악 소리가 새어 나오고 있었다. 경훈이 초청한 밴드가 공연을 하는 듯했다. 재희 목소리가 들린 건, 입구가 아닌 뒤쪽으로 들어가기 위해 이제 막 복도를 꺾었을 때였다.

"작가님, 이러시면 곤란해요."

"뭐가 곤란한지 말해요! 박 작가님 참석하니까 놀러오라고 한 건 재희 씨잖아요!"

예쁘게 차려입은 두 여인이 보였다. 그중 하나는 분명 재희였다.

혜원은 느릿하게 걸음을 멈췄다.

앞뒤 사정은 모르겠지만, 재희는 참을성 있게 어려 보이는 여자를 달래고 있었다.

여자는 재희의 팔을 뿌리치며 표독스럽게 외쳤다.

"내 담당자면서 왜 나를 안 챙겨요!"

"안 챙기다니요, 그렇게 말씀하시면……."

"그럼 당장 박지훈 작가 불러와서 나한테 사과하라고 해요!!"

철없이 외치는 목소리에, 혜원은 뺨을 긁적였다.

박 작가님을 불러와서 사과를 시키라니……. 터무니없는 요구에 재희가 쩔쩔매는 것이 피부로 느껴질 정도였다. 무슨 일이 있었는지 정확한 상황은 모르겠지만, 재희가 난감한 입장에 처했다는 건 똑똑히 알 것 같았다. 혜원은 가라앉은 얼굴로 여자를 살펴보았다.

'작가인 것 같은데, 누구더라…….'

고민하던 혜원은 금세 고개를 끄덕였다. 예쁘장한 얼굴. 다원 내에서도 유명한 최연소 작가. 자존감이 높아 누구에게도 굽히지 않으려는 성격.

"아, 하정안 작가님이구나."

상대가 누구인지 파악을 한 혜원은 망설임 없이 움직였다. 그러고 보니, 조금 전 유경과 윤진이 했던 말이 떠올랐다.

"하정안 작가 말하는 거죠?"

"어, 유경 씨도 봤어요? 그 순진해 보이는 얼굴로 어찌나 표독스럽게 울던지."

'표독스럽게' 눈물을 흘리던 작가가 왜 재희에게 화를 내고 있는 걸까.

고개를 갸웃거리며 두 여자에게 다가간 혜원은, 정안이 밀친 덕에 비틀거리는 재희의 어깨를 가볍게 잡아챘다.

"안녕하세요, 작가님."

혜원이 빙긋 웃으며 인사를 건네자 한창 대치를 하던 두 여자는 입술을 꾹 닫았다. 특히나 재희는, 갑작스레 제 어깨를 감싸 쥐며 등장한 혜원의 모습에 적잖이 놀란 상태였다.

"와, 정말 오랜만이네요. 그렇죠?"

그녀가 특유의 잔잔한 목소리로 인사를 건네자, 재희를 닦달하던 정안은 입술을 꾹 깨물었다.

혜원은 출판사를 오가며 마주친 적이 꽤 있던 편집자이다. 정안이 다원과 처음 계약했을 때 즈음엔, 그녀 역시 입사한 지 얼마 되지 않은 신입이었다. 그랬기에 인사차 재희와의 미팅 때 함께 식사를 하는 등, 그 외에도 말을 섞은 게 적진 않았다.

그러나 업무적으로 마주치진 않아도, 정안은 혜원이 기분 나빴다. 그녀는 항상 부드럽게 웃으며 상냥하게 굴었지만 조금도 자세를 굽히지 않았다.

'연차도 얼마 안 된 신입 주제에.'

정안은 혜원의 그런 모습이 재수가 없고 가식적으로 보였다.

19살 때 「전국 문학/창작소설 공모전」에서 대상을 수상한 뒤, 출판 관계자들은 그녀를 줄곧 '천재 작가님'이라고 추켜세워 주었다. 하지만 저 이혜원이라는 여자는 단 한 번도…….

"그런데……."

정안의 시선은 무척 곱지 못했다. 혜원은 그런 정안을 물끄러미 내려다보며 물었다.

"무슨 일이시죠? 대리님을 이렇게 밀치시다니요."

딱히 책망하는 투는 아니었지만, 정안은 현재 상당히 예민해져 있던 터였다. 그녀는 소리를 지르다시피 외쳤다.

"난 잘못한 거 없어요!"

혜원은 살며시 고개를 기울였다. 입구보다는 홀 안의 무대 뒤편으로 향하는 문과 가까운 위치였기에, 밴드의 음악 소리가 더욱 잘 흘러나왔다.

파티장 안에선 사람들이 즐겁게 음악 감상을 하며 어울리는데, 이 어린 아가씨는 그들과 웃음을 나누지 못한다는 게 조금 안쓰러웠다.

혜원은 부드럽게 감싸고 있던 재희의 어깨를 놓아주며 옅게 미소 지었다. 그녀의 눈동자가 따뜻하게 정안을 응시했다.

"아무도 작가님에게 잘못했다고 말하지 않았어요."

"아뇨! 내 담당자는 아까부터 나한테 뭐라고 하고 있고, 혜원 씨도 지금 재희 씨 감싸면서 나를 다그치려고 하잖아요!"

정안의 뽀얀 피부가 벌겋게 달아오르기 시작했다. 씩씩 뱉어내는 숨이 철부지 아이 같아서, 혜원은 조금 난감했다.

재희는 한숨을 몰아쉬며 머리카락을 거칠게 쓸어 넘겼다. 재희 성격상, 이미 그녀는 많이 인내하고 있는 것이리라.

"대체 당신들이 뭔데 나를 다그치죠? 재희 씨가 뭔데요? 내 담당자라서? 「그대와의 시간」을 쓸 때, 재희 씨는 대체 뭘 했죠? 나한테 무슨 도움을 줬냐구요! 아무것도 한 게 없는데 담당자라고 설치는 거, 꼴사납지 않나요?"

"……작가님……."

"내가 무슨 꼴을 당한 줄도 모르고 안에서 남자 작가들과 시시덕거리고 있었죠? 그렇게 가벼운 담당자는 나도 싫어요!"

무거운 정적이 세 여자 사이로 가라앉았다. 재희는 결국 등을 돌렸다. 새파랗게 어린 작가에게 업무 지적을 받는 것만큼 수치스러운 일을 없을 것이다.

혜원은 멀어지려는 재희의 여린 손목을 조심스럽게 움켜쥐었다.

"작가님, 정 대리님은 가벼운 분이 아니에요."

그녀의 목소리는 낮게 가라앉았지만, 매우 또렷했다. 혜원은 웃음기 없는 얼굴로 정안을 똑바로 응시했다.

"대리님께서 「그대와의 시간」을 담당하셨을 때, 제때 퇴근하신 적이 없어요. 위장병에 걸리셨을 때도 업무를 손에서 놓지 않으셨고요."

"이봐, 혜원 씨……."

"작가님께서 마감일 코앞에 원고를 갈아엎겠다고 난동을 피우셨을 때도, 그리고 담당자와 상의도 없이 갈아엎은 원고를 마감일 날 던져두었을 때도. 대리님께서는 묵묵히 작업하셨고, 좋은 작품을 만들어 내셨어요."

재희의 만류에도 혜원의 곧은 목소리는 멈추지 않았다. 저를 똑바로 바라보는 두 눈. 정안은 저 눈이, 조금 전 저를 찢어 버릴 듯 사납게 빛나던 지훈의 눈동자만큼 무서웠다.

가라앉은 분위기와 혜원의 목소리에 잠식당해 정안은 아무런 말도 할 수 없었다.

"대리님은 작품을 따뜻하게 보듬어 주실 줄 아는 사람이세요. 작품을 사랑하고, 작가를 위하는 데에 틀림없이 힘쓰고 계세요. 가까이서 함께 일하는 동료로서 말씀드리는 거예요. 대리님만큼 신뢰할 수 있는 편집자는 많지 않아요."

재희는 멍하니 혜원을 바라보았다. 어느새 그녀를 다그쳐야 한다는 생각은 사라지고, 그저 조곤조곤 말을 잇는 말간 얼굴만을 보게 되었다.

평소 덤덤하지만 따스함이 가득하던 혜원의 얼굴이, 그녀의 것이 아닌 것처럼 어두웠다. 미소가 사라진 혜원은 쉬이 범접하기 어려운 분위기를 자아냈다.

혜원은 천천히 정안에게 다가갔다.

그녀는 잔뜩 열을 내느라 흐트러진 정안의 머리카락과 원피스 자락을 꼼꼼히 정리해 주었다. 혜원의 손길은 몹시 다정했다.

"저는 대리님처럼 좋은 편집자가 될 거예요. 그래서 하정안 작가님처럼 좋은 글을 쓰시는 훌륭한 작가님들을 더욱 더 많이 만나 보고, 작업해 보고 싶어요."

혜원의 말에 정안은 더 이상 칭얼거리지 않고 자리를 피했다. 재희는 그녀를 따라가지 않았고, 혜원 역시 별다른 말을 하지 않았다.

"어린 애들은 진짜 피곤하네."

이제 스물을 갓 넘겼을 정안은, 재희와 열 살은 더 차이가 날 것이다.

재희는 헝클어진 머리카락을 대충 정리하며 차가운 대리석 벽에 어깨를 기댔다. 축 처진 어깨가 그녀가 느꼈을 피로함을 대신 말해 주었다.

"웃기지 않아? 나보고 박지훈 작가를 불러서 사과시키라니. 자기가 대체 어느 위치에 있다고 생각하는 건지……."

재희는 조소를 흘리며 중얼거렸다.

"괜찮으세요?"

조용히 물어오는 혜원의 목소리에, 재희는 눈동자를 굴렸다.

차분한 얼굴로 곧게 서 있는 혜원의 모습을 보며 재희는 가만히 입술을 닫았다. 매번 느끼는 거지만, 혜원은 참 이성을 쉽게 잃지 않는다.

"대리님은 작품을 따뜻하게 보듬어 주실 줄 아는 사람이세요. 작품을 사랑하고, 작가를 위하는 데에 틀림없이 힘쓰고 계세요. 가까이서 함께 일하는 동료로서 말씀드리는 거예요. 대리님만큼 신뢰할 수 있는 편집자는 많지 않아요."

혜원의 목소리가 좀처럼 떨어지지 않아, 재희는 머릿속을 정리하는 걸 관뒀다.

이혜원은 같은 여자인 주제에 제 마음을 심란할 정도로 흔들어 댄다. 썩 유쾌한 기분은 아니었지만, 그렇다고 나쁘진 않았다.

"안 괜찮을 건 없지."

재희는 천천히 자세를 바로 했다. 혜원이 다독여 주었던 제 어깨를 가만히 눌러본 그녀는, 딱딱하게 굳어 버린 손을 겨우 떼어 냈다.

말없이 등을 돌린 재희가 움직이려던 다리를 멈추고는 조용히 말했다.

"혜원 씨는……."

"……."

"신년회 끝나면, 나한테 혼날 줄 알아."

짐짓 엄한 어투였지만, 목소리는 썩 차갑진 않았다. 혜원은 작게 입꼬리를 올리며 대답했다.

"네, 대리님."

복도의 모퉁이를 돌자마자 코앞에 훌쩍 솟아 있는 훤칠한 사내. 갑작스러운 인물에 혜원은 조금 놀라 버렸다. 묵묵히 서 있던 사내는 지훈이었다. 아무래도 내려오지 않는 저를 기다리다가 올라온 모양이었다.

'시간을 많이 지체하기는 했지.'

죄송스러운 마음이 들어 혜원이 무어라 입을 열려던 때였다.

"생각보다 정의감이 투철한 편인가?"

지훈의 음성은 몹시 낮았지만, 핀잔하는 투는 아니었다. 아, 다 봤구나. 덩그러니 남은 복도에서 혜원은 콧잔등을 구겼다.

박지훈 작가에게 사과하라고 전하라며 난리를 피우던 정안이 떠올라 그녀는 조금 난감해졌다.

'그것도 다 들었으려나.'

그러나 지훈이 별다른 말이 없었기에, 혜원도 더 이상은 신경을 끄기로 마음먹었다.

"그런가요?"

"보통, 동료가 곤경에 처했을 땐 숨을 죽이고 눈치를 보는 편이지."

특히나 갑을 관계가 얽혀 있다면 더더욱.

높낮이 없는 지훈의 목소리를 묵묵히 듣던 혜원은 다시금 입꼬리를 올렸다.

"잘 아시네요."

"흔한 일이니까."

혜원은 가볍게 어깨를 으쓱였다.

"잘 모르겠어요, 야근을 밥 먹듯이 하던 대리님을 떠올리니, 그냥 가만히 있을 수가 없었네요."

재희가 한 고생을 똑똑히 알고 있는데, 악의적인 손가락질을 받는 모습을 방관하는 건 싫었다. 혜원의 어투와 표정은 장난스러웠지만, 지훈은 그녀가 진심을 얘기하고 있음을 잘 알 수 있었다.

"몸은 좀 어떠세요?"

혜원의 물음에 지훈은 가볍게 대꾸했다. 흥미롭게도 거짓말을 하는 데 더 이상 양심의 가책 따윈 느껴지지 않았다.

"아직도 머리가 아픕니다."

"아이고…… 제가 많이 늦었죠? 죄송합니다, 금방 올게요. 잠시만 기다려 주세요."

사원들에게 사정을 말한 혜원은, 코트와 지갑을 챙겨 들곤 서둘러 로비로 내려왔다.

지훈의 몸 상태가 좋지 않다는 소리에 경훈은 사색이 되어 얼른 가 보라고 손짓했다.

"많이 기다리셨죠?"

혜원은 무척 일관성 있는 모습으로 너무나 건장해 보이는 지훈을 챙겼다.

저보다 한참은 왜소한 여자에게 기대다시피 걸어 나가는 제 모습이 우스웠지만, 지훈은 굳이 자세를 바로잡지 않았다.

두 사람은 택시를 잡아탔다. 지훈은 꾀병으로 인해 운전이 어려웠고, 혜원은 면허가 없었다. 택시를 타고 가는 동안, 이렇다 할 대화가 오고 가지는 않았다. 라디오에선 대중가요가 흘러나왔다. 노랫말을 흥얼거리는 기사 아저씨의 걸걸한 목소리가 차체를 채웠다.

뒷좌석에 혜원과 함께 착석을 한 지훈은, 흘긋 그녀를 살폈다. 지갑만 챙겨 나온 것으로 보아 다시 신년회 장소로 돌아갈 심산인 듯했다.

지훈이 혜원의 얼굴을 가만히 바라보고 있을 동안 그녀의 시선은 스치듯 멀어지는 창밖 풍경을 향하고 있었다.

어둠이 내려앉은 주말 도로는 시간이 무색하리만큼 복잡했고, 화려한 불빛이 가득 일렁였다.

"차가 많네요."

아저씨의 노랫소리에도 또렷이 내부를 울리는 음성. 그 고저 없는 음정을 되새기며 지훈은 고개를 끄덕였다.

신년회 장소에서 지훈의 오피스텔까지 썩 가까운 거리는 아니다. 그러나 그는 시간의 흐름이 평소보다 몇 배는 더 빠른 것 같다고 생각했다.

계속 훔쳐보게 되는 이혜원의 말간 얼굴. 두런두런 나누는 약간의 대화. 간혹 퍼지는 웃음.

피곤하기만 하던 파티 홀의 공기가 꿈같을 정도로, 혜원과의 시간에서 벗어나고 싶지 않았다.

그래서일까. 점점 가까워지는 오피스텔에 아쉬운 마음이 드는 것은.

도착지에 접어들면 들수록 혜원은 멍하니 바깥 풍경에 시선을 빼앗겼다.

스쳐 지나가는 풍경이 어쩐지 익숙하다 했는데, 준원이 이별을 고했던 자그마한 카페 근처를 지나고 있었다.

그저 잔혹하기만 했던 카페는 반짝반짝 제빛을 또렷이 밝히고 있다.

그날 빛이 꺼진 것은 세상이 아닌, 나였던 거구나.

울적하기 그지없는 깨달음이었지만 그녀는 어쩐지 웃음이 나왔다.

신호에 걸린 택시가 천천히 섰다. 아직까지도 불이 환하게 켜진 카페를 바라보는 혜원은 조금 복잡했다.

분노일까, 혹은 그리움, 슬픔…… 아니면 후회.

혜원은 고개를 저었다.

이런 지저분한 감정이 아니다.

여자로서 최악의 상황에 마주했고, 믿었던 연인에게 배신을 당했다.

깊은 상처는 그녀를 절대 놓아줄 것 같지 않았다. 준원이 떠나갔다는 충격과 지저분한 진실에, 한동안 깊은 울적함에서 벗어나기 어려울 것 같았다.

그런데 뭐랄까, 혜원은 안도를 느꼈다.

'무엇에 대한 안도일까?'

정에 얽힌 감정들은 아직도 너무 어려워서, 혜원은 종종 제 마음조차 파악하지 못하기 일쑤였다. 그러나 이번엔 확실히 알 것 같다.

이건, 준원을 '제대로' 정리하고 있는 저에 대한 안도이다.

그와의 이별 장소를 보고 마음의 아픔을 느끼기보단 그저 지난날의 잔상을 떠올리는 것의 안도.

진정한 헤어짐의 끝이 어디인지, 무엇인지, 그녀도 모른다.

그저 이렇게 하나둘 정리하다 보면, 언젠가 준원의 존재 역시 사그라질 것이라는 확신이 들었다.

혜원은 차창에서 시선을 뗐다.

과거에서 고개를 돌리는 것에 어려움은 없었다.

"……무엇을."

그때였다. 지훈이 꾹 닫았던 입술을 연 것은.

갑작스러운 저음이 귓가를 두드리자 혜원은 지훈을 바라보았다.

그의 눈동자는 어쩐지 어둡게 가라앉아 있었다. 깊은 내면까지 샅샅이 파악당하고 있다는 느낌이 들어, 혜원은 잠시 마른침을 삼켰다.

"무엇을 보고 있는 겁니까?"

두 사람의 시선이 복잡하게 엉켰다. 혜원은 저가 무슨 표정을 짓고 있는지 알 수 없다고 느꼈다.

어째서 준원의 잔상을 좇았다는 사실을 지훈에게 들킨 것 같았을까.

'그럴 리가 없는데…….'

혜원은 미소를 띠고 싶었지만, 이상하게도 쉽지 않았다.

진중하게 가라앉은 지훈의 시선 때문일까.

그래서 차창에서 고개를 돌린 그녀는 저도 모르게 사실을 말하고 말았다.

"과거를 봤어요."

혜원의 대답은 몹시 덤덤했다. 지훈의 시선은 집요하게도 그녀를 떠나지 않았다. 잠시 말이 없던 그가 입을 열었다.

"과거는 어떻던가요?"

지훈의 물음은 무겁지도, 가볍지도 않았다. 그러나 혜원은 그 질문의 날카로움이 예사롭지 않게 느껴졌다. 그녀는 곰곰이 생각했다.

'작가님이 어째서 이런 질문을 하시는 걸까?'

라는 의문은 어느덧 사라지고, 그녀는 진지하게 과거를 더듬어 보았다.

짧은 시간이 흐른 뒤, 혜원은 마른 웃음을 지으며 고개를 저었다.

"별거 없더라고요."

다시금 정적이 흘렀지만 혜원은 이 적막이 조금 전만큼 묵직하지 않은 듯했다.

지훈은 천천히 혜원에게서 시선을 뗐다. 그의 입가엔 옅은 미소가 걸려 있었다.

"그렇군요."

지훈의 오피스텔은 외관부터 고급스러웠다.

깔끔한 조경과 높이 솟은 가로등 불, 주민들을 위해 마련된 편의 시설, 널찍한 외부.

번쩍거리는 고급 빌딩을 대충 눈으로 훑은 혜원은 지훈에게 물었다.

"작가님. 도착한 것 같은데, 여기가 맞나요?"

"맞습니다."

지훈의 간결한 대답에 혜원은 곧장 지갑을 열었다. 얼굴을 찌푸린 지훈이 그녀의 손을 저지하려 하자, 단호한 목소리가 흘렀다.

"회사에 청구할 거에요. 다원이 또 그런 건 칼 같거든요."

장난스럽게 웃는 그녀의 모습에 지훈은 입술을 꾹 닫았다.

'아, 보내기 싫다.'

혜원이 기사 아저씨에게 거스름돈을 계산받고 영수증까지 꼼꼼하게 챙길 동안, 지훈은 고민했다.

그는 돌아가려는 사람을 어떻게 잡아야 하는지 몰랐다. 누군가를 잡고 싶었던 적도, 곁에 있기 위해 고민을 해본 적도 없었다.

지금 당장 이혜원이 돌아가는 게 싫은데 어떻게 해야 할까.

결국 지훈은 뻔히 보이는 행동을 할 수밖에 없었다.

"으……."

멀쩡히 앉아 있던 지훈이 갑작스레 신음을 뱉어내자, 영수증을 챙기던 그녀가 고개를 휙 돌렸다. 지훈은 머리를 부여잡고 괴로운 듯 어깨를 웅크리고 있었다. 널찍한 어깨가 축 쳐진 게 안타까워, 혜원은 입술을 살짝 물었다.

"작가님, 많이 안 좋으세요?"

남자의 어깨를 다급히 감싸며 묻는 혜원의 목소리. 지훈은 스스로 제 모습이 꼴사납다고 생각했지만, 아랑곳 않고 열연을 펼쳤다.

"머리가 어지럽고 속이 답답합니다."

목을 조이고 있던 붉은색 넥타이 매듭 사이로 손가락을 집어넣은 지훈은, 넥타이를 느슨하게 잡아 풀었다.

흐트러진 모습을 단 한 번도 보여 주지 않았던 지훈이다. 혜원은 그를 택시 밖으로 끌어내렸다. 건장한 지훈의 체구에 잔뜩 긴장한 것에 비해, 그는 순순히 혜원을 따랐다.

"걸으실 수 있으시겠어요?"

"물…… 노력해 보지."

오피스텔 입구에서 지훈이 알려준 비밀번호를 누르고, 두 사람은 엘리베이터에 올랐다.

보폭이 작은 혜원 때문에 그 역시 걸음이 느려졌지만 퍽 즐거웠다. 발걸음을 나란히 맞추고 천천히 걸어가는 게 심장을 간질이는 듯했다.

승강기의 밝은 불빛이 혜원의 뺨을 밝혔다. 새삼 자신의 오피스텔 안에 그녀가 존재하는 것이 묘하게 다가왔다.

지훈은 혜원이 꼭 붙잡은 저의 왼쪽 어깨와 오른쪽 팔뚝을 번갈아 살폈다. 바짝 밀착된 혜원의 몸이, 조금 전 포옹을 했을 때보다 더욱 강렬하게 느껴졌다.

지훈은 바싹 마른 입술을 혀로 느릿하게 훑었다.

익숙지 않은 감정에 그는 피식, 코웃음을 쳤다.

'몸 상태가 안 좋은 게 아주 거짓말은 아닌 거 같은데.'

두꺼운 겨울 코트가 두 사람의 몸을 꽁꽁 감싸고 있지만, 닿아오는 신체에 심장은 여전히 울렁인다.

어쩐지, 갈증이 난다.

화려하게 장식된 현관문 앞에 서 있을 때 즈음, 혜원은 새삼 깨달았다.

'외간 남자의 집에 발을 들이는 건 또 처음이네.'

그녀는 머쓱한 얼굴로 눌리는 도어락 소리를 들었다.

'뭐, 어색하지 않다고 하면 거짓말이겠지만…….'

평소 그녀가 보았던 지훈은 '사람이 맞을까?' 싶을 정도로 늘 완벽해 보였다.

"글쎄, 정성 들여 다듬은 비수 같은 사내랄까……."

언젠가 지훈을 신랄하게 평가했던 경훈이 떠올랐다. 범상치 않은 날카로움을 품고 있던 그가 약한 모습을 보이자, 혜원은 어쩐지 가만히 있을 수가 없었다.

'이래서 모성애 없는 여자는 존재하지 않는다고 하나 봐.'

건조한 미소를 띤 혜원은 붙잡은 지훈의 어깨와 팔을 조금 더 강하게 붙들었다. 미세하게 굳어지는 근육을 알아차리지 못한 채, 그녀는 열린 현관문 사이로 지훈을 이끌었다.

밝게 불이 켜진 지훈의 오피스텔은 외관만큼이나 내부도 화려했다. 그의 성격답게 가구나 인테리어 소품은 썩 많지 않았지만, 복층으로 형성된 구조나 배치된 물건들은 하나같이 고급스러웠다.

"여기까지 고생시켜서 미안합니다."

"아니에요."

지훈의 정중한 사과에 혜원은 작게 웃었다.

"우선은 잠깐 소파에 누우실래요?"

구석구석 보이는 방이 한두 개가 아니었기에, 혜원은 그의 방을 찾기보단 소파에 눕히기로 결정했다.

지훈은 순순히 혜원의 요청을 따랐다. 지훈이 길쭉한 몸을 느긋하게 서늘한 소파에 뉘였다. 혜원은 코트를 벗어 두고는 주위를 살폈다.

공기는 싸늘하기보단 훈훈해서, 내부 온도를 고민할 필요는 없는 듯했다. 그녀는 이내 부엌으로 도도도 걸음을 옮겨 물을 따르고 가방에서 약을 꺼냈다.

그녀의 행동을 흥미롭게 바라보던 지훈이 의아한 표정을 지었다. 혜원이 약을 구입하는 것을 보지 못했기 때문이었다.

"아까 이것저것 챙겨뒀어요. 혹시 몰라서 가져오긴 했는데 알레르기에도 도움이 될지는 모르겠네요."

지훈의 시선을 느꼈는지, 그에게 물을 건네주며 혜원이 말했다.

지훈은 그녀가 챙겨준 약을 모두 삼킨 뒤 한 번 더 물을 마셨다. 감기도 잘 걸리지 않는 그의 강철 체력 덕에, 알약을 먹는 건 무척 오랜만이었다.

"코트, 벗겨 드릴까요?"

"……."

혜원의 물음에 지훈은 가만히 그녀를 올려다보았다. 소파 팔걸이에 머리를 기댄 지훈의 뺨과 목덜미 위로, 혜원의 가는 머리카락이 조금씩, 조금씩 스쳤다.

탁하게 가라앉은 지훈의 시선이 혜원의 새하얀 팔에서 조금씩 위로 올라갔다.

가느다란 어깨, 깊게 패인 쇄골, 곧게 뻗은 목울대, 가까이 숙여진 고운 턱선, 붉은 입술, 귀여운 콧방울, 말간 뺨. 그리고…….

"너무 무방비해."

혜원의 눈동자가 둥그렇게 떠지는 순간, 결국 지훈은 그녀의 손목을 거칠게 잡아끌었다.

저 눈, 과한 맑음과 빛을 담은 이혜원의 저 눈은 위험하다. 바닥을 슬금슬금 기는 듯한 낮은 어조로 지훈이 입을 열었다.

"내가, 당신에게 무슨 짓을 할 줄 알고 여기까지 올라온 거지?"

가라앉은 목소리에 혜원은 가만히 지훈을 바라보았다. 그녀의 팔뚝은 여전히 지훈에게 잡힌 상태였다. 지훈의 눈동자는 평소보다 몇 배 이상으로 번득거려, 어두운 욕망을 담아내고 있었다.

'숨이…….'

혜원은 덜컥, 심장이 떨어지는 듯했다. 그녀는 천천히 마른침을 삼켰다.

'숨이, 막혀…….'

저 새카만 눈동자와 마주하는 것이, 이리도 버거웠던가? 그에게 잡힌 손목이 화상을 입은 듯이 뜨겁다.

낯선 감각에 이 자리에서 벗어나고 싶었지만, 동시에 온기를 나누는 지금 이 순간이 싫지 않아 혜원은 혼란스러웠다.

그녀는 어지러운 머릿속을 겨우 억누르며 침착하게 입꼬리를 움직였다.

"……무슨 짓을, 하실 건가요?"

스스로가 생각하기에도 버석한 웃음이었지만, 어쩐지 동요하는 것을 그에게 들키고 싶지 않았다.

두 사람의 시선이 좀 더 강하게 얽혔다.

시리도록 깨끗한 그녀의 눈동자에, 허스키하게 울리는 매혹적인 목소리에, 지훈은 좀 더 갈증이 깊어짐을 느꼈다.

'어째서 이 여자는 행동 하나하나가 이리도 사랑스러운 거지?'

지훈의 검은 눈동자는 혜원을 옭아맸다. 더 깊고, 더 강렬하게. 남자는 너무도 명백히 저가 무엇을 원하고 있는지 알고 있었다.

'나는, 지금…….'

그가 조용히 손을 뺀으려던 때였다. 잠시 고민하던 혜원이 그의 이마에 천천히 온기를 전달했다. 작은 손을 감싸던 따스한 기운이, 지훈의 이마 사이로 새겨지듯 스며들었다.

"몸이, 안 좋으신 건가요? 열은 없으신 것 같은데……."

겨우 흔들림을 눌러낸 그녀의 목소리가 잔잔히 울렸다. 지훈은 덜컥 막혔던 숨이 트이는 기분이 들었다. 저를 똑바로 바라보는 온전한 그녀의 시선.

'내가 무슨 생각을 한 걸까.'

지훈은 착잡한 심정으로 조소를 머금었다. 나이 서른을 먹고도 자제력을 잃었다는 사실이 퍽 비참했다. 하지만 비참한 와중에도 강한 욕구는 좀처럼 가라앉지 않았다. 이 널찍한 공간이 이혜원의 향기로 채워진다는 건, 너무나 매혹적이고, 위험하다.

그녀의 향기가 제 몸을 가득히 감싸고 있다는 망상을 하며, 지훈은 필사적으로 그녀의 팔뚝을 놓았다.

혜원은 그가 놓은 제 팔뚝을 잠시 내려다보았다.

뜨겁게 달아오른 그의 피부가 멀어지자 알 수 없는 감정이 발끝부터 피어오르는 것 같았다.

그녀는 작게 고개를 흔들고는 지훈을 돌아보았다. 그는 옅은 미소를 짓고 있었다.

"너무 늦었습니다. 얼른 돌아가 봐요."

"……혼자서 괜찮으시겠어요?"

걱정이 담긴 혜원의 물음에 그의 눈동자가 잔잔히 기울었다.

아니, 괜찮지 않아. 그냥 나와 함께 있어 줘.

충동적인 요구가 튀어나올 것 같아, 지훈은 결국 느릿하게 고개를 끄덕였다.

"정말 괜찮습니다."

조금 전 어둡게 가라앉은 목소리에 비하면 퍽 가벼운 어투였다. 그를 가만히 바라보던 혜원은, 결국 부드럽게 입술을 휘었다.

"알겠습니다, 이만 돌아가 보도록 할게요."

그녀가 곧장 수긍하자 지훈은 기분이 가라앉음을 느꼈다. 순식간에 흔들리는 제 마음에, 그는 조소를 흘렸다.

자제력을 잃을까 걱정이 되어 허둥지둥 그녀를 내쫓는 꼴이라니. 그러면서도 돌아가겠다는 한마디에 이렇게나 허전함을 느끼고 있는 자신이 어리석게 느껴졌다.

어쩌면 여기까지 그녀를 데려온 게 실수였는지도 모른다. 그러나 지훈은 조금의 후회도 느끼지 않았다.

지훈은 그녀의 온기가 남아있는 이마를 구석구석 더듬으며 자리에서 일어났다. 혜원은 현관 앞에서 코트를 입고 있었다.

겉옷을 모두 걸치고 구두를 신는 그녀의 손짓 하나하나가 지훈의 눈동자에 모두 새겨졌다.

"오늘 정말 고마웠습니다."

갑작스러운 그의 목소리에, 혜원은 고개를 들어올렸다. 그녀의 고운 양발에는 구두가 모두 신겨져 있었다.

"아니에요, 푹 쉬시고 다음에 또 뵙도록 하겠습니다."

곧은 자세로 인사를 한 뒤, 혜원은 망설임 없이 지훈의 오피스텔을 빠져나갔다.

그녀가 사라진 텅 빈 현관을 가만히 바라보던 지훈은, 이내 고개를 돌렸다.

*　*　*

현관문이 닫히고 도어락이 맑은 소리를 내며 잠겼다. 싸늘하게 식은 대리석 벽면에 어깨를 기댄 혜원은, 아주 느리게 숨을 몰아쉬었다.

"내가, 당신에게 무슨 짓을 할 줄 알고 여기까지 올라온 거지?"

아직까지도 그의 목소리가 귓바퀴를 맴돈다.

그의 손길은 여전히 뜨겁게 남아 있으며, 강렬하게 다가왔던 그의 시선 역시 좀처럼 사라지지 않는다.

혜원은 가느다란 손목을 들어 올려 심장 부근을 꾹 눌러보았다.

아찔한 정도로 생경한 감각. 혜원은 잠시 눈을 감았다.

착각인 걸까?

'이상하게도, 심장이 뛰는 것 같았는데…….'

*　*　*

혜원이 돌아가고 서재로 향한 지훈은 묵직한 원목 의자에 몸을 기댔다. 잠시 천장을 훑는 그의 눈빛은 빠르지만, 급하지 않게 무언가를 좇았다.

꾀병을 부려 그녀를 집 안까지 끌어들였다는 사실이, 곱씹으면 곱씹을수록 무척 우스웠다.

'내가 이렇게 유치했던가?'

지훈은 실없는 고민을 하며 버석한 한숨을 삼켰다.

허공에 시선을 똑바로 고정한 채로 그는 심장 부근을 꾹 눌렀다. 커다란 손엔 조금의 온기도 담겨 있지 않았지만, 그는 어쩐지 따뜻하다고 느꼈다,

"이혜원."

애정을 담은 목소리가 온기를 더했다.

지훈은 비로소 실감할 수 있었다.

이 마음의 행방을, 시선의 이유를. 그녀를 향한 갈망까지도.

"너한테 사랑을 바란 내 잘못이지."

"넌 아무도 사랑할 수 없을 거야."

독하게 쏟아지던 목소리들.

참 이상하다. 신경조차 쓰지 않고 살아왔던 그 말들이, 어째서 오늘은 이리도 또렷한 걸까.

지훈은 생전 느끼지 못했던 온기와 경험할 수 없었던 감정을 너무나 깊게 알아 버렸다. 그건 너무나 갑작스러웠지만 몹시 달큰했다.

그래서일까, 처음 느껴본 단맛을 좇는 아이처럼 감정 회로가

직선이 된 것만 같았다.

그는 커다란 손으로 눈을 덮었다.

눈을 감고 생각의 문을 닫아도 혜원의 모습은 좀처럼 사라지질 않는다.

무엇은 그리 고민하는 건지 한동안 미동도 없이 앉아 있던 지훈은, 이내 자세를 바로 하고 노트북을 켰다.

* * *

혜원이 신년회 장소로 돌아왔을 땐 이미 자정을 넘긴 뒤였다. 몇몇 작가들은 돌아가기 위해 준비 중이었고, 2차에 가기 위해 쑥덕거리는 이들도 있었다.

"혜원 씨, 잘 다녀왔어요?"

유경이 후다닥 다가오더니 혜원의 오른팔을 낚아챘다. 그녀가 지훈과 나간 뒤 한참이 지나도 돌아오지 않아, 슬슬 걱정을 하던 참이었다.

"네, 잘 다녀왔어요. 그동안 별문제 없었나요?"

"늘 똑같죠, 뭐……. 그런데 박지훈 작가님은 어디가 안 좋으셨던 거래요?"

의문이 담긴 유경의 물음에 혜원은 뺨을 긁적였다.

"음, 샴페인 알레르기시래요."

"……샴페인 알레르기요?"

유경의 눈살이 우스꽝스럽게 구겨지자, 혜원은 웃음을 터뜨렸다. 이제야 긴장이 조금 풀리는 것 같았다.

혜원의 미소를 물끄러미 바라보던 유경은 구겨진 얼굴을 펼 생각이 없는 듯 더욱 역동적인 표정을 지어 보였다.

한참 생각에 잠겨 있던 그녀는, 낚아챈 혜원의 팔을 놓아주며 삐딱한 시선을 보냈다.

유경의 두 눈엔 어쩐지 의심이 덕지덕지 붙어 있는 듯 보였는데, 혜원은 곧바로 이어지는 다음 질문에 그것이 착각이 아님을 깨달을 수 있었다.

"그런 것도 있어요?"

"네, 저도 샴페인 알레르기는 처음 들어 봐서 조금 놀랐네요."

"뭐…… 별 알레르기가 다 있으니 없다고 단정 짓기는 어렵겠지만……."

유경은 무언가 마음에 들지 않다는 듯이 입술을 삐죽였다.

무시무시한 기세로 정안을 쫓아내던 지훈을 봐서 그런지 좀처럼 상상이 가질 않는다. 샴페인 알레르기에 끄응끄응 고생하는 그의 모습이.

"또 별다른 일은 없었죠?"

그저 흘리는 듯 가볍게 던진 물음일 텐데, 가만히 서 있던 혜원의 손끝이 잘게 움찔거렸다.

'무슨 일'이라…….

줄곧 유경에게 고정되어 있던 그녀의 시선이 잔떨림을 안아들고 느릿하게 움직였다. 흔들리던 깊은 눈동자는, 이내 유경이 아닌 어딘가에서 멈췄다.

"너무 무방비해."

"내가, 당신에게 무슨 짓을 할 줄 알고 여기까지 올라온 거지?"

제 손목을 거칠게 잡아끌던 지훈의 손길. 뺨을 쓸어내리는 듯 가라앉은 그의 목소리.

금세 머릿속 구석구석 침투해 버리는 조금 전의 기억에, 혜원은 그만 헛웃음을 삼키고 말았다.

그저 가볍게 던진 그의 농에 제 어깨는 형편없이 움찔거렸었다.

그때 저가 뭐라고 대답을 했더라?

떠올려 보려 했지만, 결국 실패했다.

기억도 못 할 정도로 잔뜩 동요했다는 것을 깨닫자 그녀는 조금 창피해졌다.

사내의 손길 하나에 술렁일 만큼 순진한 성격은 절대 아니었다. 그런데 어째서…… 지훈이 감싸던 제 어깨와 움켜쥔 손목, 그의 낮은 목소리에…….

"혜원 씨?"

조심스럽게 울리는 유경의 목소리.

혜원은 저도 모르는 사이 꾹, 주먹을 쥐고 있었다.

그녀는 힘을 주었던 손가락을 천천히 늘어뜨리며, 무언가를 더듬던 시선을 다시금 유경에게 고정시켰다.

"네, 없었어요."

차분히 생각을 갈무리하며 혜원은 덤덤히 대답했다.

지훈의 손길 하나에 괜스레 술렁이는 제 마음이 저도 우스웠다.

"혜원 씨, 왔어?"

그때, 돌아온 그녀를 발견한 경훈이 방정맞게 뛰어왔다.

"네, 다녀왔습니다."

"고생 정말 많았어. 박 작가님은 좀 어때?"

"괜찮으세요, 집에 도착한 뒤에는 안색도 많이 좋아지셨고요."

지훈이 반색했다.

"그래?"

"네, 혹시 몰라서 챙겨갔던 약도 드렸어요."

지훈의 건강이 무사하다는 사실에 그는 크게 안도했다. 아무래도 주최자 입장에서 사소한 일이라도 마음을 놓을 수 없었을 것이다.

지훈은 혜원의 어깨를 두드리며 신이 난 듯 외쳤다.

"그래, 그럼 빨리 홀 정리하고 2차 가야지, 2차!"

어쩐지 하이텐션인 경훈의 모습에 혜원은 재미있다는 듯 웃었다. 물론 지훈의 자택까지 들른 뒤 돌아온 터라 피로도가 높았지만, 모처럼 즐거워 보이는 그의 말을 무조건 거절 할 수는 없었다.

사원들과 어울리는 것에 큰 불만은 없었기에, 긍정의 대답을 하려던 때였다.

"네, 그래야……."

"실장님, 무슨 2차에요. 혜원 씨 피곤해서 계속 멍 때리는 거 안 보이세요?"

그때, 불쑥 끼어든 높은 목소리가 혜원의 대답을 저지했다. 갑작스러운 여인의 등장에 혜원은 놀란 듯 눈을 동그랗게 떴다.

"……대리님?"

재희였다.

"엉? 혜원 씨, 피곤해?"

"당연하죠. '그' 박지훈 작가님을 자택까지 모셔다 드리고 왔는데 쌩쌩하겠어요?"

"아이고, 그건 그렇겠네. 미안해, 혜원 씨. 그냥 들어갈래?"

경훈이 눈꼬리를 축 늘어뜨리고 물어오자, 혜원은 조금 난감했다. 그러나 난감함을 느낄 새도 없이 재희가 경훈을 질책했다.

"뭘 또 그런 걸 물어보세요? 혜원 씨, 그냥 들어가."

경훈의 말에 딴지를 걸 수 있는 사람은, 소설 팀 내에선 오직 재희뿐이다.

두 사람은 같은 팀으로 일한 지도 유독 오래되었고, 호흡도 좋았다. 업무적으론 재희가 경훈에게 의지를 많이 하는 편이지만,

그 외적으론 농담을 칠 정도로 사이가 좋았다.

"저 2차 가도 괜찮습니다."

"고집 부리지 마. 자기 다리 부들부들 떨리고 있는 것도 모르지?"

높은 하이힐에 비명을 지르는 발가락들을 눈치챘나 보다. 확실히 구두는 오랜만이라 벌써 물집이 가득 잡혀 있었다.

"뒷정리도 거의 끝났으니까, 혜원 씨는 신경 쓰지 말고 들어가."

혜원은 어쩐지, 핀잔하는 어투의 재희의 목소리가 싫지 않았다. 조금 전 정안 때문에 분노하던 그녀의 얼굴색은 많이 풀린 듯 보여, 혜원은 진심으로 다행이라 생각했다.

사원들과 2차까지 함께하면 참 좋겠지만, 안타깝게도 혜원의 머리를 온통 지배하는 것은 침대를 향한 갈망이었다.

결국 그녀는 최대한 성실히 신년회 파티를 마무리한 뒤, 집으로 돌아가는 일부 직원들의 대열에 합류할 수 있었다.

"오늘 고생 많았어."

가방을 챙기는 혜원에게 다가온 재희가 불쑥 말했다.

"대리님도 오늘 정말 고생 많으셨어요."

"그래."

"2차 빼 주셔서 감사합니다."

"알아."

한결같이 쿨한 모습에, 혜원은 웃음을 터뜨렸다.

평소 혜원의 웃음을 무척 좋아하던 재희였기에 도도하던 표정이 금세 부드럽게 풀어졌다.

몸을 짓누르는 피로와는 별개로, 그녀는 몹시 시원하다고 생각했다.

지훈의 담당자가 된 뒤로 재희와 저 사이엔 높고 두터운 벽이 있었다.

타인과의 거리감에 서운함을 느끼는 것은 무척 오랜만이었기에 더욱 다루기 어려웠던 벽이었다. 그 무지막지한 벽이, 비로소 오늘 어느 정도 정리가 된 것 같아 기뻤다.

"정말, 감사합니다."

진심이 담긴 그녀의 인사에 재희는 옅은 미소를 지었다. 금세 사라져 혜원은 미처 보지 못한, 잔잔한 미소였다.

"그럼, 다음 주에 뵐게요."

깊게 고개를 숙인 혜원은 재희의 인사를 받으며 홀을 빠져나왔다.

짧은 사이에 참 많은 일이 있었던 것 같다. 여러 인물들을 상대하는 피곤한 시간이었지만, 기분은 썩 괜찮았다.

'박 작가님은 푹 쉬고 계시려나…….'

또다시 불쑥 머릿속을 채운 지훈의 모습에, 혜원은 결국 작게 웃어 버렸다.

조금 전과 같은 갑작스러움이었지만 술렁이던 감정은 많이 가라앉아 있었다.

동시에 시무룩한 얼굴로 제 병명을 밝히던 지훈의 모습이 떠올랐다. 혜원은 한 번 더 웃었다.

그녀는 짧은 고민 뒤, 도착하기 전에 안부 문자라도 한 통 넣어 드려야겠다고 다짐했다.

높은 구두를 벗고 뜨거운 물에 몸을 담그는 상상을 하며 혜원은 서둘러 근처 택시 정거장으로 향했다.

지훈의 집으로 향했을 때보다 거리는 훨씬 한산했다. 빠르게 스쳐 지나가는 바깥을 멍하니 바라보다 보니, 어느덧 그녀의 동네에 다다랐다. 낡은 빌라들이 빼곡하게 즐비한, 익숙하지만 어둔 골목에 들어선 순간 혜원은 깊은 편안함을 느꼈다.

혜원은 평소 택시를 탈 땐 대체로 골목 들어가기 전에 내리는 편이었지만, 오늘은 빌라 코앞에서 내릴 예정이었다. 그만큼 몸이 무거웠고 피로도가 높았다.

"수고하세요."

오늘 택시비로 쓴 돈만 거의 십만 원을 웃돈다. 그중 대부분은 회사에 청구할 예정이긴 하지만, 오랜만에 사치를 부리는 것 같아 혜원은 조금 웃음이 나왔다.

빌라로 향하다 보니 문득 근처 주차장에 세워진 승용차 한 대가 눈에 띄었다. 시커먼 자동차는 어둠에 대부분 먹혀 있었지만, 상당히 값비싸 보였다.

번쩍거리는 차체가 어쩐지 익숙해 고개를 갸웃거리던 그녀는 이내 시선을 뗐다.

외제차든, 국내차든, 비싸든, 싸든, 그녀에게 차는 아무리 봐도 그게 그거 같았다.

'집에 물이 있던가.'

따위의 영양가 없는 생각을 하며 빌라에 발을 들이던 그때였다.

"안녕, 이혜원."

* * *

전자제품 거리를 지나면 자그마한 약국 하나가 나온다. 정태는 30여 년의 세월을 보낸 붉은 간판을 돌아 좁은 골목을 따라 올라갔다.

울퉁불퉁한 아스팔트길을 내지르는 걸음은 거침이 없다. 발끝에 툭툭 치이는 돌멩이들이 거슬렸지만, 정태는 그저 주위를 두리번거릴 뿐이었다.

"후우, 이쯤이었던 것 같은데."

입맛을 쩝 다시던 남자는 쩍쩍 갈리진 회색 길에 침을 퉤 뱉었다.

'지금이 담배나 태우면서 멍 때릴 때야?!'

'그 골목에서 치운 시체만 벌써 세 구라고. 네놈 책상도 함

께 치우고 싶지 않으면 움직여, 인마!'

귓속을 후벼 파던 지 반장의 목소리가 아직도 선하다.

유쾌하지 않은 걸걸한 소음이 머릿속에 침투하자 정태는 담배 끝을 잘근잘근 씹었다.

참을 인 자를 몇 번이고 새겨 보아도 무엇 하나 맞지 않는 이가 있다. 지 반장이 꼭 그러했는데, 그런 이와 공생하는 것은 무척 피곤하다.

그를 떠올리니 속이 답답해지고 숨이 턱턱 막히는 것 같았다.

[두청로]

뜻도 모를 이름의 탁한 거리는 살인사건의 현장답지 않았다. 흐리멍덩한 동태눈깔을 한 노인들, 노인들, 노인들.

이 후덥지근한 골목에서 하루라도 빨리 벗어나고 싶다 느낄 때, 그는 아주 작은 풍경 소리를 들었다.

그건 찰나의 순간 머릿속을 텅 비울 만큼 맑았다.

담배 개비를 대충 근처 쓰레기 더미에 집어 던진 정태는 저도 모르게 그 소리를 따라 시선을 움직였다. 그의 눈을 가득 채운 것은 다 쓰러질듯 허름한 자태의 슈퍼마켓이었다.

[희망슈퍼]

희망도 뭣도 없어 뵈는 낡은 동네. 그 속에서 [희망슈퍼]는 무척이나 이질적이었다.

끼릭끼릭.

삐걱거리는 철제 미닫이문이 간신히 열렸다.

그 음습한 가게 안에서 창백한 얼굴의 여자가 시커먼 봉투를 들고 나왔다.

그는, 맑은 풍경 소리를 한 번 더 들었다.

'그 마을엔 괴물이 있어.'

'그 여자는 진짜야. 눈을 봤어?'

'눈을 보면 안 돼.'

'그 눈을 보면…….'

– 『그 여름의 골목』 24p 中

제 6 장

우리가 만났던

Side Story 1

김준원

타인의 관심과 호의에 익숙한 이들이 간혹 있다. 모든 것의 중심에 있고 늘 주변의 시선을 받는 존재.

준원은 본인이 그러한 부류라는 것을, 어렸을 적부터 너무나 잘 알고 있었다.

아이돌처럼 곱상하지만 훤칠한 체구, 어렸을 적부터 학교 공부는 전혀 어렵지 않았고, 시험 성적도 좋았다. 성격은 유쾌하고 능동적. 예체능을 전공하는 데 전혀 무리 없는 집안에서 태어나 금전적으로도 부족한 것 없이 자랐다.

그는 이 모든 것들이 너무나 당연했다. 뭐 하나 빠지는 것 없이 이렇게 빛이 나는데 사람들의 시선이 따르지 않을 리가 없었다.

이런 오만한 생각에 물들어가던 준원은, 본인이 사람들의 우위에 서 있다는 것에 자연스러워졌다.

저에게 잘 보이기 위해 이것저것 노력하고 눈치 보는 모습들이 한심한 한편 재미있었다.

그는 모든 이들의 뜨거운 관심을 받으며 화려한 학창 시절을 보냈고, 스무 살이 되었다.

누구나 부러워할 명문대 입학 후, 난다 긴다 하는 놈들 사이에서도 그는 유난히 눈에 띄었다.

사진학과라는 그럴듯한 간판과 우월한 피지컬은 사람들의 흥미를 끌기 충분했다.

그러나 그맘때 즈음, 준원은 저에게 기대어오는 이들이 점점 귀찮아졌다.

나이의 앞자리가 바뀐다는 건 생각보다 많은 것을 변하게 만드는 걸까?

저의 환심을 사려는 멍청한 인간들을 구경하는 게 더 이상 즐겁지가 않았다.

"준원 오빠, 오늘 저녁에 '골든비'로 놀러 와요!"

"준원아! 사진 동아리 모임, 참석할 거지?"

"선배! 이번에는 꼭 오시는 거죠?"

"준원이 형—"

준원, 준원, 준원.

어쩌면 고등학교를 갓 졸업한 이들에게 너무나 많은 기대를 했던 걸지도 모른다. 조금 더 다른 즐거움을 주겠지, 다른 흥미를 이끌어 내겠지.

그러나 높은 성적으로 입학했다는 게 믿겨지지 않을 만큼 그들은 수준 이하였고 때로 천박하기까지 했다.

결국 준원은 기대를 접었다. 주변에 바글거리는 사람들이 그의 흥미를 조금도 유발시키지 못한다는 것을 깨달았기 때문이었다.

값비싼 카메라로 의미 없는 사진들을 찍어대며 1년이라는 시간을 보냈다. 금세 2학년으로 진급했지만, 신입생 때와 별반 다를 건 없었다.

지루하고 시시한 것들의 연속.

그렇게 시간을 흘려보내며 과제를 위해 모델과 학생들을 뒤적거리던 때에 준원은 수정을 만났다.

그녀는 꽤 예쁘장했고, 과제 주제와 외모도 어느 정도 일치했다. 그는 망설임 없이 수정에게 모델 제의를 했다. 수정을 섭외하는 건 침을 뱉는 것보다 쉬웠다.

그렇게 가벼이 어울리던 그녀가 고백을 해온 게, 2학년 여름방학을 앞둔 때였다.

"오빠, 내가 오빠 좋아하는 거 알고 있죠? 어차피 저만큼 예쁜 사람 찾기 힘들어요. 오빠도 괜히 고생 말고 저랑 연애나 해요."

너보다 예쁜 애들은 널렸어.

라고 말해 주고 싶었지만, 그녀의 근거 없는 자신감이 썩 나쁘진 않았다. 준원은 비웃음 대신 한껏 꾸며낸 미소를 지었다. 입꼬리가 예쁘게 올라간 시원한 미소였다.

"그러든가."

그의 화답에 수정은 꺄르르거리며 좋아했다.

설렘도 뭣도 없는, 매번 같은 연애를 그는 또다시 반복하듯 시작했다. 이젠 지겹다는 감정마저 무뎌지는 것 같았다.

수정은 자기중심적이었고, 자유롭기를 바랐다.

준원은 그녀에게서 그 부분만이 유일하다시피 마음에 들었다.

"저 다음 달에 유학 가요."

군 면제를 받고 한가로이 하루하루를 보내던 4학년 초. 수정이 유학을 결심한 사실을 알렸다.

잔잔한 재즈 음악이 흐르던 교내 카페에서, 준원은 가볍게 고개를 끄덕이며 말했다.

"그래, 잘 가."

"……그게 다예요?"

"그리고 헤어지자."

수정의 예쁘장한 얼굴이 와락 일그러졌다.

금방이라도 소리를 지를 것 같은 표정이었지만, 그녀는 그저 입술을 지그시 물 뿐이었다.

그녀는 자존심이 무척 강했다. 애초에 수정이 저를 잡지 않으리라는 걸 준원은 완벽히 파악하고 있었다. 그의 예상대로 수정은 준원을 잡지 않았다.

그저 자그마한 핸드백을 어깨에 걸고는 미련 없이 카페를 빠져나갔다.

영화나 드라마 속 여자처럼 물을 끼얹지도, 울지도 않았지만 그녀의 모습은 충분히 표독스러워 보였다.

"예스, 신기록 달성."

준원은 키득거리며 남은 커피를 들이켰다. 워낙 찾는 이들이 많은 몸이었기에, 예전부터 여자를 사귀면 1년은커녕 몇 달을 넘기는 것이 어려웠다. 그런데 2년이라니.

새로 달성한 기록에 기분이 좋아졌는지 준원은 연신 콧노래를 부르며 창밖을 바라보았다. 높은 하늘은 두 눈이 시릴 정도로 푸르고 맑았다.

'사진이나 찍으러 갈까.'

라고 생각하며 준원은 한가로운 시간을 즐겼다.

이혜원을 만난 건…… 그래, 완벽한 우연이었다.

준원은 애들 장난 같아 한 번도 참석하지 않았던 대학 축제에 억지로 어울리게 되었다.

충분히 뿌리칠 수 있었겠지만, 졸업을 앞둔 그는 의욕이라고는 전부 사라진 상태였다.

졸업반이라 다들 면접이며, 스펙, 이력서 등 취업 관련으로 정신없겠지만 그는 전혀 그렇지 않았다.

어차피 집안에서 개인 스튜디오를 마련해 주기로 얘기가 끝났고, 어느 정도 한국에서 경력을 쌓다가 유학을 갈 예정이었으니까.

어느 과에서 운영하는지도 모를 야간 주점 테이블에 앉으며 준원은 생각했다.

'내가 지금 여기서 뭘 하고 있는 건지.'

사람들은 북적였고 서빙을 보는 학생들은 굼떴다. 한참을 기다렸는데도 흔한 물컵 하나 나오지 않자, 동행했던 녀석들이 화를 내기 시작했다.

"네, 갑니다—"

준원이 요란하고 정신없는 상황에 조소를 머금을 때 한 여자가 야무지게 대답을 하며 뛰어왔다. 조금도 높지 않은, 약간의 허스키함을 담은 목소리였지만 놀랍도록 청량한 느낌이 들었다.

준원은 휴대폰만 바라보던 눈동자를 천천히 들어올렸다. 하얀 얼굴에 약간 갈색빛인 머리카락을 높게 틀어 묶은 여자가 코앞에 서 있었다. 키는 조금 컸지만, 목선이며 어깨 라인이 예쁜 여자였다.

"저기요, 우리 얼마나 기다린 줄 아세요?"

"저쪽 테이블 우리보다 나중에 왔는데 벌써 음식 나왔잖아요. 지금 장난해요?"

"장사를 뭐 이렇게 해?"

여자가 다가오자 다들 입을 모아 그녀에게 불만을 털어놓았다.

"네, 죄송합니다. 주문하시면 음식은 금방 가져다드릴게요."

"참 나, 말은 잘하네."

"메뉴판이나 내놔요."

과한 비난에 당황하거나 눈시울을 붉힐 법도 한데, 여자는 오히려 입꼬리를 슬쩍 올리며 고개를 끄덕였다. 보는 이가 감탄할 만큼 부드럽고 다정한 미소였다.

"네, 천천히 보시고 말씀주세요."

준원은 물끄러미 여자를 바라보았다.

조금 수수해 보이는 외모가 썩 취향은 아니었지만, 어쩐지 계속 시선이 갔다.

"저기요, 우리 오래 기다렸는데 서비스 줘요."

"맞아, 술은 얼마 시키지도 않았으니까 몇 병 그냥 주세요."

일행의 무리한 부탁에 준원은 미간을 일그러트렸다. 그러나 여자는 타인이 듣기에도 인상이 구겨지는 말을 묵묵히 듣고는,

정중히 고개를 저었다.

"죄송하지만, 저흰 서비스를 드리지 않습니다."

생각보다 강단 있고 단호한 대답에 준원은 흥미를 느꼈다.

호리호리한 체격 때문일까, 무척 가녀리게 느껴졌던 여자가 더 이상 약해 보이지 않았다.

덩치 큰 남학생들과 진하게 화장을 한 여학생들 사이에서 혜원은 유난히 깨끗하고 맑아 보였다.

마치,

'청정 지역 같아.'

준원은 우스운 생각을 하며 어깨를 으쓱였다.

지루함에 늘어지던 기분은, 저도 모르는 사이 점점 위로 끌어올려져 있었다.

"내가 살 테니까 그냥 시켜."

아우성치던 녀석들의 주둥이가 준원의 한마디에 모두 다물어졌다.

'병신 같은 새끼들.'

그는 속으로 신랄하게 욕설을 뱉으며, 여자를 조금 더 관찰했다.

그녀는 쏟아지는 주문들을 참을성 있게 모두 들은 뒤 자리를 떴다.

그녀의 말대로 음식은 그럭저럭 일찍 나왔다. 닭발과 골뱅이 무침 따위들을 흥미 없는 눈초리로 훑어보던 때에, 접시를 옮기는 하얀 손이 그의 시야에 들어왔다.

곧고 길쭉한 손가락. 상대의 신체 부위에 이렇게 시선을 빼앗긴 적이 있었던가, 싶을 만큼 준원은 집요하게 여자를 훑어보고 있었다.

그러나 여자는 금세 자리를 떴고, 준원도 안주 몇 점 집어먹고는 젓가락을 내려놓았다. 그 후 여자는 준원의 테이블에 오지 않았다.

잠깐 자리를 비웠거나 저녁을 먹으러 갔을 수도 있겠다. 어찌 되었든 여자가 시야에서 사라지자, 준원도 더 이상 그녀를 좇지 않았다.

그러나 그날 보았던 그 여자의 이름이 '이혜원'임을 알게 된 건, 정확히 2주 후였다.

"……어?"

준원은 저도 모르게 큰소리를 뱉어냈다. 전공 수업이 이루어지는 강의실 앞에, 얼마 전 보았던 여자가 서 있었기 때문이었다.

야간 주점에서 묵묵히 서빙을 보던 그 여자.

준원의 시선이 똑바로 박히자 여자는 고개를 갸웃거렸다. 준원은 아랑곳하지 않고 물었다.

"사진과였어요?"

사진과 정원이 적은 편은 아니지만, 4년 동안 나름대로 착실히 수업에 참석했기에 동기 얼굴 정도는 머릿속에 박아두고 있었다.

그런데 왜 몰랐을까? 평범하게 생겨서?

준원은 다시 한 번 여자를 뜯어보았다.

화려하게 생겼다곤 말할 수 없겠지만, 확실히 평범한 얼굴은 아니다.

깨끗한 피부라든가, 어쩐지 깊어 보이는 눈이라든가…….

"아뇨."

준원이 상념에 빠져있을 때 여자 특유의 잔잔한 목소리가 들렸다. 준원은 바보처럼 되묻고 말았다.

"……네?"

"사진과 아니에요."

여자가 부드러운 미소를 지었다.

"친구가 사진과고요, 전 그냥 줄 게 있어서 온 거예요."

그때, 조곤조곤 적당히 상황 설명을 하는 그녀의 어깨를 누군가 두드렸다.

"이혜원!"

같은 과 동기인 여자아이였다. 뭐든 적당히 어울리고, 목소리를 높이지 않는 흔한 위치의 아이였다. 그녀는 준원을 흘긋 쳐다본 뒤 제 친구에게 고개를 돌렸다.

여자의 이름이 '혜원'이란 것을 곱씹을 때 즈음에, 무언가를 받아든 여학생은 강의실 안으로 쏙 들어갔다.

들어가기 전 손가락으로 무언가 누르는 시늉을 한 것으로 보아, 후에 준원에 대한 이야기를 떠들지도 모르겠다. 준원은 어깨를 으쓱이곤 다시 '혜원'을 바라보았다.

그녀는 제 할 일을 모두 끝냈다고 생각했는지 가벼운 발걸음으로 등을 돌렸다. 준원은 저도 모르게 멀어지는 혜원의 손목을 가볍게 잡아챘다.

어쩐지, 준원은 묻고 싶었다.

"나 기억해요?"

그 바쁘던 야간 주점. 학생들은 끼니도 제대로 챙기지 못하고 서빙을 보고 일을 한다. 수많은 학생들 중에서 단 한 명을 기억하기는 어렵겠지만, 준원은 늘 어디에서나 주목받고 눈에 띈다.

그러니, 자신을 기억하지 못할 리 없다.

"네, 기억해요. 축제 때 국문학과 야간 주점에 오셨던 분이죠?"

혜원이 작게 고개를 끄덕이며 말했다.

"너무 미남이셔서 기억하고 있어요."

누가 들어도 무덤덤한 어투였지만, 그녀는 재미있다는 듯 키득거렸다. 그 장난스러운 웃음소리가 간지러워 준원은 순간 입술을 꾹 닫았다.

"그럼 수고하세요."

혜원은 깍듯하게 고개를 숙이고는 자리를 떴다. 준원은 멀어지는 여자를 잡지 못했다. 눈에 띄는 저를 사람들이 기억하는 건 너무나 당연했다.

그런데 어째서, 저 여자의 한마디에 이렇게 기쁜 마음이 드는 걸까?

수정의 머리를 팔에서 치우며 준원은 생각했다.

'내가 왜 얘랑 여기에 있는 거지?'

익숙한 높은 천장, 벌거벗은 채 안겨 있는 수정, 잔뜩 구겨진 침대 시트.

'아, 맞다.'

몽롱한 눈빛으로 허공을 훑은 것도 잠시, 이내 준원은 고개를 끄덕였다.

'나 얘랑 어제 잤지.'

준원은 몸을 일으켰다.

휴대폰으로 시간을 확인하니, 크리스마스는 이미 깨끗하게 지나 있었다.

참 의미 없는 크리스마스를 보냈다고 여기며 그는 차게 식은 목욕 가운을 몸에 걸쳤다. 덮고 있던 이불이 흘러내려 수정의 새하얀 나신이 훤히 드러났지만, 준원은 이불을 정리해줄 생각 따윈 없어 보였다.

그는 뜨거운 물로 샤워를 했다.

어쩐지 이혜원 꿈을 꾼 것 같기도 한데, 도무지 기억나질 않는다.

이맘때 즈음 항상 그녀와 온종일 시간을 보냈기 때문일까. 어쩐지 계속 이혜원 생각이 난다.

더듬더듬 혜원을 떠올리다 보면 준원은 헛웃음이 나왔다. 5년 동안이나 사귀었지만, 그가 기억하는 그녀의 표정과 감정은 그리 많지 않았다.

그가 좋아하는 부드럽고 깨끗한 미소, 차분하게 가라앉은 눈동자.

그러나 혜원은 단 한 번도 그에게 소리를 지르거나 화를 낸 적이 없었다. 그가 갑작스럽게 유학을 통보했을 때에도, 그녀는 잔잔한 미소를 띠우며 말했다.

"이왕 가는 거 잘 다녀와. 보고 싶어서 큰일 났네."

준원은 그 말을 듣고 기운이 탁 풀려버렸다. 무엇을 기대했을까?

조금 더 서운해하기를, 왜 혼자 결정하느냐며 화를 내기를, 보내기 싫다며 눈물이라도…….

준원은 주먹을 꽉 말아 쥐었다.

그녀는 서운해하지도, 화를 내지도, 울지도 않았다. 지난 달, 그녀를 배신하고 일방적으로 이별을 고했을 때조차.

혜원은 항상 차분하고 덤덤하다. 매번 뜨거운 사랑만을 받아왔던 준원에게 그녀의 그런 모습은 분명 다른 매력으로 다가왔다.

하지만 그녀의 한결같은 모습에 지치고, 질리고, 귀찮음이 생겼다. 그녀의 매력이 더 이상 보이지도, 기억나지도 않았다.

'그런데…….'

"결혼해 주세요."

"이, 쓰레기랑."

준원은 어쩐지 그때의 혜원을 떠올릴 때마다 뱃속 깊은 곳에서 무언가 끓어오르는 느낌을 받았다.

고조 없던 이혜원의 눈동자가 크게 일렁인 순간, 준원은 통쾌했다.

그러나 금세 표정을 갈무리하는 그녀의 모습에 웃음이 터지던 입가가 거짓말처럼 굳어졌다.

'어째서 너는…… 대체 왜!'

그때 준원은 느꼈다.

그가 혜원에게 줄곧 바란 것은, 진정한 이별이 아닌 저를 붙잡는 강한 의지였으리라.

그러나 혜원은 너무나 쉽게 준원을 놓았다.

보이지 않는 곳에서 아파하고, 고민하고, 슬퍼하는 그녀의 성격 따윈 이미 짜증이 치밀 정도로 잘 알고 있었다. 다만, 준원은 바랐다.

나에게 진심으로 기대 주기를.

아픔을 목 놓아 외쳐 주기를.

조금 더…… 마음을 열어 주기를.

위로해 줄 수 없는 곳에서 혼자 아파하고 우는 이혜원은 증오스러울 정도로 싫었다.

준원은 찬물을 틀고는 온기를 머금은 몸을 거침없이 들이밀었다. 샤워기에서 쏟아지는 물줄기가 몸 구석구석을 아프게 때렸다.

깊어지는 생각에 정신을 깨기 위함이었지만, 몸이 식으면 식을수록 오히려 혜원의 모습이 또렷해졌다.

준원은 또다시, 그녀를 버렸던 그 자그마한 카페에 앉아 있었다.

그 후 준원의 일상에서 이혜원이란 여자가 사라졌다. 준원의 거처와 작업실을 떠돌던 그녀의 물건은 주인을 잃었고, 그녀와의 추억은 알 수 없는 혼란을 일으켰다.

분명 저가 끊어낸 인연인데.

너무나 선명하던 그녀가 한순간 빠져나가자 준원의 허무는 생각보다 깊었다. 이별의 순간에도, 이별 후에도 혜원은 그녀다웠다.

이러한 감정들의 시작이 무엇 때문인지는 잘 모르겠다. 미련인지, 후회인지, 그리움인지.

그러나 이것만큼은 확실했다.

준원은 최근, 혜원이 몹시 보고 싶었다.

* * *

사람은 참 이상하다.

모든 게 괜찮아졌다 여기고 실제 마음이 그러해도, 막상 그것과 관련된 상황에 처한 순간 머릿속이 하얗게 변한다.

물론 그게 미련 때문이 아니라는 것은 그녀도 잘 알고 있다. 이런 우스운 상황에서 말문이 막히는 건, 누구라도 당연할 테니까.

우뚝 멈춰 선 혜원은 미동도 없이 어느 한곳을 응시했다. 그녀가 아무런 행동도 하지 않자, 혜원의 걸음을 잡은 유쾌한 목소리가 한 번 더 그녀의 뺨을 스쳤다.

익숙한 인물에게 받는 것치곤 몹시 생경한 기운에 혜원은 잠시 미간을 구겼다.

"대답이 없네. '안녕'이라니까?"

어둠 속에 자리 잡은 인영이 천천히 움직이자, 빌라 입구에 설치해둔 센서 조명이 밝게 켜졌다.

적막이 흐르던 구석구석에 환한 조명 빛이 비치자 가라앉은 소리도, 공기도 제 존재를 찾았다.

만약 그것들이 소리를 낼 수 있다면 아마도 제각각 깔깔거리며 웃고 있으리라.

그렇다면 그 웃음은 저를 비웃는 걸까, 아니면 이 상황을 비웃는 걸까.

혜원은 확신했다.

이 높디높은 웃음소리는, 현재의 상황을 비웃는 내 목소리이다.

혜원은 조명 빛에 밝혀진 익숙한 사내의 얼굴을 물끄러미 바라보았다. 가라앉은 검은색 머리카락과 붉은 코트가 그의 화려한 얼굴을 더욱 돋보이게 해주었다.

준원은 여전히 화려하고, 근사했다.

이별의 고뇌, 후회 따위는 그의 얼굴에서 조금도 찾을 수 없었다.

"……오랜만이네."

여전히 차분한 혜원의 목소리에 준원은 웃었다.

조금 큰 웃음소리. 흔들리는 어깨. 휘어지는 얇은 눈매.

그러나 그 웃음은 어쩐지 매우 메말라 보였다.

입가가 움직일 때마다 버석거리는 소리가 날 것만 같아, 혜원은 또 한 번 미미하게 얼굴을 구겼다.

"넌 항상 표정이 너무 딱딱해. 내가 안 반가워?"

환하게 올라간 입꼬리와는 다르게, 그의 눈은 싸늘했다. 그 시선이 무엇을 담아내고 있는지는 모르겠지만 썩 유쾌하진 않았다.

그의 노골적인 시선을 조용히 받으며, 혜원은 코트 주머니에 손을 집어넣었다. 싸늘하게 식은 손끝이 아주 약간의 온기를 찾은 듯했다.

찬 기운을 머금은 입술이 열렸다.

"응, 별로 반갑진 않아."

"이혜원 입에서 안 반갑다는 소리가 나오니까, 기분 별로네."

혜원은 기분이 참 이상했다.

왜 지금 준원이 제 집 앞에 있는 것이며, 왜 그와 얼굴을 마주하고 있는 것일까?

대체 왜 나는 지금 김준원과 이런 시시한 대화를 나누고 있는 거지?

그녀는 여전히 아려오는 발끝을 오므리며 시간을 확인했다. 12시 50분. 옛 연인과 대화를 나누기에 썩 적절한 시간은 아닌 듯 보였다.

'물론 언제든 반갑지 않겠지만.'

그녀는 혼잣말을 삼키며 물었다.

"여기서 뭐하는 건데?"

"널 기다렸지."

그의 능청스러운 대답에 혜원은 혀를 찼다.

"날 기다렸다고?"

"그래."

'나를 왜 기다렸는데?'라는 말이 머릿속을 맴돌았지만, 그녀는 묻지 않았다.

그저 쉬고 싶었다. 이 지독한 구두를 벗어던지고, 화려한 원피스를 벗고, 포근한 침대에 눕고 싶었다.

혜원은 지친 목소리로 말했다.

"날 기다리기에 적당한 시간은 아닌 것 같은데."

"널 언제 볼 수 있는지 정도는 알고 있어."

"……뭐?"

"너 오늘 출판사 신년회잖아."

"……."

"평소보다 좀 늦었네? 아무리 회사 행사여도 원래 자정 넘기기 전엔 들어왔잖아."

혜원은 주절주절 떠드는 준원을 물끄러미 바라보았다.

우리가 헤어진 게 맞나? 싶을 정도로 그의 태도는 스스럼없었다. 마치 연인에게 서프라이즈 이벤트를 해주는 자상한 남자처럼.

조금 전 그의 모습에 당황했던 자신이 무척 바보스럽게 느껴졌다. 저의 한심함을 깨달을수록, 새벽의 찬 공기를 마시며 바깥에서 있어야 할 이유는 점점 모호해져 갔다.

그리고 혜원은, 이유도 모호한 일에 구태여 힘을 쏟고 싶지 않았다.

"돌아가."

혜원은 피곤한 얼굴로 준원을 지나쳤다. 꺼졌던 전등에 다시 불이 들어오자, 커다란 손이 혜원의 가느다란 손목을 붙잡았다.

생각보다 강한 악력에 그녀는 조금 비틀거렸다. 순간적으로 자세를 바로 한 혜원은 뒤를 흘긋, 돌아보았다.

준원이 눈매를 날카롭게 빛내며 혜원을 노려보고 있었다. 조금 전 생글생글 웃던 얼굴과는 전혀 딴판인 모습이었다.

혜원은 순간 말문이 막혔다. 그의 흉흉한 눈초리에 겁을 먹어서가 아니었다. 그녀는 그저, 진심으로 준원을 이해할 수 없었다.

몇 달 전. 올해의 첫눈이 펑펑 내리던 날. 좀처럼 잊지 못할 추위를 선물하고 제 발로 떠나간 남자였다.

그런데 대체 왜, 저렇게 화가 난 표정으로 지친 저를 아프게 붙잡는 걸까.

"내가 널, 기다렸다고 하잖아, 혜원아."

찍어 누르듯 뱉어낸 그의 목소리에 혜원은 한숨을 쉬었다. 누가 보면 꼭 저가 준원에게 몹쓸 짓을 하는 줄 알겠다.

"……준원아."

피로를 흘리듯 뱉어진 제 이름에 준원의 눈썹이 약간 움찔거렸다.

그가 동요하든 말든, 혜원은 또 한 번 놀라고 말았다.

제 손목을 꽉 움켜쥔 준원의 손길이 생각보다 무척 불쾌했기 때문이다.

'김준원이란 사람이 이렇게 불쾌한 남자였던가?'

잠시 허공을 훑던 혜원은, 시선을 돌려 준원을 바라보았다.

손목은 여전히 잡혀 있는 채였고 불쾌함도 여전했지만, 크게 신경 쓰지 않으려 노력했다. 그저 그와의 실랑이를 빨리 끝내고 싶었다.

결국 혜원은 작은 한숨을 내쉰 뒤, 피곤한 몸을 틀어 준원과 정면으로 마주했다. 준원의 깨끗한 얼굴이 두 눈 가득 들어찼다.

"말해. 들어줄게."

"……."

"왜 이 늦은 시간에 날 찾아왔어?"

혜원의 표정 없는 얼굴에 준원은 미간을 찌푸렸다. 그녀가 평소 차분한 성격인 건 맞지만, 이렇게 쌀쌀맞은 모습을 보는 건 처음이었다.

준원은 저가 왜 그녀를 찾아왔는지 쉽게 말할 수 없었다. 스스로가 생각해도 너무나 충동적인 행동이었기 때문이다. 그저 오늘따라 유독 그녀가 보고 싶었고, 생각났고, 그리웠다.

스케줄을 모두 소화하고 작업실을 나오니 시간은 자정을 향해 빠르게 달리고 있었다. 분명 피곤한 몸을 이끌고 제 오피스텔로 향하려 했지만, 정신을 차려 보니 그녀의 집 앞이었다.

습관이란 건 정말이지 무섭다.

크게는 계절, 작게는 날짜만 보고도 이혜원이 무엇을 할지 파악 가능하다. 이건 생각보다 피곤한 일이었지만, 나쁘진 않았다. 덕분에 이 늦은 시간에도 이혜원의 얼굴을 볼 수 있지 않은가?

그가 사납게 빛나던 눈을 천천히 가라앉혔다.

이 늦은 시간, 그녀를 찾아온 유일한 이유.

"보고 싶어서."

그의 묵직한 한마디가 혜원에게 진심을 담아 뻗어왔다. 조용한 적막이 내려앉은 어둔 빌라 입구. 어느새 두 사람은 추위마저 잊은 듯, 미동도 없이 서 있었다.

"무엇을 보고 있는 겁니까?"

순간 혜원은 막혀 있던 숨이 탁 트이는 것만 같았다.

준원과 마주 보고 있는 지금, 가장 먼저 떠오른 것은 이상하게도 묵직한 지훈의 목소리였다.

"과거를 봤어요."

"과거는 어떻던가요?"

'나의 과거.'

혜원은 고통스럽게 구겨진 발가락 끝에 단단히 힘을 주고 섰다.

그러고는 '나의 과거'를 똑바로 마주 보았다.

"별거 없더라고요."

"그렇군요."

그러자 거짓말처럼 준원의 모습과 색깔이 분명하게 보였다.

지금까지 마주 보고 있었다는 게 거짓말이라는 듯, 그의 모습이 너무나 또렷이 새겨졌다.

그의 모습은 더 이상 근사하지도, 반짝이지도 않았다.

그래 참, 별거 없구나.

나의 과거는.

"신기하지."

얼어붙은 흐름을 깨트린 것은 혜원이었다.

"연애를 하는 내내, 난 너에게 어떤 의미일까 늘 궁금했었어."

"……."

"그런데 이제야 좀 알 것 같아."

그녀는 가만히 눈을 감았다. 잠시 숨을 고른 그녀는 다시 똑바로 준원을 바라보았다.

"내가 이렇게 형편없는 존재였구나."

싸늘하게 빛나던 준원의 눈동자가 조금 더 깊은 한기를 담았다. 그러나 혜원의 입가엔 몹시 부드러운 미소가 띠어져 있었다.

"나도 참 바보 같지."

"이혜원."

"……지금 난, 네 손을 뿌리치고 집에 들어 갈 거야."

"……."

"집에 들어간 뒤엔 샤워를 할 거고, 그 다음 침대에 누워서 피곤했던 하루를 마무리할 거야."

혜원은 천천히, 그러나 느리지 않게 말을 이었다.

그 목소리가 어찌나 매력적인지 준원은 그만 입을 꾹 다물고 말았다.

잠시 숨을 고른 혜원은, 어쩐지 씁쓸한 얼굴로 준원을 바라보았다. 그녀의 덤덤한 눈빛에 조금은 온기가 쌓인 것 같다고 느낀 순간이었다.

"그러니까 너도……."

"……혜원아."

"제발 가치 있는 일을 해."

*　　*　　*

"혼자네?"

"어, 마감이 생각보다 일찍 끝났거든."

재현은 갑자기 작업실에 들이닥친 혜원을 바라보며 평온하게 말했다. 혜원은 고개를 몇 번 주억거리곤 자그마한 냉장고에 사 온 것들을 차곡차곡 넣었다. 물, 음료수, 과일 통조림 따위의 것들이었다.

"뭘 그런 걸 또 사 와."

"여기서 만날 빈둥거리는데 이 정돈 챙겨줘야지."

혜원은 피식 웃으며 검은 봉투를 곱게 접어 찬장에 넣어두었다. 깔끔히 주변을 정리한 그녀는, 이내 낡은 소파 깊숙이 몸을 기댔다.

짙은 녹색의 후드 집업이 형편없이 흐트러졌지만, 혜원은 그저 구겨진 후드를 머리에 뒤집어 쓸 뿐이었다. 주말 내내 푹 쉬었는지 그녀는 몹시 노곤노곤해 보였다.

"얼굴 퉁퉁 부은 것 봐."

"많이 심해?"

"평소랑 똑같아."

"뭐야, 그게. 더 기분 나빠."

심드렁한 혜원의 어투에 두 사람 모두 가볍게 웃었다.

이제 막 믹스 커피를 타 휘휘 젓던 재현은, 한 모금도 대지 않은 커피를 그대로 혜원에게 건넸다. 혜원은 익숙한 듯 그것을 받아들었다.

"그래서, 김준원이 또 무슨 짓을 한 거야?"

재현은 천천히 커피를 음미하는 혜원을 물끄러미 바라보았다. 적당히 따뜻한 커피를 조금씩 들이켜던 그녀는 흘긋, 눈동자를 굴렸다. 재현은 제가 마실 몫의 커피를 다시 타고 있었다. 훤칠하게 솟은 체구와 널찍한 어깨가 한눈에 들어왔다.

"귀신이네."

"칭찬이지?"

"칭찬이지. 어떻게 알았어?"

혜원은 구태여 재현에게까지 거짓말을 할 필요성을 느끼지 못했기에, 그저 허허롭게 웃으며 수긍했다.

"그냥, 아침부터 여길 찾아오는 걸 보면 대충은 눈치채지. 게다가……."

재현은 뜨거운 물과 믹스 커피가 섞이는 걸 유심히 바라보았다. 잘게 부서진 커피 원두가 빙글빙글.

"난 너에 대한 건 대부분 알고 있으니까."

"맞아, 그랬지."

두 사람은 잠시 말이 없었다. 재현은 혜원에게 대답을 종용하지 않았고, 혜원도 딱히 망설이는 분위기가 아니었다.

혜원은 재현이 타준 커피를 바닥까지 모두 들이켰다. 혜원은 찻잔 바닥에 흘러내리는 원두 찌꺼기를 무심히 바라보았다.

"준원이가 집까지 찾아왔더라고."

재현은 짧게 휘파람을 불렀다.

"그놈 자존심에 놀랍네, 언제?"

"며칠 전 출판사 신년회 때."

지난 밤, 준원은 쉽게 혜원을 놓아주었다. 그러나 그것이 완전한 놓음이 아니라는 건 귓가를 찌르는 그의 목소리로 알 수 있었다.

"지금 나에게 가치 있는 건 너야, 이혜원."

등을 돌리고 낡은 건물 안으로 들어가는 혜원에게 준원이 말했다.

혜원은 결국 웃음을 터뜨리고 말았다.

비웃음도, 조롱도 없는, 마른 웃음이었다.

"김준원답지 않게 감성적이네. 넌 뭐라고 대답했는데?"

"글쎄……."

"그래, 잘 가."

라고 했던가…….

느릿느릿 기억을 더듬어 보았지만 정확히 기억나진 않았다. 그날 혜원은 몹시 피곤했고, 일분일초라도 빨리 쉬고 싶었다. 그날 발바닥에 잔뜩 생긴 물집은 아직까지도 다 낫질 않았다.

그러나 썩 보기 좋지 않은 물집보다도 신경이 쓰였던 것은, 준원에 대한 저의 감정이었다.

"김준원이 찾아와서 흔들려?"

재현은 혜원의 옆자리에 털썩 앉으며 물었다.

유쾌하기 그지없는 목소리였지만, 전해진 말의 무게는 썩 가볍진 않았다.

"흔들리는 것처럼 보여?"

"전혀."

재현의 짤막한 평가에 혜원은 덤덤한 표정으로 고개를 끄덕였다. 그래, 신기하게도 흔들림이 없다. 동요도, 망설임도.

"그래, 맞아. 놀랍게도 아무렇지가 않아."

"그런데 영 찝찝해 보이네."

조용히 제 뺨을 쓸어보던 혜원이 씁쓸한 얼굴로 말했다.

"그냥, 뭐랄까. 아무리 헤어졌다고 해도 5년이나 사귀었는데 불쾌한 기분밖에 남지 않았다는 게 신기해서."

"뭐, 당연한 거지. 두 사람의 이별이 아름답지는 않았잖아."

그래, 아름다움과는 거리가 한참 멀었지.

"고민은 그게 끝?"

"고민이랄 게 있나. 너무 아무렇지가 않으니까 괜히 겁먹은 거야. 이러다가 갑자기 막 흔들릴까 봐."

"흠……."

재현은 짧은 신음을 뱉으며 고개를 기울였다.

적어도 그가 보기에 지금의 혜원은 준원과 만나고 싶어 눈물을 짜낼 것 같진 않았다. 그가 그리워 밤새 그의 연락을 기다릴 것 같지도 않았다.

물론 김준원이 혜원을 찾아왔다는 사실은 충분히 놀라웠다. 그가 기억하는 김준원은 자존심과 자기애로 똘똘 뭉친 오만한 놈이었다.

'그런 녀석이 자기 발로 찬 옛 여인의 집에 찾아왔다고?'

적어도 그가 알기론, 사람이 안 하던 짓을 하는 건 썩 반가운 징조는 아니다. 그것이 김준원이라면 더더욱.

재현은 소파에 기대어 멍한 얼굴로 천장 무늬를 살피는 혜원을 흘깃 바라보았다.

'그래, 상대는 이혜원이지.'

김준원은 쉬운 인물이 아니다. 그는 원래 사랑을 많이 받고 자란 놈이기에 사람 다루는 법을 잘 알았다. 하지만 그 모든 것들은 혜원에게 통하지 않을 것이다.

이혜원은 이미 단단히 중심을 잡았다. 그리고 중심을 잡은 이혜원은, 그 무엇이 흔들어도 넘어트리기 힘들다.

재현은 유쾌하게 웃었다.

"뭐, 그때가 되면 내 따뜻한 품으로 널 감싸 주지."

"그래, 네 품에 안기고 싶어서라도 눈물 좀 터뜨려야겠네."

"내 친구는 참 삽질을 안 해서 좋아."

"칭찬이지?"

"물론."

혜원은 웃었다.

사람과 사람 사이의 이별이란 하나의 정리라고 생각했다. 그런데 그 이별 안에서도 각자의 정리가 필요하니, 퍽 번거롭지 않을 수가 없다. 하지만 이 번거로움도 점차 정리가 될 터이니, 아무렴 어떠랴 싶다.

"결국 김준원 때문에 온 게 아니라 심심해서 온 거였구만."

"아, 우리 재현이. 역시 귀신이야."

두 사람은 가볍게 웃은 뒤 조금 늦은 점심을 먹었다. 재현의 작업실에 올 때면 자주 시켜 먹는 중국집이었는데, 쟁반 짜장이 기가 막혔다.

해산물을 유독 좋아하는 혜원의 입맛에 맞춰 둘은 늘 해물 쟁반 짜장을 시켜먹곤 했다.

"요즘 일은 좀 어때? 신년회는 무사히 잘 끝난 것 같고, 우선은 한숨 돌렸겠네."

짜장 안에 가득 들어있는 새우나 오징어 따위를 골라먹던 재현이 물었다. 그런데 '신년회'라는 말을 들은 혜원이 갑자기 키득키득 웃음을 터뜨린다.

통통한 새우를 우물우물 씹던 재현이 고개를 갸웃거리자, 혜원은 짧은 헛기침을 하며 표정을 갈무리했다.

"신년회에서 뭐 좋은 일이라도 있었어?"

"아니, 그게 아니라……."

혜원은 웃음을 머금은 입가를 꾹꾹 눌렀다.

"박 작가님이 칵테일 알레르기가 있다고 하셨거든."

"……박 작가님? 박지훈 작가 말하는 거야?"

"응, 그 박 작가님. 그땐 갑자기 몸이 안 좋으셔서 걱정이 많았는데, 나중에 곰곰이 생각을 해보니까 자꾸 웃음이 나더라고."

재현은 요상한 표정을 풀지 않고 물었다.

그는 스스로도 제 표정이 이상하다는 걸 눈치채지 못하고 있었다.

"왜 웃음이 나왔는데?"

"아니, 그냥. 그 차갑고 완벽해 보이던 사람이 시무룩한 얼굴로 칵테일 알레르기라고 하는 모습이 귀여워 보여서, 하하."

그날의 지훈은 확실히 평소와는 달랐다. 물론 혜원이 지훈의 모든 것을 속속들이 알 수는 없었지만, 새로운 모습을 발견했다는 사실에는 변함이 없었다.

그리고 그 모습이 퍽 친근해, 혜원은 저도 모르게 그날의 지훈을 떠올릴 때가 종종 늘어났다.

"많이 친해졌나 보네. 작가가 너한테 그런 모습을 보일 정도면."

조금 전 준원의 이야기를 할 때와는 다르게, 혜원은 좀 더 생기가 돌았다.

다 큰 성인 남자가 얼마나 귀여울지는 잘 모르겠지만, 웃음을 머금은 혜원의 모습이 나쁘지 않아 재현은 부드러운 얼굴로 맞장구쳐 주었다.

"글쎄, 가까워진 건 잘 모르겠어."

"얘기 들어 보면 데면데면해 보이진 않는데?"

"뭐, 담당자니까 아주 접점이 없지는 않지. 그래도 뭐랄까, 워낙 다정한 분이시라……."

소소한 웃음을 터뜨린 혜원은, 앞 접시에 담긴 제 몫의 음식을 모두 먹었다. 천천히 음식물을 씹어 삼키는 혜원을 가만히 바라보던 재현이 되물었다.

"다정하다고?"

재현의 목소리엔 의아함이 서려 있었다.

그는 얼마 전 웹툰 작가들 모임에서 있었던 일을 떠올렸다.

동료 작가의 형제 중, 유명 출판사에서 근무 중인 편집자가 있었다.

지금은 계약이 만료된 상황이라 접점이 없는 듯했지만, 과거 박지훈 작가와 작업을 해본 적이 있어서인지 몇몇 이야기를 들을 수 있었다.

"박지훈 작가? 내 친구도 지금 그 작가 담당자로 일하고 있어."

"아, 진짜? 그 다원에서 일한다는? 여자라고 했던 것 같은데 고생이 장난 아니겠네."

"뭐, 이 바닥 작가들 까다롭기야 워낙 유명하니까."

"아니, 박지훈 작가는 그중에서도 클라스가 있지."

"뭐?"

"성격 더럽기로 소문이 자자하잖아. 이 바닥에서."

"흠……."

"장르를 떠나 워낙 영향력이 큰 작가이니, 밉보이면 출판사 쪽에서도 손해가 이만저만이 아니라고 하더라고."

작가들 중에서도 가장 골치가 아프다는 인기 작가. 개중에서도 피하고 싶은 욕구가 폭발하는 성격 더러운데 인기 많은 작가.

그게 바로 박지훈인 듯 보였지만, 혜원의 입에서 나온 그의 평가가 여론과는 사뭇 달라 조금 혼란스러웠다.

"정말 다정해? 다들 그렇게 말해? 박지훈 작가가 다정하다고?"

재현은 저도 모르게 꼬치꼬치 캐물었다. 그답지 않은 모습이긴 했지만, 혜원은 딱히 신경 쓰지 않았다.

쟁반 짜장을 바닥까지 긁어먹던 혜원이 재현의 물음에 곰곰이 생각에 잠겼다.

다른 이들이 지훈을 어떻게 말했더라…….

"그 자식은, 그 자식은…… 개 같은 소시오패스야!"

"엄청! 얼굴 한 번 더 보려고 기웃기웃거리다가 눈 마주쳤는데, 저 완전 쫄았어요."

"글쎄, 정성 들여 다듬은 비수 같은 사내랄까……."

혜원은 혓바닥으로 입술을 슬쩍 핥았다.

"……뭐, 평가가 썩 훌륭하진 않았네."

그녀는 하나같이 분노, 혹은 두려움에 가득 차 있던 이들의 목소리를 떠올리며 멋쩍게 대답했다.

식사를 끝냈는지 젓가락을 탁, 내려놓는 재현의 행동에 혜원은 저도 모르게 바삐 입술을 움직였다.

"아무래도 다들 박 작가님을 잘 모르니까 오해를 조금 하고 있는 부분도 있는 것 같아. 겉모습이 너무 화려하고 근사하셔서 다가가는 게 좀 어려운 것도 사실이거든. 실제로는 정도 꽤 많으시고 배려도 잘 해주셔. 나를 많이 믿어주시고, 또 그게 너무 감사하니까 나도 더 잘해 드리고 싶어지고……."

재현은 조금 놀란 얼굴로 혜원을 바라보았다. 둥그렇게 떠진 그의 눈동자와 멀거니 시선을 맞추던 그녀는 바람 빠진 웃음을 흘리고 말았다.

지금 자신은 마치, 재현이 지훈에 대해 오해하는 게 싫어 필사적으로 해명을 하는 것 같지 않은가?

지훈은 혜원을 믿고 먼저 손을 내밀어주었다. 그는 딱히 그러할 의도가 아니었겠지만, 그의 말 한마디에 때때로 마음을 다잡을 수 있는 용기를 얻기도 했다.

진심이 담긴 묵직한 목소리 덕분에 자신은 중심을 잡을 수 있었다.

그의 담당자가 됨으로써 저에게 어떠한 변화가 생긴 건지는 아직 잘 모르겠다. 그러나 주변에서 아무리 무어라 말해도, 냉정하리만치 서늘한 사내에게서 받은 온기는 무척이나 따스했다.

지훈의 따뜻한 면을 발견한 이상 그가 겉모습으로, 혹은 작은 행동으로 오해받는 건 조금 마음이 아팠다.

'……마음이 아프다고?'

대체 왜?

혜원은 자연스럽게 들이켜던 생수병을 천천히 내려놓았다. 저만의 생각에 푹 빠진 터라 그녀는 재현이 저를 가만히 바라보고 있다는 것도 알아채지 못했다.

그저 혜원은 약간의 의아함을 느낄 뿐이었다.

어째서 지훈이 오해받는 것에 마음이 아픈 걸까?

사람들이 아는 지훈의 모습이 전부가 아닌 것처럼, 분명 자신이 아는 지훈도 전부가 아닐 텐데.

나는 왜 필사적으로 그에 대해 해명한 거지?

사람의 본심이, 혹은 내면이, 말로 설명 가능한 부분이 아니란 것을 너무나 잘 알고 있는데.

"그러니까, 혜원아."

혜원이 한참 스스로의 생각에 빠져있던 그때, 재현이 부드럽게 입꼬리를 올렸다.

그의 다정한 목소리에 생수병을 톡톡 두드리던 혜원의 손가락이 우뚝 멈추었다.

"결국엔 박지훈 작가가 너에게만 다정하게 대해 준다는 거잖아?"

제 7 장
흔들림은 언제나 갑작스럽게

약간의 잡음이 있긴 했지만, 신년회는 성공적으로 끝났다. 큰 행사를 무사히 치른 덕분인지 다원 소설 편집부는 유독 정신이 없었던 1월을 잘 마무리할 수 있었다.

끈질기게 괴롭히던 추위도 조금은 주춤하는 듯했다. 기분 탓일까. 눈이 온 덕에 꽝꽝 언 인도는 몹시 미끄러웠지만, 날카롭던 칼바람은 어느 정도 완화가 된 것처럼 느껴졌다.

엘리베이터를 기다리던 중 울리는 문자 메시지 알림에 혜원은 기계적으로 휴대폰을 집어 올렸다. 부수적인 직업이 있지 않은 이상, 작가들 대부분은 프리랜서였다. 시간에 구애받지 않고 일을 하는 덕에 담당자마저 덩달아 주말과 평일의 기준이 모호해져버리기 일쑤였다. 특히나 새벽 작업에 익숙해진 그들은, 대체로 밤낮이 바뀌어 꼭두새벽부터 연락이 올 때가 왕왕 있었다.

박지훈 작가님

010—****—****

안녕하세요, 혜원 씨. 박지훈입니다.

미팅 요청을 드리고 싶은데, 연락 부탁드립니다.

2월 10일 오전 8 : 30

혜원은 지훈의 문자 메시지를 물끄러미 바라보았다.

물론 지훈도 그러한 경우 중 하나일 텐데, 혜원은 조금 반가움을 느꼈다. 아니, 어쩌면 조금이 아닐지도 몰랐다.

"흠……."

그녀는 눈꼬리를 늘어트리며 고개를 기울였다.

출근 중에 작가들의 연락을 받는 것쯤은 무척이나 익숙한 일인데, 어째서 이렇게 반가움을 느꼈던 걸까.

크리스마스 때부터 그와는 적지 않은 접점이 있었다. 그 덕분에 꽤 가까워졌다고 느끼기 때문일까?

괜히 멋쩍은 마음이 들어 혜원은 느릿느릿 키패드를 두드렸다. 오후 중에 연락드린다는 짤막한 메시지를 보내자, 이제 막 도착한 엘리베이터 문이 열리기도 전에 답장이 왔다.

'알겠습니다.'라는 간결한 대답이었다.

"결국엔 박지훈 작가가 너에게만 다정하게 대해 준다는 거잖아?"

어쩐지 재현의 목소리가 머릿속을 쿡쿡 찔러와 혜원은 짧게 혀를 찼다.

그래, 그녀석이 대충 뱉어낸 그 말 한마디. 그게 문제라면 문제일 수도 있겠다. 그래서 별거 아닌 지훈의 문자에도 괜스레 움찔하게 되는 것이리라.

'나에게만 다정하게 대해 준다니.'

정말이지, 도끼병스러운 생각이 아닐 수 없다.

혜원은 자신이 평소 전혀 하지 않을 법한 고민을 하고 있다는 것도 눈치채지 못했다. 그녀는 그저 절레절레 고개를 저으며 도착한 사무실 복도에 발을 내디딜 뿐이었다.

"안녕하세요."

사무실에 발을 들인 혜원이 맑은 목소리로 인사를 건넸다. 자리를 채우고 있는 사원은 그다지 많지 않았다. 그때, 탕비실에서 나온 재희와 눈이 마주쳤다. 재희는 그녀와 잘 어울리는 붉은색 머그컵을 들고 혜원을 흘긋 바라보았다.

"오늘 왜 이렇게 일찍 왔어?"

"어제도 이 시간대에 왔……."

"말대답하니?"

"그럴 리가요. 전혀 아닙니다. 제가 이 시간에 온 건 오늘이 처음이죠."

혜원의 능청스러운 대답에, 그녀는 입술을 삐쭉이며 걸음을 옮겼다.

"볼 벌겋게 달아오른 것 좀 봐. 밖에 많이 추워?"

"아뇨, 괜찮아요."

혜원은 빙긋 웃으며 재희의 뒤를 졸졸 따랐다.

그녀와의 관계가 예전만큼 스스럼없냐고 묻는다면, 솔직히 '그렇다'라고 하긴 조금 어려웠다. 두 사람이 거리를 두던 이유가 완화되었다고는 하지만, 뭐든 한 번에 정리가 되는 것은 또 아니었으니까. 특히나 사람 대 사람의 경우라면 더더욱.

그러나 두 사람 사이에 감돌던 어색한 기운은 확실히 가벼워졌다. 누가 먼저 말을 꺼낸 건 아니었지만 재희도, 혜원도, 그 사실을 똑똑히 알 수 있었다.

구석에 가방을 내려놓고 컴퓨터를 켜던 혜원은 며칠 전 가졌던 재희와의 면담을 떠올렸다.

"결혼이 취소됐어."

귓가에 박히던 덤덤한 목소리는, 떠올리려 노력하지 않아도 쉽게 기억됐다.

"애초에 상대 집안에서도 그다지 나를 좋아하지 않았는데, 회사에서 승진 얘기가 나왔다고 하니까 겨우 허락을 받았던 거거든."

"식장에 들어가기 전까진 어떻게 될지 아무도 모른다고 하잖아."

"그냥, 박 작가 담당 얘기가 어그러지면서 그런 일이 있었고…… 그러다 보니 웃으면서 혜원 씨를 보는 게 힘들더라. 그래서 못되게 굴었어."

재희와 면담이 있던 날은 신년회가 끝난 차주였다. 연초부터 진행된 대형 프로젝트를 성공리에 마무리했다는 사실에, 편집부는 꽤 높은 텐션을 유지하고 있었다. 다들 긴장이 풀린 탓이었다.

그러나 재희와의 면담은 은근히 혜원을 긴장케 했기에 그녀만큼은 마음 편히 있을 수가 없었다.

"혜원 씨에게 잘못이 없다는 건 너무 잘 알고 있는데, 내 마음이 그렇지가 않았어. 그땐 혜원 씨를 정말 미워하고 싶었나 봐. 정말 미안하게 생각해."

혜원은 재희가 힘겹게 뱉어내던 단어 하나, 문장 하나를 또렷하게 기억한다. 면담 후, 그녀는 기분이 너무나 후련하다고 했지만, 조각난 상처 조각들이 아직 완벽히 떨어지지 않았음을 혜원은 알 수 있었다.

재희가 말했던 것처럼 혜원은 저에게 잘못이 없다는 것을 확실히 인지하고 있었다.

지훈의 담당자가 바뀐 것에 업무적으로든 사적으로든, 자신이 관여한 것은 아무것도 없었으니까.

혹여 누군가 재희가 잡았던 달콤한 기회를 탐내지 않았느냐고 묻는다면, 그녀는 확실히 '아니오'라고 답할 수 있었다. 남의 것에 욕심을 낼 정도로 지금 가진 것이 부족하다고 생각하지 않는다.

재희의 성격상 상대의 탓을 하며 책임을 미루는 게 아니라는 것도 애초에 파악하고 있었다. 그래서 혜원은 자세한 상황을 알아채지 못해도, 그녀에게 무언가 사정이 생긴 것일 수도 있다는 생각을 했다.

물론 그것과는 별개로 재희와 멀어졌던 지난 한두 달은 속이 상하기도 했고 울적하기도 했다. 사람 마음이란 게 아니라고 최면을 걸면 걸수록 더욱 깊게 각인이 되곤 하니까.

"대리님, 오늘 약속 있으세요?"

"아니, 없는데."

"그럼 우동 먹으러 안 가실래요?"

"갑자기 웬 우동?"

"날도 춥고…… 오늘따라 먹고 싶어서요. 사실 저번에 유경 씨랑 우동 집 하나 발견했는데, 맛이 꽤 좋아요."

"회사에서 안 멀어?"

"안 멀어요. 역 앞 삼거리 쪽이라 거리도 가까운 편이에요."

그래서 재희와 이렇게 도란도란 이야기를 나누는 것이, 혜원은 진심으로 기쁘고 고마웠다. 회사 일뿐만 아니라 개인사로 힘들었을 재희에게 조금 더 힘이 되어 주고 싶다는 생각이 들 정도로.

"둘이 아침부터 무슨 얘기를 그렇게 즐겁게 해요?"

아슬아슬하게 출근한 유경이 즐겁게 대화를 나누는 혜원과 재희를 발견하곤 짓궂은 얼굴로 물었다.

장난기가 어린 유경의 얼굴에 혜원은 흘긋 재희와 눈을 마주쳤다. 두 사람은 낮게 웃음을 터뜨렸다.

갑작스레 멀어졌던 이와 다시 시선을 마주할 수 있다는 건, 놀라울 정도로 즐겁다는 사실을 깨달았다.

"유경 씨도 오늘 저녁에 우동 먹으러 갈래요?"

혜원이 웃으며 물었다. 유경과 재희가 좋아하는 맑은 웃음이었다.

재희와 사소한 잡담을 나누며 업무 처리를 하다 보니, 시간은 금방 지나갔다. 혜원은 오랜만에 여유로운 기분으로 업무 처리를 할 수 있었다.

그러나 평화롭던 상황은 그다지 오래가지 않았다. 점심 식사

후, 경훈이 재희와 혜원을 호출했다. 텅 비어있는 널찍한 회의실엔 세 사람만이 자리를 차지하고 있었다.

어쩐지 곤란해 보이는 듯한 경훈의 표정에, 두 사람은 내심 긴장을 한 상태였다.

잠시 뜸을 들이던 그가 뱉은 말은 몹시 의외였다.

"정 대리. 신년회 때 하정안 작가와 무슨 트러블 있었어?"

재희와 혜원은 짧게 시선을 주고받았다.

'무슨 일'이라는 말에 두 사람 모두에게 걸리는 사건이 하나 있었다. 비록 그게 '사건'이라고 칭할 만한 것인지는 조금 의문이었지만.

예쁘장한 얼굴을 잔뜩 구긴 채 표독스러운 목소리로 버럭버럭 소리치던 정안을 떠올리며 재희는 간결하게 답했다.

"네, 약간의 소란이 있었죠."

"음……."

경훈은 흘긋, 혜원을 바라보았다. 그녀 역시 딱히 부정하는 기색은 없었다. 업무적으로든 개인적으로든, 매사에 확실한 두 사람이 수긍하자 경훈은 미간을 슬쩍 찌푸렸다.

"지난 일이라 좀 갑작스러울 수도 있는데, 무슨 일인지 설명을 좀 해주겠어?"

"……중요한 건인가요?"

"뭐, 중요하다기보단, 내가 상황 파악을 해야 할 일이 조금 생긴 거지."

재희의 얼굴이 와락 구겨졌다. 가만히 그녀를 바라보던 혜원이 조곤조곤하게 말을 이었다.

"무슨 일 때문인지는 저도 잘 모르겠지만, 하정안 작가님이 호텔 로비에서 대리님께 잔뜩 화를 내시더라고요. 가만히 듣다 보니 수위가 아슬아슬해서 저도 모르게 끼어들게 되었어요."

"그러니까, 혜원 씨가 먼저 끼어들었다는 거지? 정 대리랑 하 작가랑 싸우고 있었고?"

경훈이 팔짱을 끼우며 고개를 끄덕이자, 혜원이 닫아두었던 입술을 다시금 열었다.

"실장님."

순간적으로 공기마저 숨죽이게 할 만큼 낮고 매혹적인 목소리였다.

"두 분은 싸운 게 아니에요. 대리님께서 하정안 작가님에게 일방적으로 폭언을 듣고 계셨어요."

"……."

재희는 가만히 혜원의 얼굴을 바라보았다. 그녀의 시선은 경훈에게 줄곧 고정되어 있었는데, 재희가 놀랄 정도로 눈빛이 서늘했다.

"……그래, 하 작가가 정 대리에게 폭언을 퍼부었고, 혜원 씨가 그것을 중재하기 위해서 나섰다는 거지?"

"아뇨. 그것도 조금 달라요, 실장님."

"다르다고?"

"네, 전 중재하기 위해 나선 게 아니라 하 작가님이 정 대리님을 막 대하는 모습이 보기 싫어서, 한마디 하려고 나선 거예요."

회의실에 한 번 더 낮은 정적이 가라앉았다.

"저도 잘 몰랐는데 생각보다 제가 오지랖이 조금 넓더라고요."

혜원은 입가에 미소를 머금었다. 평소에 자주 볼 수 있었던 특유의 부드러운 표정이었지만, 재희는 어쩐지 눈치가 보였다. 눈치를 보는 와중에도 그녀는 퍽 신기함을 느꼈다.

'혜원 씨 생각보다 성격이 좀 있었네.'

재희가 한가로운 생각에 사로잡혀 있을 때, 경훈의 생각은 좀 더 깊어졌다.

쩝, 입맛을 다신 그는 다시금 입을 열었다.

"안 그래도 하 작가한테 오랜만에 연락이 왔어."

그가 가볍게 어깨를 으쓱였다.

"뭐, 예전에 계약했을 때 이후로 직접적으로 연락이 닿은 건 정말 오랜만이었지."

"……놀라셨겠어요."

덤덤한 혜원의 목소리에 경훈은 깊숙이 고개를 숙였다. 그게 수긍인지, 착잡한 마음을 대변한 몸짓에 불과한지는 파악하기 조금 애매했다.

"뭐, 그렇지. 혜원 씨가 방금 설명해 준 신년회 때 그 사건 때문인 듯한데, 아무튼…… 혜원 씨가 하 작가를 가르치려 들었다고, 몹시 불쾌했다고 하더라고."

"하정안 작가님이 그러시던가요?"

"그래, 그리고 정 대리는 제 담당자면서도 입 한 번 벙끗 안 하고 방치해 뒀다고 하고."

또 한 번의 정적이 내려앉았다. 잠시 테이블을 툭툭 두드리던 경훈은 슬쩍 입꼬리를 올렸다.

"물론 조금 전의 상황 설명을 듣지 않아도 어느 정도 과장이 있다는 건 알고 있었어. 사실이라고 해도 두 사람이 아무런 이유도 없이 하 작가를 몰아붙였다고 생각하지도 않고."

두 사람이 작당하고 무고한 사람을 몰아세울 인물들이 아니라는 건, 누구보다도 경훈이 가장 잘 알았다.

"하지만 작가님 입장에선 그게 아닐 테니까요."

혜원이 옅은 미소를 띠자, 경훈은 무겁던 마음이 조금은 가벼워짐을 느꼈다. 그는 작게 한숨을 내쉬곤 고개를 끄덕였다.

"맞아. 작가 입장에선 출판사에 항의를 해도 이상할 일은 아니지."

저마다 입술을 달싹이는 두 여인의 모습에 경훈은 냉큼 손을 저었다.

"아, 나에게 사과는 하려고 하지 마. 평소에 워낙 말도 많고 아슬아슬한 작가라 이런 일이 언젠가는 생길 거라고 예상은 했으니까. 다만……."

"작가님께서 원하시는 게 직접적인 사과인가요?"

재희가 먼저 선수를 치고 물었다.

그녀가 원하는 게 자택까지 찾아와서 고개를 숙이는 걸까? 진심을 담은 사과. 지난날을 반성하는 자세.

만약 그렇다면 그렇게 어렵지는 않으리라고 생각했다.

경훈은 조금 가라앉은 눈으로 고개를 저었다.

"아니, 그렇게 간단하진 않아."

그는 피곤하다는 듯 관자놀이를 꾹꾹 누르며 말했다.

"작가는 담당을 혜원 씨로 바꿔 달라고 요청했어."

커피를 다시 타온 지훈은 가볍게 몸을 풀며 묵직한 가죽 의자에 털썩, 앉았다. 머그잔에서 흘러나온 짙은 커피 향이 공기를 조금씩조금씩 물들였다.

그는 널찍한 원목 책상을 손가락으로 톡톡 두드렸다. 번쩍거린다는 표현이 아깝지 않을 만큼 광이 서린 책상 위는 온갖 도서들과 출력물들, 잡동사니로 몹시 너저분했다.

지훈은 원체 집 안에서 무언가를 하는 편이 아니었다. 단순한 취미는 물론이고, 스스로 요리를 한 적도 없다. 예전부터 경수를 제외한 머리 검은 짐승은 절대 집 안으로 불러들이는 일도 없었다.

물론 최근에 예외적인 인물이 생기긴 했지만.

지훈은 잔을 들어 커피를 한 모금 머금었다. 잠을 거의 자지 않아 몽롱하던 정신이 이제야 아주 조금 돌아오는 듯 느껴졌다.

그 자체도 워낙 깔끔한 스타일이었기에 지훈의 오피스텔은 늘 깨끗했다. 모든 것이 가지런히 정리되어 있는 집 안에서 가장 이질적인 곳은, 바로 그의 서재였다. 그중에서도 특히나 중심에 있는 원목 책상.

골치 아플 정도로 어지럽혀져 있는 책상 위에서 빛나는 것이라곤, 항상 작업 중이던 노트북뿐이었다. 그런데 오늘은 빛나는 것이 하나 더 있었다.

나른한 얼굴로 턱을 괸 지훈의 시선은 노트북이 아닌 어느 한 곳에서 떨어질 줄을 몰랐다. 규칙적으로 책상 위를 두드리던 손끝이 순간 빛을 잃은 그것을 한번 톡, 건드렸다.

노트북과 함께 빛나던 그것은, 지훈의 휴대폰이었다.

그는 정확히 두 시간 전부터 책상에 가만히 앉아 휴대폰만 들여다보고 있었다.

휴대폰 액정 불빛이 꺼지면 손가락으로 톡.

또 꺼지면 다시 손가락으로 톡.

'화면 켜짐 유지'라는 기능이 스마트폰에 있을 거라고는 생각지 못한 그는, 꾸준히 액정을 톡톡 두드렸다.

이 불필요해 보이기 짝이 없는 행위를 계속 지속하는 이유는,

이혜원 편집자

010-****-****

안녕하세요, 작가님^^ 지난밤 잠은 잘 주무셨는지요?

넵, 미팅 관련해서는 오후 중으로 다시 연락드리도록 하겠습니다.

오늘도 즐거운 하루 보내세요! :)

2월 10일 오전 8 : 33

'두 시인데…….'

지훈이 한 번 더 액정을 확인했다.

그녀가 말해 준 '오후 중으로'가 어느 정도인지 가늠이 잘 가지 않아, 그는 나름대로 얌전히 기다리고 있는 중이었다.

그때 그의 휴대폰이 요란한 소리를 내며 울렸다.

그것을 들어 올리는 손길은 여전히 여유로웠지만, 잔잔하던 두 눈에 생기가 돈 것은 몹시 찰나의 순간이었다.

[서경수]

그러나 액정에 들어찬 이름을 확인한 순간 그의 생기는 녹아내린 촛불처럼 순식간에 꺼졌다.

그는 짧게 혀를 차며 전화를 받았다.

"왜."

지훈의 목소리는 평소보다 배로 쌀쌀 맞았다. 그것을 느꼈는지 수화기 너머의 목소리가 잠시 뜸을 들인다.

[뭔데 예민함이 하늘을 찔러?]

"끊는다."

[아이고, 친구! 내가 실수했네!]

지훈은 금세 꼬리를 내리는 경수를 만족스럽게 생각하며 의자에서 일어났다. 그는 비어있는 커피 잔을 들고 천천히 서재 밖으로 향하며 물었다.

"용건이나 말해."

[거참 오늘따라 되게 찬바람 쌩쌩이네. 뭔 일 있었어?]

확실히 경수는 지훈의 일에 있어선 예리하다. 평소 반쯤 정신을 빼놓고 다니는 그였지만 지훈의 일에는 기가 막히게 눈치가 빠르다.

그것을 기뻐해야 할지 승질을 내야 할지, 지훈은 꽤나 고민스러웠다.

"집에서 작업만 하는데 무슨 일이 있겠어."

[……흠.]

경수는 썩 믿는 눈치가 아니었지만, 그는 익숙하게 화제를 돌렸다.

"넌 무슨 일로 연락한 건데. 한동안 조용하더니."

[아, 맞다! 야. 너 솔직히 말해라.]

"뭘?"

경수가 짐짓 엄한 어투를 흉내 내자 지훈은 피식 미소 지었다. 그가 누구를 따라하는지 훤히 보였다.

돌아가신 그의 할아버지, 규학을 흉내 내는 것이리라.

예전부터 경수는 곧잘 규학의 말투를 따라하곤 했다. 그럴 때마다 지훈은 잠시나마 과거로 돌아간 것 같다는 생각을 하곤 했다.

[너, 다원이랑 계약한 게 진짜 여자 편집자 때문이야?]

그러나 지훈의 회상은 경수의 물음에 뚝 끊어지고 말았다.

잔을 다시 가득 채운 커피를 마시며 위층으로 걸음을 옮기던 지훈이 눈썹을 미세하게 찌푸렸다.

"뭐?"

[너 이 씨, 진짜냐? 진짜야? 진짜냐고오!!]

꿈을 꾸는 것처럼 믿을 수 없다는 듯한 그의 반응에 지훈은 한숨을 작게 내쉬었다.

그는 테라스 문을 열어 찬 공기를 안으로 들였다.

"정 선생님인가?"

지훈은 얼마 전 신년회에서 저를 신나게 놀리던 규완을 떠올렸다. 경수의 반응은 정직하기 그지없었다. 어제 계약 건으로 규완을 만난다 어쩐다 노래를 부르며 그렇게 같이 가자고 하더니…….

[그래, 어제 선생님 만났다가 듣고 깜짝 놀랐다! 너 인마, 이게 무슨 얘기냐? 진짜 여자 때문이야?]

박지훈이 여자 때문에 출판사와 계약하다니!

무슨 이유에서 잔뜩 흥분한 건지 훤히 들여다보였기에, 지훈은 그저 여유로웠다.

지훈은 복층 테라스에 세팅해둔 철제 의자에 앉으며 바깥을 내다보았다. 찬바람은 끊임없이 들어차지만 환한 햇볕이 손등을 두드린다. 따뜻한 기운이 나쁘지 않아, 그는 가만히 자리를 지켰다.

지훈이 묵묵히 입을 다물어도 경수는 아랑곳 않고 바삐 입술을 움직였다.

[아, 아니다. 딱 기다려. 내가 지금 간다. 너 오늘 계속 집이지?]

그러나 그때, 느른하게 가라앉은 지훈의 눈동자에 또렷한 빛이 어렸다.

"지금은 안 돼."

연락 올 곳이 있거든.

뒷말을 삼킨 지훈이 입을 채 닫기도 전에 경수는 난동을 피우기 시작했다.

[왜! 왜에!! 왜왜애액!!]

지훈은 쩌렁쩌렁 울리는 그의 목소리에 수화기를 잠시 귓가에서 떼어냈다.

"시끄러워, 인마. 오늘 말고 내일 와. 그땐 상대해 주지."

[진짜지?]

금세 가라앉은 경수가 우스워 지훈은 작게 웃었다. 저를 비웃는 것이냐며 경수가 다시 노발대발했지만, 그는 한 귀로 흘리곤 전화를 끊었다.

그는 철제 의자에 늘어지듯 등허리를 기댔다. 딱딱한 의자가 뼈마디와 단단한 근육을 누르는 것이 느껴졌다.

경수와 연락을 하는 동안 부재중 전화는 없었다. 물론 문자도.

지훈은 휴대폰을 내려놓고 잠시 생각에 잠겼다.

[너, 다원이랑 계약한 게 진짜 여자 편집자 때문이야?]

지훈은 처음 다원과의 미팅 때 마주했던 혜원을 떠올렸다.

작년 11월.

눈송이가 펄펄 흩날리던 날 쓰레기 같은 옛 연인과 이별하던 한 여자.

아프게 눈물을 흘리며 오직 작은 발자국 하나 남기고 사라진 여자.

그리고 믿을 수 없게도, 그 달 또 한 번 마주할 수 있었던 그날의 그 여자.

자그마한 카페에서 만나 여인이 지난날 눈송이 사이로 사라졌던 그 여자와 동일인물이라는 것을 깨달은 순간, 흔들리는 마음 깊숙한 곳에 낯선 감정이 번졌다.

계속해서 긴가민가하던 그때의 감정.

그 상황과 심정을 또 한 번 떠올린 그는 이제야 알 수 있었다.

그때의 그 감정은, 깊은 희열이었다.

이 여자를 다시 만났다, 라는.

"……나를, 압니까?"

"네, 그럼요. 반갑습니다. 작가님."

혜원에게 향하는 제 감정을 확실히 깨닫고 난 뒤 지훈에겐 변화가 찾아왔다. 그 변화는 저조차도 흠칫 놀랄 정도로 뚜렷하고 곧았다.

가장 큰 변화라면 감정이라는 것에 대한 깨우침일까. 아무리 본인의 감정이라도 스스로 제어하기 어렵다는 것을 확실히 경험했다.

그것의 반증으로, 혜원을 보고 싶은 마음에 결국 견디지 못하고 미팅 신청을 해버리고 말았다.

중요한 것은 무엇 때문에 미팅 요청을 한 건지 그 스스로도 설명할 구석이 없다는 거였다.

"원고는 아직 진전된 게 없고……."

지훈은 느릿하게 턱을 괸 채, 바람 따라 묵직이 움직이는 커튼을 눈으로 좇았다.

호감, 애정, 애틋함.

되뇌는 것만으로도 간지럽기만 한 단어들을 떠올리며 지훈은 웃었다. 그 미소가 어찌나 청량하고 시원한지, 순간적으로 바람마저 신나게 춤을 추는 듯했다.

이리저리 움직이는 커튼 자락에 테라스 문을 닫은 지훈은 자리에서 일어났다.

확실히 익숙하지 않은 감정이었고, 평생 느끼게 될 거라고 생각지도 못한 감정이었다.

저가 느끼기에도 생소한 이 마음을 어떻게 다뤄야 할지 고민스러웠다.

그러나 지훈은 본인이 무엇을 원하는지 모를 정도로 어리숙하진 않았다.

그는 지금 당장 혜원의 목소리가 듣고 싶고, 얼굴을 보고 싶었다.

철제 의자 다리가 원목 바닥에 긁히듯 밀려 정리가 된 순간, 그는 망설임 없이 휴대폰을 집어 들었다. 그대로 혜원에게 전화를 걸었지만 안타깝게도 그녀는 받지 않았다.

그는 그녀에게 또 한 번 전화를 거는 대신 시간을 확인했다.

오후 2시 40분.

단순한 배려로 그녀의 연락을 기다리던 것은 이 정도로 충분하다.

목소리가 듣고 싶어도 전전긍긍하며 기다리기만 할 정도로 그는 썩 온순한 편이 아니었다.

* * *

혜원은 전화를 받을 수 있는 상황이 아니었다. 갑작스러운 정안과의 통화가 상당히 길어지고 있었기 때문이다.

그녀는 수화기를 어깨와 귓가 사이에 끼우곤 중요한 메일들을 하나둘, 처리하는 중이었다.

정신없이 멀티로 일처리를 하던 중에 재희와 눈을 마주쳤다. 그녀가 상당히 못마땅한 얼굴로 혜원의 휴대폰을 슬쩍 가리키는 것으로 보아, 또 한 번 진동이 울렸나 보다.

꼬박 한 시간 이상을 잡아먹고 있는 이 전화로 인해, 혜원은 휴대폰 확인조차 제때 못 하고 있었다.

[혜원 씨, 지금 제 말 듣고 계세요?]

"네, 작가님. 다 듣고 있습니다."

[혹시 기분 상하신 건 아니죠? 전 제 입장에서 사과를 받고 싶은데, 이게 잘못된 건 아니잖아요. 그렇죠?]

"작가님, 전 그게 잘못이라고 말씀드린 적 없……."

[또 저를 가르치시려 드시네요. 혜원 씨 말이 다 맞다고 해드려야 직성이 풀리시겠어요?]

혜원은 가벼운 한숨을 삼키며 작성한 메일을 다시 검토했다. 업체명을 잘못 적었다는 것을 깨달은 그녀는, 침착하게 내용을 수정하고 메일을 발송했다.

그녀는 달력을 체크하며 중요한 부분들을 모두 처리했다는 걸 확인하고는 제대로 수화기를 고쳐들었다.

사소한 것으로 꼬투리를 잡기 시작하는 정안의 목소리는 몹시 나긋나긋했다.

제가 우위에 서 있다는 것을 확인한 것인지 어딘가 으스대는 듯한 어투였다.

"담당자를 바꿔 달라고 했다고요? 하정안 작가가 직접?"

처음 경훈의 고지에 혜원보다 먼저 반발한 것은 재희였다. 잠시 생각에 잠긴 혜원을 대신해 재희가 외치듯 따졌다.

"작가 의견에 휘둘리지 말라고 말씀해 주신 게 바로 실장님이세요. 이렇게 갑자기 혜원 씨로 담당자가 바뀌는 건 문제가 있어요."

"하정안 작가가 갑작스러운 요청을 준 건 맞아. 보니까 뭔 일이 있었던 것도 맞는 것 같고…… 하지만 이런 상황이 처음도 아니란 걸 알잖아."

"하정안 작가의 경우, 프라이드가 너무 높아요. 담당자든 사장님이든, 뭐든 제 입맛대로 굴러가길 원하는 작가라고요. 그 작가 의도가 너무 빤히 보이지 않으세요?"

사건의 심각성을 떠나서, 혜원은 저를 위해 목소리를 높이는 재희가 참 고맙고 사랑스러웠다.

그때의 가라앉은 분위기에서 할 생각은 아니지만 바보 같게도 정말 그리 느꼈다.

"담당자를 바꿔 주지 않으면 계약 파기를 하겠다고 협박을 하더라고."

"실장님, 정말 그걸 믿으세요?"

재희의 목소리는 상당히 냉소적이었다. 경훈은 피식, 웃음을

흘리며 의자 허리에 등을 기댔다.

"당연히 아니지."

"그러면, 왜……."

"작가의 의도가 아무리 빤히 보여도 여긴 출판사야, 정 대리. 혜원 씨도 정 대리도, 하정안 작가가 그냥 동네 친구는 아니잖아?"

"그건 저도 알아요, 실장님. 전 그저, 새파랗게 어린 작가가 담당자를 제멋대로 하려는 상황이 싫은 거예요."

"정 대리 입장은 잘 알겠어. 그래도 다원이 어떻게 일해 왔는지 잘 알잖아. 사장님의 모토가 뭔지도 귀에 딱지가 앉을 정도로 들어왔을 테고."

정안을 상대하던 혜원은, 입사 초기 때부터 교육받았던 '다원의 규칙'을 떠올렸다.

개인적인 사심이 무엇이든, 작업하는 데 불필요한 감정이라면 필사적으로 넣어둘 것.

항상 객관적인 판단과 생각으로 작가들을 서포트하고 최대한 완성도 높은 글을 만들어 낼 것.

그녀의 사수였던 재희는 몹시 지루한 얼굴로 국어책 읽듯 말을 옮겼지만, 해당 내용은 회의실마다 고급스러운 유리 액자에 들어가 벽면을 장식 중이었다.

"그 이상적인 사장님의 사상이 지금 왜 나오는 건지 도저히 모르겠네요."

재희의 비꼼에 경훈은 씁쓸히 웃으며 고개를 끄덕였다.

"그러니까, 내 말은. 어쩔 수 없다는 거야."

혜원은 가볍게 고개를 기울이며 정안의 투정을 가만히 들어 주었다.

그녀는 당장 오늘 정안과 통화를 할 생각은 아니었다. 꽤 유쾌하지 않은 사건이 있었던 만큼, 제대로 된 인수인계를 받은 후 정식으로 연락을 드릴 예정이었다.

그러나 이렇게나 빨리 저쪽에서 먼저 연락을 해올 줄이야.

통화하는 내내 오간 대화로 보아, 신년회 때의 사건을 몹시 치욕스럽다 생각하는 것 같았다.

'이 어린 작가님을 어떻게 다뤄야 할까.'

혜원이라고 경훈의 의중을 파악하지 못한 건 아니다.

애초에 담당자와의 트러블로 인해 작가가 요청한 일이니, 출판사 측에선 크게 문제 삼을 것도 없이 작가의 바람대로 원하는 담당자로 바꿔 주면 될 일이었다.

다만 재희가 경훈을 직접적으로 만류할 정도로 염려하던 부분은, 정안의 못된 생각 때문일 것이다.

나에게 망신 준 여자에게 본때를 보여주겠다는, 지극히도 피곤한 생각.

[어쨌든, 혜원 씨 말은 잘 알겠어요. 조만간 차기작 관련해서 미팅 한번 하고 싶은데, 상황 봐서 또 연락드릴게요.]

"네, 괜찮으신 날짜 고지해 주시면, 스케줄 보고 조율해 보도록 하겠습니다."

[되도록이면 혜원 씨가 저한테 맞춰 주세요. 작업하다 보면 타인의 스케줄에 맞춘다는 게 영 어려워서요.]

툭툭 내뱉은 투정 같은 어투에, 혜원은 덤덤한 웃음을 흘리며 답했다.

"네, 알겠습니다. 그럼 연락주세요."

[……그럼, 이만 들어가 볼게요.]

"네, 앞으로 잘 부탁드립니다."

[네.]

정안과의 정신없던 통화를 마무리하자, 재희는 도끼눈을 뜨고 혜원이 내려놓은 수화기를 노려보았다.

"진짜 그 작가 안 되겠네."

짓이기듯 뱉어낸 한마디가 그녀의 심정을 대변해 주는 듯했다. 혜원은 가볍게 어깨를 으쓱이며 미소 지었다.

"좋은 경험 했다고 치죠, 뭐."

"속도 좋아."

재희의 투덜거림에 혜원은 그저 웃었다.

딱히 속이 좋은 것도, 끊어내지 못할 것을 받아 전전긍긍하는 것도 아니었다.

그저 혜원은 정안의 담당자가 된 것에 큰 신경을 쓰지 않는 것뿐이었다.

오히려 정안의 경우 워낙에 의도가 빤히 보이는 행동을 하는 터라 특별히 긴장이 된다거나 걱정이 되지 않았다.

다만 귀찮은 일을 피할 수는 없겠지.

"속이 좋은 건 대리님이시죠."

"입바른 소린 됐거든?"

혜원의 덤덤한 목소리에 재희는 한숨을 꾹꾹 삼켰다. 크게 표현하지 않아도 그녀가 저를 잔뜩 걱정하고 있음을, 혜원은 잘 알 수 있었다.

또 한 번 재희의 작가를 담당하게 되었지만 혜원은 차라리 잘 되었다고 생각했다.

재희는 평소 무척 도도해 보이지만 작가로 인한 감정 소모가 상당한 편이다. 저야 워낙 둔한 성격이니 그냥 넘길 일도, 그녀는 끙끙 앓는 것이 일쑤였으니까.

긍정적으로 생각하며 휴대폰을 집어들은 혜원은 부재중 전화 기록을 확인했다.

부재중 전화는 총 네 통.

발신 내역들을 살피던 중, 그녀는 잠시 행동을 멈추었다.

"아……."

박지훈 작가님의 부재중 전화

오후 3:12

발신인이 뜻밖의 인물이라고 느낀 것은 아주 잠시, 혜원은 이내 작게 탄성을 흘렸다.

'……아, 맞다.'

그녀는 그제야 출근 중에 받았던 지훈의 문자를 떠올렸다. 제 입으로 분명 오후 중에 연락을 주겠다고 했으면서, 까맣게 잊고 있었다.

아직 오후라면 오후였지만 벌써 시곗바늘은 상당히 기울었다.

지훈에게 곧바로 연락을 하고 싶어도 당장 외부 업체 쪽에서 전화가 들어오고 있었다. 급하게 처리해야 할 업무를 하나하나 상기시키며, 혜원은 전화를 받았다.

금방 끝날 줄 알았던 업무는 쉬이 마무리되지 않았다. 도중에 외주 업체 쪽에서 문제가 터지는 바람에 혜원은 그쪽과 끊임없이 연락을 하며 일을 무마시키느라 애썼다.

모든 일이 어느 정도 정리가 됐을 때엔, 이미 퇴근 시간을 훌쩍 넘겼을 때였다.

"좀 마무리됐어?"

퇴근 준비를 위해 인터넷 창을 모두 닫은 재희가 물어왔다. 혜원은 길게 스트레칭을 하며 푹신한 의자 헤드에 머리를 기댔다. 오늘 하루를 어떻게 보냈는지 도통 모르겠다.

"오늘 혜원 씨 완전 정신없었겠어요."

가방을 챙겨들고 다가온 유경이 걱정스러운 얼굴로 혜원의 머리를 천천히 쓰다듬어 주었다. 부드러운 손길에 혜원은 바람 빠진 웃음을 흘려보냈다.

"많이 늦어요? 벌써 일곱 시 넘었는데."

"오늘 야근은 조금 무리일 것 같고, 메일 보내려던 것만 마무리하고 일어나려고요."

"에고, 잘 생각했어요."

혜원이 그나마 일찍 들어간다는 것을 확인하자 비로소 안심이 되었는지 유경은 한결 가벼운 얼굴로 퇴근했다. 그녀와도 함께 우동을 먹고 싶었지만, 안타깝게도 유경은 오늘 약속이 있었다.

재희는 혜원이 메일을 다 보낼 때까지 기다리려 했다. 우동은 다음에 먹어도 되니 일찍 들어가라 말해도, 그녀는 들은 척도 하지 않았다.

이렇게 고집스러운 재희의 모습은 처음 보는 터라 혜원은 신기한 마음에 또 한 번 웃음을 터뜨렸다.

결국 우동은 내일 유경과 다 같이 먹자는 이야기로 재희를 보낼 수 있었다.

재희는 못내 신경이 쓰이는 듯 보였지만, 혜원은 웃음으로 그녀를 배웅했다.

메일을 보내던 와중에 또 다른 작가에게서 연락이 왔다. 짧은 통화를 마치고 나니, 시간은 여덟 시를 훌쩍 넘겼다.

1층 홀엔 생각보다 사람이 많지 않았다. 오늘따라 다들 퇴근이 일렀나 보다.

시커먼 건물에서 빠져나오자 어두운 기운이 곳곳에 내려앉았다. 건물 내부에서 빠져나온 조명과 간판 빛이 거리를 물들였다. 요즘은 시간이 어찌나 빠른지, 하루가 후다닥후다닥 지나가는 듯했다.

찬 공기를 가만히 들이마시며 답답한 속내를 훅 털어낸 혜원이 걸음을 옮기려던 때였다. 그녀의 휴대폰이 잔잔한 벨소리를 내며 울렸다.

전화를 건 이는 재현이었다.

[안녕, 이혜원.]

"그래, 안녕. 어휴, 진짜 춥다."

혜원이 뿌연 입김을 뱉어냈다. 수화기 너머로 재현의 낮은 웃음소리가 들렸다.

[많이 추워?]

"엄청. 저녁은 먹었어?"

[먹었지. 너 이번 주에 약속 있어?]

단도직입적인 그의 물음에 혜원은 작게 웃었다.

"데이트 신청이야?"

[그래, '차차' 작가 좋아하지? 이번 주에 잠실에서 작가전 여는데, 같이 가자.]

혜원의 눈이 단번에 반짝 빛났다. '차차'라면 혜원이 가장 좋아하는 일러스트 작가이다. 동화 같은 화풍으로 동화책이나 팬시 제품에 많이 참여해, 탄탄한 팬층을 보유중이기도 했다.

"우와, 갈래!"

신이 난 혜원이 추위도 잊고 밝게 외치던 때였다.

빠앙—

그렇게 소란스럽진 않지만, 또렷하게 울리는 경적 소리가 검은 거리를 채웠다. 큰길가가 아닌 터라, 묵직한 경적 소리가 유난히 도드라졌다.

그렇다고 해서 특별히 신경을 쓸 만큼 특출날 건 없었기에 혜원은 그러려니 하며 발걸음을 떼어냈다.

그때, 같은 경적 소리가 한 번 더 울렸다.

빵—

[밖이야? 주변이 왜 이렇게 시끄러워?]

"그러게, 조금 시끄럽네."

재현이 의아한 목소리로 물었다. 혜원은 두르고 있던 붉은 털 목도리를 더욱 꼼꼼히 동여매며 그저 고개를 갸웃 기울일 뿐이었다.

그러나 금세 멀어질 줄 알았던 경적 소리는, 그녀가 횡단보도에 도착할 때까지 끊이질 않았다. 크게 요란하진 않았지만 끊임없이 울려댔다.

[이거 경적 소리야?]

"응, 누가 자꾸 난리를 부리네."

[대체 누가? 이거 완전 미친놈 아니야?]

신호를 기다리던 혜원은 결국 주위를 두리번거렸다. 갓길 주변에 세워져 있는 자동차들을 살펴보던 혜원의 시선이 어느 한 곳에 우뚝, 멈춰 섰다.

그녀는 둥그런 눈동자를 슬쩍 찌푸리며 무언가를 가만히 바라보았다. 잠시 후 그녀의 눈썹이 슬쩍 기울어지더니, 이내 두 눈에 의외의 빛이 서렸다.

익숙한 검은색 세단. 새카맣게 선팅된 창문이 열리고, 운전석 안으로 보이는 얼굴은…….

"……작가님?"

혜원의 작은 목소리가 놀라움을 담아냈다. 운전석에 앉아있는 것은 바로 지훈이었다.

혜원이 고개를 갸웃거리고 있을 때에 지훈은 그녀가 저를 발견했다는 것을 눈치챘다.

조수석 창문을 모두 올린 남자는, 겉옷을 들고는 여유롭게 밖으로 나왔다.

더블 버튼의 네이비 캐시미어 코트를 근사하게 걸친 그의 모습은, 어둑어둑한 거리의 중심에서도 환하게 빛나는 듯 보였다.

[이혜원, 왜 말이 없어?]

지훈을 발견한 혜원이 놀란 마음에 말이 없자, 재현이 의문이 담긴 어투로 그녀를 불렀다.

"흐음…… 지금, 박 작가님이랑 똑같이 생긴 사람이 나한테 다가오고 있어."

[……뭐?]

혜원은 고개를 갸웃거리며 지훈과 꼭 닮은 사내를 훑어보았다. 그녀는 목도리에 뺨과 턱을 폭 파묻으며, 덤덤히 말했다.

"아니 그러니까, 박 작가님이 맞네."

[박 작가? 박지훈 작가?]

혜원이 재현과 덤덤한 대화를 나눌 동안에도 지훈은 뚜벅뚜벅 다리를 움직였다.

혜원에게 다가오는 그 짧은 거리 사이, 지훈은 그녀에게서 조금도 시선을 떼지 않았다.

그 강렬한 눈빛에 어쩐지 꼼짝할 수가 없다는 생각을 하며 혜원은 천천히 고개를 기울였다.

"재현아, 이만 전화 끊어야겠다."

[박지훈 작가가 맞아?]

"응, 맞네. 인사라도 드리고 다시 연락할게."

[흠…… 그래, 어쩔 수 없지 뭐.]

지훈은 어느새 그녀의 코앞까지 다가왔다. 저를 뚫어지게 내려 보는 짙은 시선에, 혜원은 순간 말문이 막혔다.

"오랜만입니다."

지훈의 평이한 인사말에 혜원은 작게 고개를 끄덕였다. 갑작스러운 그의 등장에 놀란 스스로가 바보 같다는 생각이 들 정도로 느긋한 어투였다.

김빠진 미소를 머금으며 입술을 열던 그녀는, 순간 입꼬리를 딱딱하게 굳혔다.

머릿속으로 스쳐 지나가는 생각 하나.

안녕하세요, 혜원 씨. 박지훈입니다.

미팅 요청을 드리고 싶은데, 연락 부탁드립니다.

이른 아침부터 혜원의 휴대폰을 울렸던 지훈의 문자. 그리고 오후 중으로 연락을 드리겠다던 자신의 답변.

혜원은 자신이 지훈과의 약속을 다시 한 번 새카맣게 잊고 있었다는 것을 깨달았다.

그녀의 굳어진 표정에 지훈이 눈썹을 슬쩍 찌푸릴 때, 혜원이 고개를 숙였다.

"정말 죄송합니다, 작가님."

"……죄송하다고?"

갑작스럽게 정중한 사과를 하는 혜원의 모습에 잔잔한 지훈의 표정이 조금 흔들렸다.

"네, 오늘 아침부터 미팅 관련으로 연락 주셨는데, 하루 종일 연락을 못 해드렸네요."

입술을 슬쩍 깨무는 혜원은 진심으로 미안해 보였다.

"많이 기다리셨죠?"

그 모습이 어쩌나 사랑스러운지, 미동도 없던 지훈의 입꼬리가 결국 슬쩍 움직였다.

"퇴근 중입니까?"

지훈은 용서의 대답 대신 질문을 했다. 그의 시선이 혜원의 어깨에 걸린 검은색 가죽 가방에 멈췄다.

"……네, 이제 들어가려고요. 작가님은 근처에 볼일이라도 있으신 건가요?"

저를 찾아왔다고는 생각하지 못한 혜원이 조심스럽게 물었다.

"볼일, 있지."

듣기 좋은 조곤조곤한 목소리. 지훈이 나른한 얼굴로 눈매를 누그러트렸다. 지훈은 시간을 확인했다. 어느덧 시곗바늘은 여덟 시를 훌쩍 넘겨, 바쁘게 아홉 시를 향하고 있었다.

'늦어.'

작게 중얼거린 그가 시선을 올렸다.

"평소에도 이렇게 늦게 끝나는 편인가?"

"아뇨, 가끔 야근 있을 때 정도지 매일 이렇게 끝나는 건 아니에요."

지훈은 작게 고개를 끄덕이며 다시 시선을 혜원에게 고정시켰다. 어쩐지 누그러진 그의 시선이 다시금 짙어졌다는 생각을 막 했을 때였다.

"혹시 오늘 약속 있습니까?"

"……약속이요?"

혜원이 의아한 목소리로 지훈의 물음을 되뇌었다. 의아한 마음이 들었지만 그녀는 일단 차분히 고개를 저었다.

"아뇨, 이후 약속은 없습니다."

"그렇군요."

가볍게 답한 지훈이 고개를 끄덕였다.

"그러면 잠깐 시간 좀 내주시죠."

"……시간이라면……."

"저녁 식사는 아직인가?"

"네, 아직 안 먹었습니다."

"그럼 식사 괜찮습니까?"

무표정하던 지훈의 눈매가 유하게 휘는 듯 보였다.

"조금 갑작스럽지만…… 늦은 미팅도 진행할 겸."

어쩐지 장난기가 담긴 목소리라는 생각이 들어 혜원은 조금 멍하니 지훈을 바라보았다.

시끌시끌한 인도 위에서 지훈과 마주 보고 있는 상황을 더듬더듬 곱씹어보던 혜원은, 두 눈동자를 지훈에게 똑바로 고정시켰다.

"작가님, 정말 혹시나 해서 드리는 질문입니다만……."

그녀가 잠시 호흡을 멈추었다.

"저를, 기다리셨나요?"

스스로가 생각해도 터무니없는 질문이었다.

그저 작가를 만난 것뿐이다. 흔한 일은 아니지만 이상할 일도 아니었다. 하지만, 그녀는 이 질문을 꼭 하고 싶었다.

"내 대답이 혜원 씨에게 중요한가요?"

잠시 혜원을 가만히 바라보던 지훈이 되물었다. 그의 붉은 입술에서 새어나온 뿌연 입김이 환상처럼 흩어졌다.

그의 물음엔 특별한 감정이 담겨있지 않았다. 그저 명백히 궁금한 것을 묻는다는 느낌이었다.

잠시 고민하던 혜원은 고개를 끄덕였다.

"네."

저를 기다렸는지 아닌지가 뭐가 중요하냐 물으면 할 말이 없을 터였다.

그러나 혜원은 이 순간, 진심으로 궁금했다.

딱히 바라는 대답이 있는 것도 아니었지만 그와 마주한 지금, 묻고 싶었다.

내가 언제 나올지도 모르는 회사 앞에서, 나를 기다렸나요?

혜원의 투명한 두 눈을 바라보는 지훈의 검은 눈동자가 반짝, 빛이 났다. 그녀의 시선은 마치 그녀의 존재만큼이나 곧고, 깨끗했다.

지훈은 놀라울 정도로 감미롭고 정중한 목소리로 말했다.

"네, 기다렸습니다. 혜원 씨를 줄곧."

평일 오후, 널찍한 도로는 적당히 뚫렸다. 혜원은 옆자리에서 운전 중인 지훈을 흘긋, 돌아보았다. 그는 여전히 근사한 모습으로 정면을 바라보고 있었다.

운전대를 잡은 그의 길쭉한 손가락을 훑던 혜원은 조심스럽게 고개를 돌렸다.

조금 전 호기롭게 질문하던 상황과는 반대로, 어쩐지 분위기가 조금 가라앉은 듯 느껴졌다. 아마도 두 사람 모두 입 한 번 벙긋하지 않았기 때문이리라.

딱히 이런 분위기도 불편하진 않았기에, 혜원은 조수석 시트에 좀 더 편히 어깨를 기대며 창밖을 바라보았다.

"네, 기다렸습니다. 혜원 씨를 줄곧."

가만히 창밖을 바라보니, 조금 전 귓가를 부드럽게 감싸던 지훈의 목소리가 떠올랐다.

줄곧 저를 기다렸던 말이 머릿속과 마음속에 널찍한 파동을 만들어 갔다. 잔잔히 흐르던 의식이 흐름이 크게 흔들린 것만 같았다.

혜원은 천천히 눈을 감았다. 여전히 익숙하진 않지만, 전혀 생소한 감정은 아니었다.

그녀는 확신했다. 분명 착각이 아니다.

가슴이…….

'뛰었어.'

운전 중인 그에게 들리지 않도록 혜원이 작은 한숨을 쉬었다. 흔들림은 언제나 갑작스럽다. 갑작스러움에도 의연하기엔, 지금의 혜원은 몹시 지쳐있었다.

'생각하지 말자.'

애써 사고를 정지한 혜원은 눈을 감았다.

무슨 얘기를 하려는 건지, 지금 어딜 가는 건지, 하나하나 궁금해할 법도 한데 그녀는 구태여 묻진 않았다. 그저 지훈이 아침부터 요청한 미팅과 연관이 있겠구나, 정도로만 생각할 뿐이었다.

회사까지 직접 찾아올 정도면 관련 사항이 그에겐 상당히 중요한 것이리라. 생각을 더듬어가던 혜원은 작게 한숨을 쉬었다. 지훈의 요청을 하루 종일 새카맣게 잊은 채, 결국 연락도 주지 못했다.

'오래 기다리셨겠지.'

그녀는 지훈에게 진심으로 미안했다.

"정말 죄송합니다, 작가님."

그녀의 잔잔한 목소리가 침묵이 흐르는 공기 사이로 뻗어갔다.

또다시 사과를 해오는 그녀의 목소리에 지훈이 피식, 낮은 웃음을 흘렸다. 날카롭던 인상이 한순간 유해졌지만 순식간에 갈무리되었다.

"흠……."

다소곳한 자세로 조용히 앉아 있는 혜원의 모습이 신기해, 지훈은 신호가 걸린 틈을 타 그녀를 느릿하게 살펴보았다.

차분히 어깨를 감싸며 내려오는 결 좋은 머리카락. 바깥 불빛을 받아 은은하게 빛나는 두 뺨. 깊은 눈동자. 부드러워 보이는 자그마한, 입술.

그의 눈동자가 한층 더 깊어졌다.

"많이 미안합니까?"

"네, 많이 죄송해요."

제 말을 조곤조곤 따라하는 혜원이 귀여워, 지훈은 무심코 소리 내어 웃을 뻔했다.

그는 입술 끝을 꾹 붙잡고는 특유의 서늘한 얼굴로 돌아왔다. 그러나 눈빛의 온기는 쉬이 감출 수 없었다.

"나는 타인의 사과를 좋아하지 않습니다."

그저 제 잘못을 회피하려는 것 같거든. 지훈의 차가운 눈매가 지긋이 혜원을 바라보았다.

그가 품은 온기는 여전했다. 지훈이 피식, 웃었다.

"그런데, 혜원 씨의 사과는 듣기 썩 나쁘진 않아."

"아……."

"그렇게 미안하면 앞으로 더 신경 써요."

내 작품에게, 그리고 나에게.

고조 없는 어투가 만들어낸 단어 하나하나가, 혜원의 심장에 쿡쿡 박히는 듯했다.

역시 지훈은 다정하다, 고 혜원은 생각했다.

그녀는 흔들리는 심장을 꾹 누르며 맑게 웃었다.

"네, 작가님."

어여쁜 미소를 지으며 고개를 끄덕이는 혜원은 정말 곤란할 정도로 귀여웠다.

지훈은 차오르는 한숨을 삼키곤 다시 운전대를 잡았다. 그의 손에 좀 더 강하게 힘이 들어갔다.

지훈은 제가 어린아이 같은 행동을 했다는 걸 잘 알고 있었다.

출판사에 도착하고 그녀를 기다리는 내내 헛웃음이 차올랐지만, 그는 오피스텔로 다시 돌아가지 않았다.

오히려 혜원의 퇴근 시간에 가까워지면 가까워질수록 그의 심장은 더욱 빠르게 쿵쿵 울렸다.

고작 한두 시간이 아닌, 장장 네 시간을 정처 없이 기다렸지만 그는 일말의 시간적인 아까움도 느끼지 못했다.

'지금 뭘 하고 있는 건지.'

그의 입가에 서늘한 조소가 흘렀다.

감정이란 이렇게도 제어하기 어려운 것이었던가?

혜원을 보고 싶다는 생각이 머릿속을 가득 채우자, 그의 모든 것이 오직 그 목적을 위해 있는 것만 같았다.

지훈은 좀처럼 생각대로 움직이지 않는 손발에 작게 혀를 찼다.

'얼굴만 보고 돌아가자.'

연락도 없이 출판사까지 찾아온 건 혜원도 분명 불편할 것이다.

지난 신년회 이후로 단 한 번도 보지 못했으니까.

그러니까,

'정말 얼굴만 보고 돌아가자.'

지훈은 조금 전 상황을 떠올리며 혜원에게서 시선을 뗐다.

'얼굴만 보고 돌아가자.'라며 그녀를 줄곧 기다리던 마음이, 혜원을 발견하는 순간 새카맣게 타버렸다.

흔적도 없이 타버린 감정 사이로 불쑥 튀어나온 것은 얼굴을 마주하고, 대화를 나누고, 저 예쁜 눈동자를 온전히 옭아매고 싶다는 깊은 열망이다.

짧지 않은 기다림만큼, 실제로 눈에 담은 혜원은 놀라울 정도로 예뻤다.

머리카락도, 둥근 눈매도, 추위에 붉게 달아오른 두 뺨과 작은 귓가도, 너무나 예뻤다.

정말이지, 손을 뻗지 않으면 안 될 만큼.

신호가 바뀌고 다시 액셀을 밟은 지훈이 입을 열었다.

"갑자기 찾아와서 많이 놀랐습니까?"

지훈의 낮은 저음이 차체를 채웠다. 혜원이 눈동자를 천천히 굴렸다.

놀라지 않았다고 하면 거짓말이겠지만, 그녀는 지금 상황이 썩 나쁘지 않다는 생각이 들었다. 오히려 의문이 들 정도로 현재 그녀는 차분했다.

출판사에서 일을 하다 보면 여러 성향의 작가들을 마주하곤 했다.

개중엔 자정이 지난 시각에 연락해서 커피 심부름을 시키는 작가도 있고, 편집자가 매니저처럼 졸졸 따라다니며 수발을 들어주길 원하는 작가도 있다. 나이 불문하고 콧대가 높아 담당자를 곤혹스럽게 만드는 경우도 허다했다.

물론 담당자에게 말도 없이 갑자기 출판사로 찾아오는 경우도, 적진 않았다.

혜원은 헛웃음을 터뜨렸다.

그녀는 오늘 지훈의 행동으로 충분히 불편한 마음을 먹을 수도 있다. 퇴근 후 작가와의, 그것도 갑작스러운 미팅은 상당한 체력을 요구했으니까.

그러나 그녀는 지훈과 나란히 앉아 있는 상황이 생소하면서도 어쩐지 웃음이 나왔다. 싫은 감정은 조금도 없었다.

어째서일까.

그녀가 아무리 작가들을 위한다지만 퇴근 후의 미팅에까지 손 벌릴 정도로 열정이 하늘을 찌르진 않았다.

묵묵히 운전을 하던 지훈이 능숙하게 유턴을 하며 입을 열었다.

"내가 조금 매너가 없었던 거 같은데……."

갑작스러운 혼잣말에 혜원의 두 눈에 의문이 차올랐다.

지훈의 입에서 '매너' 따위의 단어가 언급된 것을 알면, 경수가 기함을 토하리라.

"오늘은 저도 괜히 마음이 급해서 여기까지 찾아오고 말았네요."

그러나 지훈은 꿋꿋이 제 할 말을 했다. 이유가 뭐든, 마음이 급했던 건 맞으니까.

지훈이 사과를 하는 게 이상하진 않을 상황이지만 혜원은 그건 크게 상관없다고 생각했다.

지훈에게 연락을 하루 종일 하지 못해서?

그게 미안해서 그가 찾아와도 피곤하지 않은 건가?

그래서 지금 지훈의 차를 타고 가는 와중에도 별생각이 없는 거고?

"다음부턴 제대로 연락하고 찾아오겠습니다. 혜원 씨 불편하지 않도록."

불편하다는 생각은 조금도 들지 않았다.

부정적인 감정 대신, 어쩐지 내심 부끄럽다고 느끼며 혜원은 대충 둘러댔다.

"너무 죄송해하지 않으셔도 괜찮아요. 익숙하거든요."

"그런가요."

짧은 대답을 흘린 지훈은 얼마 안 가 차를 세웠다. 도착한 곳은 몇 번 방송에서 소개된 유명 레스토랑이었다.

맛집 프로그램을 보며 꿀꺽 입맛만 다시던 것이 떠올랐다. 그제야 혜원은 제가 점심도 제대로 챙기지 못했다는 것을 깨달았다.

지훈을 따라 내린 혜원은 작게 몸을 떨었다. 따뜻한 히터 바람에 온기를 머금은 피부가 탁 트인 싸늘한 공기에 닿았기 때문이다.

레스토랑 입구로 향하며 지훈이 입을 열었다.

"저번부터 느낀 건데."

이제 막 주차장을 벗어났을 때, 그는 걸음을 멈추고 혜원을 돌아보았다.

앤티크한 가로등에서 뿜어내는 빛이 전부인 한적한 골목에 두 남녀가 마주 보고 섰다.

시선이 다시금 얽힌다.

"혜원 씨는 원래 그렇게 무방비합니까?"

"……무방비요?"

"안 궁금하던가요? 여기까지 오는데."

딱히 책망이나 불만이 내재된 물음은 아니었다. 잠시 눈동자를 굴리던 혜원은 이내 부드럽게 미소를 지었다.

평소 둔하다는 소리를 워낙 많이 듣긴 하지만, 그녀도 바보는 아니다.

번쩍번쩍 빛나는 도시는 익숙한 만큼 위험한 곳이란 자각도 충분히 하고 있다.

다만 혜원이 묵묵히 지훈을 따라온 이유는, 그저 그의 제안을 거절하고 싶지 않았기 때문이다.

아니, 오히려 그의 제안이 반갑고 기뻤다.

그래서 그녀는 그가 이끄는 대로 그의 차를 탔고, 그와 함께 대화를 나눴다. 그 모든 과정이 몹시 즐거웠다.

혜원의 눈빛이 조금 더 가라앉았다.

'나는 이걸, 단순히 작가와의 미팅이라고 생각했을까?'

그녀는 잠시 눈을 감았다가 떴다.

"왜 작가님을 따라왔느냐고 물으신다면……."

그녀는 입술을 달싹였다. 생각한 그대로를 지훈에게 말할 수 없었다.

'이러면 마치…… 당신에게 관심이 있다는 표현 같잖아…….'

잠시 숨을 고른 혜원이 작게 말했다.

"……제, 작가님이시잖아요."

"……."

"회사까지 저를 찾아오신 거라면, 작가님만의 중요한 이유가 있다고 생각해요."

물론, 중요하지 않아도 언제든 찾아오셔도 좋지만요.

혜원의 얼굴에 맑은 미소가 번졌지만 지훈의 눈동자엔 깊은 어두움이 서렸다. 그의 표정이 굳어졌다는 것을 깨닫지 못한 혜원이, 조심스럽게 지훈의 시선을 피했다.

두 사람은 근사한 레스토랑에서 조금은 늦은 저녁식사를 했다.

두런두런 대화를 나누며 식사를 끝낸 두 사람은 후식으로 나온 커피를 마시며 작품 회의를 했다.

혜원이 지적해 주었던 주인공 정태의 감정선과 그와 여자의 만남을 좀 더 감각적으로 묘사할 것 등을 위주로 이야기하다 보니 시간은 금세 흘렀다.

레스토랑에서 나왔을 때엔 벌써 열한 시를 훌쩍 넘긴 시간이었다. 지훈은 혜원을 그녀의 집까지 데려다주었다.

두 번째 와 보는 그녀가 사는 동네는 여전히 을씨년스러웠다. 듬성듬성 서 있는 가로등도 영 시원치 않았고, 주택가라 빌라는 즐비했지만 밤에는 사람들의 인적이 뜸해 거리가 더욱 어두워 보였다.

깜빡깜빡, 불안하게 흔들리는 가로등 불빛 사이로 고급 외제차가 미끄러지듯 멈추었다.

"두 번째네요."

지훈의 낮은 목소리에 혜원이 잠시 그를 바라보았다. 여유롭게 주차를 한 그는 작게 입꼬리를 올렸다.

"혜원 씨 집에 온 거, 이번이 두 번째예요."

아아, 혜원은 작게 미소 지었다.

낡디낡은 빌라거리엔 조금도 어울리지 않는 남자였지만, 그의 방문이 나쁘지 않았다.

“오늘 정말 감사했습니다.”

곧장 차에서 내린 혜원은 어둔 공기 사이에서 꾸벅 고개를 숙였다. 어둠이 당장이라도 그녀를 집어삼킬 것만 같아 지훈은 저도 모르게 미간을 구겼다.

“아…….”

등을 돌리려던 혜원은, 다시금 지훈을 바라보며 조금 단호한 눈빛으로 말했다.

“원고 입고일 4월 30일. 잊으시면 안 돼요.”

4월 30일. 조금 전 미팅 자리에서 혜원이 고지한 「그 여름의 골목」 원고 입고 일이었다.

어딘가 결의가 담긴 혜원의 눈동자에, 결국 지훈은 웃음을 터뜨리고 말았다.

그녀와 대화하는 내내 입꼬리만 옅게 들어 올렸던 미소와는 확실히 다른, 진짜 웃음이었다.

혜원은 지훈이 이렇게 목소리를 높여 웃는 것이 정말 좋았다. 이런 웃음을 꽃피울 때의 지훈은, 평소와는 비교가 되지 않을 정도로 반짝인다. 눈이 부실 정도로.

“정말 담당자 같네.”

“담당자가 맞으니까요. 평소엔 별로 그렇게 보이지 않나요?”

혜원이 짓궂은 미소를 짓자 지훈은 여전히 웃음을 머금은 목소리로 부드럽게 답했다.

“아니. 평소에도 매우 훌륭합니다.”

혜원이 정말 사랑스럽다는 듯, 그의 시선은 그녀에게서 떼어질 줄을 몰랐다.

그 달콤한 시선에 혜원은 어쩐지 그를 똑바로 보기가 어려웠다.

"그럼, 들어가 보겠습니다. 원고 작업 힘내시고, 필요하시면 편할 때 연락 주세요. 출판사 방문도 언제든 가능하시고요."

그녀의 잔잔한 목소리를 가만히 듣던 지훈의 눈빛이 일순 진중해졌다.

온기가 가득하던 눈동자에 짙은 깊이가 더해지자, 그건 말로 설명하기 힘든 묵직함을 만들어냈다.

그때, 지훈이 천천히 오른손을 들어올렸다.

그의 손이 곧게 뻗어 혜원의 뺨을 가볍게 그러쥐었다.

"정말로……."

지훈의 시선은 너무나 뜨거웠다. 그래서 뺨에 닿은 그의 손이 몹시 차가움에도 불구하고, 혜원은 마치 화상을 입을 것 같다고 생각했다.

마치 누군가 목구멍을 틀어막은 듯 그녀는 숨을 제대로 쉴 수가 없었다.

"언제든 와도 괜찮습니까?"

숨을 쉬기가 어려운데, 그의 시선을 좀처럼 벗어나기가 어렵다.

느릿하게 뺨을 쓸어내리는 그의 손길은 정말이지, 아무런 생각도 할 수 없게 만들었다.

저를 꽁꽁 옭아맨 듯한 그의 손길을 묵묵히 받으며 혜원은 힘겹게 입을 열었다.

"……네, 작가님."

묘한 침묵이 감돌던 두 사람의 시선 사이로 제 목소리가 내려앉은 순간, 혜원은 그제야 굳은 몸을 움직일 수 있었다.

"언제든 찾아오셔도 좋습니다."

끈질기게 그녀를 붙잡던 지훈의 커다란 손이 이내 멀어졌다. 혜원은 거둬진 그의 손길이 어쩐지 아쉽다고 느끼며 작게 미소 지었다.

혜원이 돌아가고 나서도 지훈은 한동안 그녀의 빌라 앞에서 발을 떼지 않았다.

어둑어둑한 골목과는 다르게, 높은 밤하늘은 탁하기 그지없었다.

지훈은 서울 특유의 회색빛 하늘을 멀거니 바라보았다. 그의 붉디붉은 입술 사이에선 뿌연 담배 연기가 넘실댔다.

"제 작가님이시잖아요."

"회사까지 저를 찾아오신 거라면, 작가님만의 중요한 이유가 있다고 생각해요."

"……작가님, 이라……."

지훈의 낮은 목소리가 고요한 밤공기를 타고 순식간에 흩어졌다.

이혜원은 나를 그저 작가라고 여긴다.

늦은 시간 찾아오는 것도, 갑작스러운 미팅에 응해주는 것도…… 전부 내가 작가이니 이해를 해주는 거구나.

보고 싶고 그리워 미련스럽게 그녀를 기다린 것을 후회하진 않는다.

오히려 혜원과 함께한 시간은 너무나 달콤해, 그에겐 마치 맹독처럼 느껴졌다.

'하지만…….'

어째서 이리도 갈증이 치미는 걸까.

지훈은 의욕 없는 손길로 태우던 담배를 툭, 꺼버렸다.

그의 손끝이 더 이상 차가워질 수 없을 정도로 꽁꽁 얼었을 때 지훈은 차체에 올랐다.

낡은 콘크리트 거리와는 조금도 어울리지 않는 값비싼 세단이, 이내 혜원의 빌라에서 점차 멀어져갔다.

그녀와 더 가까워지고 싶다.

그저 담당 작가로서가 아닌, 좀 더 깊은 관계로 얽히고 싶다.

그녀의 어여쁜 입술이 내 이름을 불러 주었으면.

'작가님'이 아닌, 내 진짜 이름을 불러 주었으면.

날카로운 공기를 뚫고 앞으로 나아가던 지훈은 핸들을 거칠게 꺾었다.

저와 그녀의 사이가 그저 작가와 편집자라는 것이, 상당히 마음에 들지 않았다.

〈다음 권에 계속〉